La promesse d’une sage-femme

*

Le rival de son cœur

KARIN BAINE

La promesse d'une sage-femme

Traduction française de
EVELINE CHARLÈS

BLANCHE

HARLEQUIN

Collection : Blanche

Ce roman a déjà été publié en 2019

Titre original :
MIDWIFE UNDER THE MISTLETOE

HARPERCOLLINS FRANCE
83-85, boulevard Vincent-Auriol, 75646 PARIS CEDEX 13
Service Clients — www.harlequin.fr
ISBN 978-2-2805-1064-6 — ISSN 0223-5056

Édité par HarperCollins France.
Composition et mise en pages Nord Compo.
Imprimé en octobre 2024 par CPI Black Print (Barcelone)
en utilisant 100% d'électricité renouvelable.
Dépôt légal : novembre 2024.

FSC
www.fsc.org
MIXTE
Papier issu de sources responsables
FSC® C159065

Pour limiter l'empreinte environnementale de ses livres, HarperCollins France s'engage à n'utiliser que du papier fabriqué à partir de bois provenant de forêts gérées durablement et de manière responsable.

1

Iona jeta à la poubelle une serviette de papier humide et... son stylo neuf.

— À me voir, on croirait que je suis enceinte, dit-elle en le récupérant.

— C'est peut-être le cas ? demanda en souriant Della, sa dernière patiente de la journée.

— Pas la moindre chance.

Pour cela, il aurait fallu qu'elle sorte avec un homme, ce qui ne lui était pas arrivé depuis qu'elle s'était installée en Écosse, dans les Highlands. Et maintenant qu'elle avait repris sa vie en main, elle n'avait pas la moindre intention de fréquenter qui que ce fût.

Son étourderie n'était pas due à l'arrivée d'un bébé, mais plutôt à la perspective d'emménager dans un appartement dont elle était l'heureuse propriétaire et qu'elle n'aurait donc pas à partager avec des colocataires.

— Quel dommage ! répondit Della. J'aurais adoré m'inscrire à la crèche avec vous.

— On en reparlera quand vous en serez à votre troisième.

Pour l'instant, participer en tant que sage-femme à la grossesse de ses patientes était amplement suffisant pour Iona. Elle était ravie de les suivre jusqu'à l'accouchement, puis de les aider jusqu'à ce qu'elles n'aient plus besoin de ses services. À la fin de la journée, les bébés et leurs mamans rentraient chez eux, et Iona était libre de faire ce qu'elle voulait.

Elle n'avait pas fait toutes ces années d'études pour tomber de nouveau sous le joug d'un homme !

Della rit, les mains posées sur son ventre rond. Décidément, les femmes qui venaient voir Iona au centre médical rayonnaient de bonheur ! Elle avait parfois un pincement de regret à l'idée qu'elle-même ne serait jamais enceinte mais, n'étant pas prête à abandonner sa liberté toute neuve, elle acceptait cet état de fait.

Elle plongea une bandelette dans le prélèvement d'urine de sa patiente et attendit qu'elle se colore.

— Hum. Je vois une légère trace de protéine. L'excès de protéine peut être un symptôme d'infection. On refera l'analyse lors de votre prochain rendez-vous, mais venez me voir au moindre souci. En dehors de cela, je dirai que tout va bien.

L'excès de protéine pouvait être le signe d'un problème rénal, d'autres complications incluaient la prééclampsie. Mais dans la mesure où la pression artérielle de Della était normale, il était inutile de l'inquiéter. Si les analyses suivantes confirmaient celle du jour, il serait toujours temps d'envoyer un échantillon au labo.

Iona jeta la bandelette à la poubelle et se lava les mains. Après le départ à la retraite du Dr Irvine, elle était montée en grade et avait obtenu l'accès à cette salle pour examiner ses patientes. Malgré sa satisfaction de jouir d'un espace plus grand, le départ du vieux généraliste l'avait affectée. C'était grâce à lui qu'elle avait acquis son indépendance financière, puisqu'il lui avait attribué un poste permanent au centre médical.

Jim — puisqu'il insistait pour qu'elle l'appelle par son prénom — se comportait en véritable gentleman. Dans ses rapports avec les patients, il était de la vieille école. Il connaissait tous les habitants de Culcranna, les appelait par leurs prénoms, et avait toujours du temps pour qui en avait besoin. Il était donc très aimé et respecté.

Malgré tout, depuis que Jim s'était associé avec le Dr McColl, il consacrait au golf le plus clair de son temps.

Les manières guindées de Fraser McColl, pourtant bien plus jeune que Jim, exaspéraient Iona qui s'était souvent accrochée avec lui. Dernièrement, il avait décidé de supprimer la petite réception de Noël qui réunissait tous les membres du personnel, sous prétexte que c'était bruyant, peu professionnel et pas couvert par l'assurance.

Iona, qui se réjouissait de fêter avec ses collègues son premier Noël au village, avait été très déçue. Mais Fraser avait refusé de revenir sur sa décision. Bien sûr, il ne savait rien du passé de Iona, lui qui venait d'une famille possédant des terres et un titre de noblesse.

Iona n'appréciait pas ces restrictions, elle en avait eu plus que sa part avec son ex-mari. De son côté, Fraser semblait incapable de s'entendre avec les personnes qui ne filaient pas droit.

Elle ne doutait pas de ses capacités professionnelles, mais son autoritarisme était très déplaisant. Il était pourtant fort séduisant, avec ses cheveux noirs ondulés et ses yeux verts, et elle devait admettre qu'elle n'était pas insensible à son charme. Si seulement il avait pu se taire, elle aurait au moins pu jouir de la vue !

— Tout va peut-être bien, mais vous ne diriez pas cela si vous me voyiez le matin, dit Della. Je cours toutes les cinq minutes aux toilettes et j'ai des brûlures d'estomac insupportables.

Tout en parlant, la future maman tenta de s'extirper de son siège. Lui prenant la main, Iona l'aida à se lever.

— Vous n'en avez plus pour longtemps, dit-elle d'un ton apaisant. Je vous revois dans deux semaines, si le travail ne commence pas avant.

Elles en avaient déjà discuté. Si Della dépassait trop la date prévue, l'accouchement serait déclenché. Mais il s'agissait de son deuxième enfant et Iona ne s'attendait à aucune complication requérant une intervention médicale.

— Merci ! J'ai hâte de tenir ce petit bout dans mes bras.

Iona ne put s'empêcher de penser à sa propre mère et à l'excitation qu'elle avait dû éprouver avant sa naissance. Une femme ne portait pas neuf mois un bébé dans son ventre en imaginant être piégée avec sa fille dans une vie qu'elles ne voulaient ni l'une ni l'autre.

Iona réprima un sanglot. Sa mère et elle étaient délivrées de ces relations destructrices, désormais. C'était une tragédie qui s'était terminée avec la mort de sa mère.

— Votre fille sera là bien assez tôt.

Elle tendit à Della son carnet de maternité et lui sourit. Le mois à venir serait heureux pour sa patiente comme pour elle, puisqu'elle allait emménager dans son minuscule appartement, qu'elle comptait bien décorer pour Noël.

— J'ai besoin que ces échantillons de sang partent au labo sur-le-champ, dit Fraser, et voici l'ordonnance de Mme Robertson. Son mari doit venir la chercher avant la fermeture. Je lui ai réexpliqué que nous avions normalement un délai de quarante-huit heures pour renouveler une prescription.

Sheila, sa secrétaire, lui rappela :

— Elle a quatre-vingt-trois ans, nous sommes bien obligés de faire des concessions.

— Cela ne veut pas dire que nous en sommes satisfaits.

Il avait suffisamment de travail pour ne pas en plus devoir rédiger des ordonnances de dernière minute.

En tant qu'associé, il avait énormément de tâches administratives, mais cela ne lui déplaisait pas. C'était l'occasion de mettre son nez dans le fonctionnement du centre médical. C'était quand les règles et les limites n'étaient plus respectées que tout allait de travers.

Il n'était plus le petit garçon hyperactif que ses parents avaient envoyé en pension pour qu'il ne dérange pas sa mère malade, mais il avait compris la leçon : s'il respectait les règles, il y avait une place pour lui et tout irait bien. Maintenant, il ne lui restait plus qu'à convaincre les autres de rentrer dans le rang.

Malheureusement, les patients de Jim Irvine n'adhéraient pas tous à ses vues concernant la bonne marche du centre médical. Son prédécesseur n'avait pas jugé important d'établir un règlement strict, ce qui conduisait inévitablement au chaos. Il revenait à Fraser de rétablir l'ordre pour maintenir le navire à flot.

Au moins, Sheila, qui travaillait au centre médical depuis des siècles, comprenait-elle ses efforts pour mettre en place des changements salutaires. Certaines de ses idées froissaient en revanche quelques membres du personnel, en particulier une jeune sage-femme aux boucles châtain clair. Elle remettait sans cesse son autorité en cause et ne cachait pas qu'elle préférait son prédécesseur.

Lorsqu'elle était arrivée, Fraser s'était réjoui ; du sang neuf allait apporter un peu de modernité au centre médical. Mais elle avait refusé d'assister à la réunion concernant le ménage de la salle du personnel, dont les employés se chargeaient à tour de rôle, sous prétexte qu'elle prenait ses repas dans sa voiture.

Ils s'étaient aussi disputés à propos de la pagaille qui régnait dans la salle d'examen qu'elle occupait. Elle lui avait clairement fait comprendre que c'était son territoire et que, dans la mesure où la pièce était propre et fonctionnelle, cela ne le concernait pas.

Iona préférait manifestement traiter les problèmes à mesure qu'ils se présentaient, plutôt que les anticiper. Son ex-petite amie, Caroline, en faisait autant. Il avait cru qu'elle était prête à l'épouser et à fonder une famille avec lui, mais au dernier moment elle avait décidé que ce n'était pas ce qu'elle voulait. D'après elle, il n'était pas ce qu'il voulait paraître. En bref, il la trompait sur la marchandise et se leurrait lui-même.

Depuis, pour oublier le bonheur domestique qu'il avait cru accessible, il s'était plongé dans le travail. Il ne laisserait pas une autre écervelée contrecarrer son rêve d'une meilleure gestion du centre médical.

Dans l'intérêt des patients, bien entendu.

Que cela plaise ou non à Iona Munro, son organisation était efficace puisque son dernier patient venait de s'en aller. Il suffisait de fixer le temps de consultation à dix minutes pour que tout fonctionne comme sur des roulettes.

En se dirigeant vers la sortie, il perçut un bruit de voix venant de la réception. Pourtant, à cette heure-ci, tous les appels d'urgence auraient dû être redirigés vers l'hôpital ou un médecin de garde.

Fraser fronça les sourcils avant même de découvrir le chaos qui régnait dans le hall d'attente.

— Un peu plus haut ! Décale-toi un peu vers la gauche !

— C'est droit, maintenant ?

Iona, perchée sur une chaise, s'efforçait de suspendre au plafond une guirlande de feuilles dorées du plus mauvais goût avec la complicité de Victoria, la réceptionniste.

— Qu'est-ce que… ?

Iona, pieds nus, était dressée sur la pointe de ses orteils et enfreignait toutes les consignes de sécurité. Fraser évalua d'un coup d'œil la dangerosité de la situation et en eut le souffle coupé.

— Oh ! bonjour, Fraser. Je me suis dit qu'il fallait égayer un peu cet endroit, il a l'air tellement aseptisé.

— Il est censé le rester, justement !

Mieux valait ne pas exploser, cela aurait été un signe de faiblesse.

— Détendez-vous, Fraser. Si c'est le prix qui vous inquiète, j'ai acheté ces décorations sur mes propres deniers.

Elle l'appelait par son prénom ! Cette femme n'avait décidément pas la moindre notion des règles à respecter dans un centre médical, ou tout autre lieu de travail, d'ailleurs. Les patients appréciaient ce genre de familiarité, mais cette attitude décontractée troublait Fraser, comme tout ce qui, selon lui, ne correspondait pas aux convenances.

Iona bouleversait l'atmosphère paisible qu'il s'efforçait de construire dans ce centre médical, et cela le laissait désemparé. Comment gérer cette situation ?

Il fit de son mieux pour garder son calme.

— J'apprécie l'intention, dit-il avec diplomatie.

Après tout, elle ne le connaissait pas, elle ne pouvait pas comprendre à quel point il détestait les fêtes de Noël. Lorsqu'il était en pension, aucun préparatif ne les annonçait, et la mort de sa mère, un 24 décembre, avait renforcé son aversion pour cette période de l'année qui lui rappelait son enfance saccagée et sa famille dévastée par le cancer. Pour couronner le tout, c'était aussi l'anniversaire de sa rupture avec Caroline.

Il avait fait l'erreur, l'année précédente, de la demander en mariage ce jour-là. Il avait organisé une promenade en traîneau ponctuée de chants de Noël, mais après qu'elle l'avait éconduit sous prétexte qu'il était un « imposteur », il était redevenu lui-même, c'est-à-dire grincheux. Jamais il ne ferait partie de ceux qui perdaient la tête durant cette célébration à la fois païenne et religieuse.

De toute façon, les rares fois où ses parents l'avaient récupéré pour les fêtes, il n'y avait rien eu à fêter. Enfant, il aurait aimé connaître cette joie simple et naïve, mais il avait dû se résigner.

Tout en fredonnant, Iona continuait d'apposer sa marque sur le plafond fraîchement repeint.

— Comme je le disais, fit-il, j'apprécie le geste mais nous ne pouvons pas avoir tout ce bazar au-dessus de nos têtes.

Il s'abstint de préciser que, pour commencer, elle aurait pu lui demander son autorisation.

— Je suis sûre que les patients vont adorer ! Ils penseront, ne serait-ce que brièvement, à autre chose qu'à leurs maladies ou à leurs douleurs.

— Je suis désolé, mais vous allez devoir retirer tout ça. Ces colifichets mettent en péril l'hygiène et la sécurité du centre médical.

Tout en parlant, il commença à détacher les guirlandes lumineuses qui ornaient le bureau de la réception.

— D'accord, dit Iona. Je vous accorde les lumières. Elles n'ont pas été contrôlées par un électricien, mais je les ai trouvées jolies. Je pourrai les remplacer par des cheveux d'ange, par exemple. J'en ai vu des roses, quelque part.

Il était clair qu'elle n'abandonnerait pas sans se battre et, comme d'habitude, il aurait du mal à faire entendre son point de vue.

Il décolla le Père Noël en carton, espérant qu'il ne laisserait pas de marque sur le mur.

— Tout doit disparaître, dit-il d'un ton sans appel.

— Vous plaisantez, j'espère ?

— Absolument pas.

Levant le bras vers l'étoile bleu et argenté qui pendait au plafond, il la fit tomber à terre. C'était exactement ce qu'il redoutait : si elle avait atterri sur un patient, le centre médical aurait pu être poursuivi. Par bonheur, il repéra la punaise dorée qui scintillait sur la moquette sombre et la ramassa avant qu'elle n'entame un peu plus sa tranquillité d'esprit.

— Quel mal peuvent faire quelques décorations ?

Iona, les lèvres pincées, baissait vers lui ses grands yeux bruns. Il était le seul à pouvoir lui faire perdre son sourire, mais cela ne l'émouvait pas outre mesure.

— Le terrain est propice à la prolifération des bactéries, avec tous les gens qui entrent et sortent, dit-il. Ensuite, il y a la poussière. Pensez à tous nos patients asthmatiques. Il est inutile de créer des risques supplémentaires.

Au fond de lui, il savait qu'il cherchait des excuses, mais comment accepter que, chaque fois qu'il franchirait la porte du centre médical le matin, les pires moments de sa vie lui sautent au visage.

— D'accord, d'accord. Bien reçu, cinq sur cinq. J'essayais juste de faire quelque chose de sympa, dit-elle manifestement de mauvaise grâce. Il y a des gens qui savent plomber l'ambiance ! fit-elle comme s'il n'était pas là.

Sur ces mots, elle entreprit de démolir son œuvre.

— La prochaine fois, répondit-il, vous me consulterez peut-être, au lieu de faire n'importe quoi.

Il comprenait qu'elle avait des intentions louables et il aurait préféré ne pas alimenter leur animosité réciproque, mais l'impulsivité dont elle faisait preuve contrariait ses plans et réveillait de douloureux souvenirs.

— Oui, monsieur, répondit-elle, visiblement furieuse.

Elle tira sur les décorations qu'elle venait d'installer et, horrifié, il la vit perdre l'équilibre et brasser l'air de ses bras.

Aussi vif que l'éclair, il se jeta en avant et la rattrapa au vol. Lorsqu'il la plaqua contre son torse, un bras sous ses genoux et l'autre autour de ses épaules, le cri de Iona se mua en gémissement. Instinctivement, elle noua les mains autour du cou de son sauveur qui, troublé, faillit la laisser tomber.

Sous l'effet de l'adrénaline, ils respiraient fort tous les deux. Leurs visages se frôlèrent. Il aurait été facile d'oublier pourquoi ils se disputaient un instant auparavant, et même où ils étaient.

Iona était très légère, et Fraser remarqua combien elle semblait fragile, sous ses airs bravaches. En dépit de sa petite taille, elle avait une forte personnalité. Oubliant leurs fréquents affrontements, il n'était plus qu'un homme serrant contre lui une jeune femme séduisante. Comme frappé par la foudre, il jouissait de cette sensation et n'osait plus bouger.

Elle fut la première à réagir :

— Vous pouvez me reposer. Il ne m'arrivera plus rien à présent.

Obtempérant aussitôt, il s'efforça de prendre un air dégagé.

— Comme je vous le disais, nous sommes tenus de respecter des règles d'hygiène et de sécurité.

Ignorant la moue désapprobatrice de Iona, il la laissa arracher ses décorations. Il avait un instant perdu le sens des réalités mais ce moment de folie était par bonheur passé. Il se bornerait désormais avec Iona à des relations strictement professionnelles, quoique légèrement tendues. Mieux valait la voir comme une menace pour ses projets d'amélioration du centre que d'envisager une quelconque idylle avec elle.

2

Comme chaque matin, Iona arriva très en avance au centre médical. Sa profession réservait souvent des surprises, elle ne pouvait pas fixer l'heure de son déjeuner, elle mangeait souvent sur la route… Du moins quand elle prenait le temps de le faire.

Elle appréciait donc de prendre une tasse de thé et un bol de céréales le matin en étudiant son emploi du temps de la journée.

C'était le jour de son déménagement et elle était très excitée à l'idée de quitter sa location pour s'installer chez elle. Quelques allers-retours en voiture suffiraient pour transporter le peu d'affaires qu'elle possédait ; elle était donc pressée de prendre la route pour ses visites. Plus vite elle aurait fait la tournée de ses patientes, plus vite elle emménagerait dans son appartement à elle.

Mais elle porta la première cuillerée de céréales à sa bouche et ses yeux tombèrent sur les résultats d'analyses sanguines de l'un de ses petits patients, qui bousculèrent ses plans.

Cinq jours après la naissance, on faisait une prise de sang aux bébés pour vérifier qu'ils ne souffraient d'aucune anomalie génétique. Malheureusement, celui-ci était apparemment atteint de phénylcétonurie. Les deux parents pouvaient être porteurs de cette mutation génétique sans le savoir. Les patients atteints n'assimilaient pas la phénylalanine, un acide aminé dont l'accumulation dans l'organisme nuisait au développement du cerveau. L'enfant devait impérativement être hospitalisé dans un service traitant les maladies métaboliques afin d'entamer le traitement.

La maladie pouvait heureusement être contrôlée grâce à un

régime strict, mais la nouvelle aurait un impact sévère sur la famille. Les mères voulaient la meilleure santé possible pour leurs bébés et le contraire était difficile à accepter.

Elle avala une gorgée de thé puis lava sa tasse et son bol dans l'évier. Avant de prendre la route, elle devait faire quelque chose...

Depuis la veille, elle se sentait bouillir chaque fois qu'elle pensait au Dr McColl et à la méchanceté crasse avec laquelle il l'avait forcée à retirer ses décorations de Noël.

Bien entendu, qu'elle réagisse avec autant de passion n'avait absolument rien à voir avec ce qu'elle avait éprouvé lorsqu'il l'avait rattrapée au vol et serrée contre lui. Elle n'était pas le genre de femme à gober ce type de cliché romanesque. Il lui faudrait davantage qu'un beau visage pour tomber de nouveau amoureuse d'un mâle dominant.

Désormais, sa vie était centrée sur son métier et sa maison. Prenant une profonde inspiration, elle frappa à la porte de Fraser. Autant se débarrasser de cette corvée le plus vite possible.

— J'ai pensé que je devais vous tenir au courant de ce qui arrive à l'une de nos patientes, Marie Gillen. D'après les analyses sanguines de son bébé, il souffre de phénylcétonurie.

Haussant légèrement les sourcils, Fraser se mit à taper frénétiquement sur le clavier de son ordinateur.

— Vous avez déjà eu ce genre de cas ? demanda-t-il.

— Non.

La découverte de cette anomalie génétique rare émouvait dans un premier temps les professionnels, puis elle suscitait rapidement leur curiosité. Mais comment les parents traverseraient-ils les épreuves qui les attendaient ? Comment les généralistes qui suivaient ces patients toute leur vie faisaient-ils face ?

— Moi non plus.

Fraser attrapa les feuilles qu'il venait d'imprimer, il en tendit la moitié à Iona et garda l'autre.

— Je vais devoir appeler le service des maladies métaboliques avant de parler à Mme Gillen, dit-elle. Je me chargerai de fixer un rendez-vous à l'hôpital, puisqu'elle est ma patiente.

Fraser désigna les feuillets qu'il tenait toujours à la main.

— Ce dossier contient les informations basiques dont elle

a besoin. Je suis certain que vous avez tout en tête, mais nous devons tous les deux nous rafraîchir la mémoire pour l'aider à affronter les défis qui l'attendent.

Iona aurait préféré s'entretenir avec un médecin hospitalier avant d'aller voir Marie, mais Fraser souhaitait apparemment qu'elle lui rende visite immédiatement.

— Vous vous rappelez que je ne travaille qu'une demi-journée, aujourd'hui ? Je déménage après le déjeuner.

Sans doute n'avait-il pas pris connaissance de son emploi du temps ? Elle préférait penser qu'il ne cherchait pas une fois de plus le conflit.

— Allez rendre visite à la maman et décalez vos autres rendez-vous. Il faut mettre immédiatement la famille au courant, et ce genre de bombe ne s'annonce pas par téléphone.

Comme, surprise qu'il use ainsi de son autorité, elle ne répondait pas, il continua :

— Le facteur temps est important, vous le savez. Le traitement doit commencer le plus vite possible.

Il avait raison et, si elle n'avait pas été absorbée par son déménagement, c'était précisément la solution qu'elle aurait proposée. Étant l'unique sage-femme du centre médical, elle ne pouvait pas déléguer ses responsabilités à personne. Mais cela ne l'empêchait pas d'être contrariée de devoir sacrifier son temps libre.

En lui remettant les feuillets, Fraser effleura ses doigts et elle ressentit aussitôt le même picotement sous sa peau que la veille, lorsqu'il l'avait tenue dans ses bras à peine quelques secondes de plus qu'il ne l'aurait dû.

Elle lut dans ses yeux qu'il éprouvait la même chose, mais cela ne fit que la contrarier davantage. Le médecin qui lui avait volé Noël plombait maintenant ses projets de l'après-midi… Non, vraiment, il n'avait rien de séduisant !

— Je suis désolé pour hier, dit-il, mais vous savez que nous avons un code de conduite, dans ce centre médical.

Elle le fixa un instant. Essayait-il de justifier qu'il la prive de son congé en insinuant qu'elle lui avait fait des avances ? Elle allait exploser, lorsqu'elle comprit qu'il faisait seulement allusion aux décorations qu'il lui avait fait retirer.

Elle était la seule dont les pensées avaient dérivé...

— C'est du passé, maintenant, répondit-elle d'un ton désinvolte.

— Si vous souhaitez que je reçoive Mme Gillen, je m'arrangerai pour la prendre entre deux rendez-vous.

En tout cas, pour ce qui était de la conscience professionnelle, elle ne pouvait pas le prendre en défaut. Ils partageaient un intérêt commun pour leurs patients. Cela n'arrangeait guère Iona, qui cherchait de bonnes raisons de le détester pour oublier le désir qu'elle avait lu dans ses yeux la veille et l'émotion qu'elle avait elle-même ressentie.

Brusquement, elle comprit qu'elle avait érigé des défenses pour se défendre de cet homme principalement parce qu'elle craignait qu'il lui plaise trop. Ses cicatrices, physiques et mentales, auraient pourtant dû la guérir des mâles dominants.

— D'accord. Je vous tiens au courant. Mon déménagement attendra.

Il hocha la tête et elle put fuir ces quatre murs qui la rendaient claustrophobe.

Il n'y avait rien de mieux, sur la route, que de mettre la radio et de chanter à tue-tête, même si personne ne pouvait vous entendre. Iona adorait son métier, malgré les horaires imprévisibles. D'accord, elle sautait des repas, mais ses efforts étaient récompensés. Pour commencer, elle accompagnait ces femmes enceintes pendant leur grossesse et avait même de temps en temps la joie de les accoucher. Ensuite, elle jouissait quotidiennement de son indépendance retrouvée.

Elle était enfin libre de rouler à travers ce beau paysage écossais. Parfois, quelques kilomètres entre deux visites lui donnaient le sentiment de contrôler son destin, même si elle n'était qu'une salariée.

Pendant toute la durée de son mariage, Andy l'avait pratiquement retenue prisonnière. Au début, elle était aveuglée par l'amour et incapable de voir qu'il l'isolait lentement de ses amis et de sa famille, en prétendant être la seule personne dont elle avait besoin.

Coupée de tous ceux qui auraient pu l'aider, elle était à la merci de ses sautes d'humeur, qui s'étaient rapidement manifestées. Il avait utilisé toutes les excuses possibles pour se défouler sur elle — le dîner était trop cuit, ou il la trouvait trop maquillée — mais à la fin, il ne se donnait même plus la peine de trouver un prétexte pour la battre.

Elle se crispa. Malgré le temps écoulé, elle avait presque l'impression de sentir encore les coups pleuvoir sur elle. Elle avait compris pourquoi sa propre mère avait supporté si longtemps une relation sans amour : usée, coupée du monde extérieur et incapable de subvenir financièrement à ses besoins, celle-ci avait tout sacrifié pour sa famille. La mort de sa mère et le fait qu'Andy commençait à parler de bébé avaient donné à Iona la force d'agir. Jamais elle n'obligerait un enfant à grandir dans l'atmosphère toxique qu'elle avait elle-même connue dans son enfance.

Comprenant qu'elle n'avait fait que répéter le schéma familial, elle avait trouvé le courage de quitter Andy et de demander le divorce. Ensuite, elle avait repris ses études et entamé une nouvelle vie.

Iona mordit dans le sandwich qu'elle avait acheté en revenant de chez Mme Gillen. Manger en voiture était devenu sa spécialité, même si elle regrettait de ne pas savourer son premier repas chez elle. Maintenant, tout ce qu'elle désirait, c'était dormir !

La journée avait été dure !

La famille Gillen avait été bouleversée par la nouvelle qu'elle leur avait apportée. Il leur faudrait du temps pour la digérer, mais les parents étaient bien entourés, leurs proches les aideraient.

Iona avait réussi à leur prendre un rendez-vous à l'hôpital dès le lendemain matin. Avec un peu de chance, l'entretien avec un médecin qualifié les soulagerait un peu. Ils allaient apprendre que leur fils aurait une vie pleine et active, à condition d'être bien suivi.

Elle leur avait présenté la phénylcétonurie dans les grandes lignes, laissant aux experts le soin de traiter dans les détails des réalités quotidiennes. Il n'y avait aucune raison d'inquiéter les parents en leur donnant trop de précisions alors qu'ils ne pouvaient rien faire avant d'avoir vu un spécialiste.

Mais elle était néanmoins restée longtemps avec eux et avait dû décommander ses rendez-vous. Elle détestait cela, mais ses patientes lui avaient assuré qu'elles n'avaient de toute façon pas eu l'intention d'affronter le froid.

Évidemment, non seulement elle avait perdu son après-midi, mais le centre médical allait être fermé et elle aurait voulu passer prendre ce dont elle avait besoin pour ses visites de la matinée du lendemain.

Après avoir passé huit mois au village, elle connaissait assez bien la topographie des lieux, mais dans le noir, avec la neige qui commençait à tomber, uniquement éclairée par les phares de la voiture, elle n'était pas tranquille. Lorsqu'elle vit de la lumière au centre médical, elle poussa un soupir de soulagement.

Après s'être garée, elle frappa à une vitre. Pourvu que la personne qui se trouvait à l'intérieur, en train de faire le ménage ou de la paperasserie, l'entende.

— Ohé, c'est Iona ! Vous pouvez m'ouvrir ?

Fraser ne tarda pas à paraître sur le seuil.

— Vous ne venez pas vous faire payer des heures supplémentaires, j'espère ! fit-il.

Elle faillit sortir de ses gonds. Ses patientes comptaient autrement plus pour elle que le gain financier ! Mais elle vit le petit sourire moqueur qui étirait sa belle bouche.

— Je passe juste me réapprovisionner en matériel pour demain.

Comme le grand corps de Fraser lui barrait la route, elle passa sous le bras avec lequel il maintenait la porte ouverte... Ce qui lui évita de le toucher.

— Comment va Mme Gillen ? demanda-t-il en la suivant dans la réserve.

Bien entendu, il voulait avoir un rapport circonstancié et vérifier si elle avait correctement géré la situation.

— Elle était choquée, évidemment, mais plutôt calme. Je lui ai donné votre dossier.

— Très bien. Souhaitez-vous que je la reçoive pour faire le point avec elle ?

Les bras croisés sur le torse et appuyé à une étagère, il empiétait considérablement sur l'espace vital de Iona. Il n'y avait aucune raison pour qu'ils soient tous les deux serrés comme des sardines dans cette pièce minuscule. Après avoir pris ce dont elle avait besoin, elle sortit à la hâte dans le couloir pour ne pas être suffoquée par l'eau de toilette épicée de Fraser.

— Non. Je lui ai déjà pris un rendez-vous à l'hôpital.

— Vous avez eu raison.

— Comment se fait-il que vous soyez encore au centre médical ?

— J'ai un peu creusé la question de la phénylcétonurie, en votre absence. Je vous attendais.

— Moi ? Mais pourquoi ?

Immédiatement, le souvenir de sa chute dans les bras de Fraser lui revint en mémoire, accompagné d'un picotement au niveau de la nuque. À l'accélération de son pouls, elle aurait pu être en train de faire un sprint, et d'autres parties de son anatomie lui rappelaient qu'elle n'avait pas fait l'amour depuis un certain temps. Elle ne pouvait plus nier l'attirance qu'elle éprouvait pour Fraser. Si l'occasion se présentait… La raison l'emporterait-elle sur le désir ?

— Je me suis dit que vous auriez peut-être besoin d'aide pour votre déménagement, dit-il avec une expression innocente.

Ainsi, elle était la seule à avoir des pensées malhonnêtes.

— Je m'en occuperai quand j'aurai un congé.

Elle était tellement épuisée qu'elle regrettait d'avoir abordé le sujet devant lui, d'autant qu'il se sentait visiblement coupable de l'avoir privée de son après-midi de liberté. Cela la mettait dans une situation délicate. Un refus n'arrangerait pas leur relation déjà tendue, mais le laisser intervenir dans sa vie privée ne lui disait rien qui vaille.

— C'est ma façon de m'excuser, pour hier, dit-il.

Les mains dans les poches, il haussa les épaules. À cet instant précis, il n'avait rien d'un tyran et elle sentit vaciller les défenses qu'elle érigeait chaque fois qu'elle croisait un mâle alpha, même inoffensif.

Peut-être s'était-elle trompée, à propos de Fraser McColl. En ce cas, elle pouvait s'en vouloir un peu moins d'être attirée par lui.

— Moi aussi, dit-elle. J'aurais dû vous demander l'autorisation de décorer le centre médical. Je me suis un peu emportée.

— Vraiment ? Je n'avais pas remarqué.

De nouveau, il arborait ce petit sourire moqueur. Le réservait-il à quelques privilégiés, ou ne souriait-il qu'en dehors des heures de service ?

— C'est mon premier Noël dans ma maison à moi, répondit-elle en guise d'explication. Je n'ai pas de famille, plus de colocataires désordonnées, alors je suis légèrement excitée !

— À vrai dire, je ne comprends pas vraiment toutes ces histoires autour de cette fête.

Elle hésita un instant avant de demander :

— Qu'est-ce que vous avez contre Noël ?

Puisqu'ils semblaient avoir conclu une trêve, autant en profiter pour en apprendre le plus possible sur ce médecin énigmatique avant qu'il ne redevienne un monstrueux despote.

Elle devina sa bataille intérieure pour décider s'il devait ou non lui révéler ce qui se cachait derrière son refus de fêter Noël. Il la fixait, se demandant manifestement si elle était suffisamment digne de confiance pour qu'il lui avoue son secret.

Finalement, il laissa échapper un soupir et se lança :

— Ma mère est morte un 24 décembre. J'avais six ans quand on a découvert qu'elle avait un cancer du sein. Dès qu'elle est tombée malade, j'ai été expédié en pension. Quand j'y repense, je ne me rappelle même pas avoir fêté Noël avant d'associer sa mort à cette célébration. C'est simplement un moment de ma vie que je n'ai pas envie de revivre chaque année.

Cette explication sincère alla droit au cœur de Iona, qui ne s'attendait pas à ce qu'il s'ouvre à elle avec autant d'honnêteté. Elle connaissait trop bien le traumatisme de la perte d'une mère, mais c'était encore pire pour un enfant aussi jeune.

Cela expliquait l'hostilité qu'il avait envers les préparatifs de Noël et elle s'en voulut pour son manque de tact. La vue des décorations avait dû réveiller en lui des souvenirs pénibles et il n'y avait rien d'étonnant à ce qu'il se soit mis en colère.

— Je comprends, dit-elle lentement, et je suis vraiment navrée d'apprendre le décès de votre mère. Mais si vous avez besoin de quelqu'un pour vous faire découvrir la magie de Noël, vous savez où me trouver.

Évidemment, l'offre n'était pas sérieuse, après ce qu'il avait vécu. Il était probablement trop tard pour le faire changer d'opinion, mais elle était parvenue à le faire sourire.

— D'accord, mais ne laissez pas mes problèmes vous pourrir la vie. Vous avez parfaitement le droit de célébrer ce que vous voulez en privé.

— C'est très important pour moi, cette année, dit-elle sur un ton d'excuse.

— En ce cas, nous devrions commencer par vous installer correctement chez vous.

Il éteignit les lumières et se dirigea vers la sortie. En le regardant brancher l'alarme, elle laissa échapper un soupir. Qu'elle le veuille ou non, son nouveau meilleur ami allait passer la soirée avec elle.

3

— Laissez-moi vous ouvrir la porte, dit Fraser.

Il fit passer un lourd carton sur son autre bras tout en tendant la main vers la poignée.

La vue barrée par une pile de caisses, Iona répliqua :

— Je peux me débrouiller.

— Pas de souci.

Elle insistait pour tout faire elle-même !

Il recula d'un pas pour ne pas être accusé d'ingérence dans sa vie privée. Elle était tellement indépendante qu'il avait toujours l'impression d'être dans ses jambes. Pourtant, clairement, elle n'aurait jamais pu déménager seule.

Bien sûr, il n'avait rien prévu de tout cela. Il s'attendait au contraire à une soirée tranquille en compagnie de l'horloge dont le carillon troublait imperturbablement le silence de sa grande maison. Mais en entendant l'équipe du centre médical dire combien Iona était heureuse d'emménager chez elle ce soir, il s'était senti coupable.

Elle poussa la porte avec son derrière et apparut un étroit escalier qui menait à l'appartement, situé au-dessus d'une boutique. Allaient-ils vraiment faire passer tout leur chargement par là ?

— Désolée, dit-elle. Je ne voulais pas être désagréable, mais c'est une étape importante pour moi.

Il fut pris de court par ces excuses, et par les larmes qui perlaient dans les grands yeux chocolat. Le moment était sans nul doute chargé d'émotion pour elle, et certainement pour d'autres raisons que celles qu'elle lui avait fournies. Il avait éprouvé sensiblement la même chose lorsqu'il s'était installé dans la maison familiale, après la mort de son père. Il s'imaginait y entamer une nouvelle vie avec une épouse et y fonder une famille, entouré d'amour pour la première fois de sa vie.

Iona s'engagea dans les marches. Il s'était confié à elle, un peu plus tôt, mais elle-même ne lui en dirait pas davantage. Il avait été le premier surpris lorsqu'il lui avait parlé du décès de sa mère. Ce n'était pas une confidence qu'il faisait souvent, et surtout pas à des personnes avec qui il ne s'entendait pas très bien. S'il l'avait fait, c'était sans doute pour qu'elle ne le juge pas trop mal de refuser de fêter Noël.

En fin de journée, il s'était trouvé des prétextes pour rester au centre médical après les consultations : il avait de la paperasse en retard, il attendait des nouvelles des Gillen, il faisait froid… Mais quand Iona était arrivée, il avait compris qu'il l'attendait. En réalité, il espérait la voir pour réparer le tort qu'il lui avait fait en contrariant ses projets. Il était certain qu'elle repasserait au centre médical pour préparer sa journée du lendemain. Peut-être aussi était-il curieux de vérifier ce que signifiait l'alchimie qu'il avait sentie entre eux, la veille. De son côté, aussi étonnant que ce fût, il s'agissait clairement d'attirance.

Une liaison avec une collègue était pourtant hors de question !

— Je sais à quoi vous pensez ! dit-elle brusquement.

Il faillit lâcher son carton.

— Quoi ? Je ne vois pas à quoi vous faites allusion, dit-il en le posant sur la pile qu'elle avait amorcée sur le palier.

— Vous devez vous demander pourquoi je quitte une jolie maisonnette quelques jours avant Noël.

Il réprima un soupir de soulagement. Puisqu'elle abordait la question, il avait en effet remarqué le contraste entre le bungalow accueillant qu'ils avaient vidé et cet appartement qu'il devinait minuscule.

— Cela ne me regarde pas.

— Je veux dire… Mme Dunlop m'a proposé de rester un peu, puisque mon loyer est payé jusqu'au 1er janvier.

— Je crois vous avoir entendue dire que vous aviez hâte d'emménager chez vous.

Elle rayonnait en effet clairement de bonheur. Son sourire aurait pu réchauffer la bâtisse, ce qui était aussi bien car le chauffage central ne semblait pas avoir fonctionné depuis le départ du dernier occupant.

L'appartement était-il déjà meublé ? Ils n'avaient transporté aucun meuble. L'inaptitude de Iona à anticiper ne cessait de l'étonner. Lorsque lui-même avait quitté son appartement de célibataire pour s'installer dans la maison de ses parents, il avait pris le temps de trier ses affaires et, conformément aux consignes de l'entreprise de déménagement, de les ranger dans des cartons dûment étiquetés.

Mais elle avait tout fourré au petit bonheur la chance dans des caisses et des sacs-poubelles. Même sans la visite à Mme Gillen, elle n'aurait jamais eu le temps de faire le déménagement en un seul après-midi.

— J'ai un matelas et je dois avoir une bouilloire quelque part.

Elle se mit à vider sur le sol le contenu des cartons jusqu'à ce qu'il soit couvert de journaux et d'accessoires de cuisine.

Incapable de supporter cette vision sans vouloir tout ranger, ce qu'elle n'aurait pas vraiment apprécié, il déclara :

— Je vais chercher le reste.

Quand il eut vidé la voiture, Iona avait émigré dans la cuisine, si la kitchenette qui occupait un coin de la pièce pouvait être désignée ainsi. Il frissonna en posant les derniers sacs là où il le put, dans le chaos qu'elle avait créé.

— Si vous avez tout ce qu'il vous faut, je vais rentrer chez moi.

Dans sa maison immaculée, qui ne semblait pas, elle, avoir été visitée par des cambrioleurs.

Ignorant son désir de regagner un endroit civilisé, Iona s'exclama :

— Regardez ce que j'ai trouvé !

Elle brandissait la fameuse bouilloire et deux mugs dépareillés.

— Formidable, fit-il en marmonnant, acceptant son sort.

Repousser une hospitalité qu'elle lui offrait si cordialement n'aurait pas arrangé leurs relations.

Un instant plus tard, elle trinquait avec la chope de Fraser.

— À notre travail bien fait !

Elle ignorait apparemment combien le fauteuil poire de velours sur lequel il était assis était peu confortable. Quant au mug, il n'avait rien à voir avec la délicate porcelaine de Chine à laquelle il était habitué.

L'ancienne dépendance oubliée quelque part sur sa propriété était plus accueillante que ces quatre murs nus, mais Iona semblait si contente ! Dans quel genre d'endroit avait-elle vécu pour apprécier celui-là ainsi ?

— Comment comptez-vous aménager l'appartement ? demanda-t-il.

Haussant les épaules, elle but une gorgée de thé.

— Je vais rafraîchir un peu les peintures et je le meublerai au fur et à mesure.

Pour quelqu'un de si pointilleux quand il s'agissait de ses patientes, elle se montrait très désinvolte dans sa vie privée.

— Nous sommes vraiment très différents, dit-il.

— Je pensais que vous vous en étiez aperçu depuis longtemps, répondit-elle avec un sourire moqueur.

Songeant à leurs affrontements, il hocha la tête. Cette incursion dans l'univers chaotique de Iona lui permettait de constater à quel point il contrastait avec le sien. Malgré cela, ils avaient tous les deux conscience de l'attirance qu'ils éprouvaient l'un pour l'autre, bien qu'ils n'y aient pas cédé.

Elle toussota. Ses pensées avaient sans doute suivi le même cours dangereux que les siennes. Il vida sa chope de thé. La compagnie de Iona était devenue trop agréable pour son propre bien.

— Il est temps que je parte.

— Encore merci pour votre aide.

Il eut du mal à s'extirper du fauteuil qui semblait vouloir l'engloutir tout entier. Venant à son aide, elle se leva et lui tendit la main pour l'aider à se mettre debout.

— Je vais peut-être acheter une chaise ou deux, dit-elle.

— Ne le faites pas pour moi, en tout cas !

Il n'avait nullement l'intention de revenir et de revivre les émotions inattendues qu'il ressentait auprès d'elle. Ce genre de folie survenait quand il ne respectait pas les règles qu'il s'était fixées.

— On ne sait jamais qui nous rendra visite et je viens de constater que mes fauteuils ne conviennent pas à tout le monde.

Contrairement à lui, elle était en effet le genre de personne à qui on pouvait rendre visite à l'improviste. Lui-même ne se rappelait pas la dernière fois qu'il avait reçu quelqu'un.

Zigzaguant parmi les objets qui jonchaient le sol, il gagna la porte.

Pendant toute la route de retour jusque chez lui, il s'inquiéta malgré lui de ce qu'elle n'avait absolument pas anticipé son déménagement. Il pensa également aux meubles de son propre appartement, stocké dans une grange puisqu'il n'en avait plus l'usage. Iona se contentait de peu, mais elle méritait mieux. L'aider ne lui coûterait pas grand-chose, et peut-être aurait-elle ensuite plus d'indulgence pour lui.

Pourquoi cela devenait-il aussi important pour lui ? Cela avait sûrement un rapport avec les sourires qu'elle lui avait adressés au lieu de ses habituelles moues méprisantes.

Une douce chaleur se répandit en lui, atteignant même des zones qu'il croyait définitivement gelées.

Malgré son épuisement après ce déménagement impromptu, il savait qu'il allait retourner dans ce logement minuscule avant la fin de la nuit. Dès l'instant où il avait tenu Iona dans ses bras, c'était comme si on lui avait jeté un sort. Il ne supportait manifestement plus de s'éloigner d'elle, ce qui allait totalement à l'encontre de son désir d'une existence bien organisée.

S'abandonnant au plaisir d'un bain moussant, Iona ferma les yeux. C'était exactement ce dont elle avait besoin après cette journée exténuante. D'accord, elle avait dû attendre un certain temps avant que l'eau ne se réchauffe mais, en tant qu'heureuse propriétaire, elle aurait tout le temps de s'occuper des petits désagréments de l'appartement.

Se rappelant la réaction de Fraser à leur arrivée dans l'appartement, elle ne put réprimer un petit sourire. Il avait eu une expression horrifiée tout à fait comique, et elle avait fait exprès d'éparpiller des objets sur le sol pour voir s'il l'aiderait à ranger.

Mais malgré son amour de l'ordre, il n'avait rien tenté de ce genre ; sous des dehors autoritaires, il pouvait donc faire preuve de modération. Il lui avait généreusement prodigué son temps et son soutien, ce soir. Et depuis qu'il lui avait fait des confidences à propos de son enfance, elle ne savait plus très bien pourquoi elle s'opposait si souvent à lui.

En tout cas, il lui avait fait clairement comprendre qu'il ne reviendrait pas de sitôt...

Elle ne se rappelait que trop bien l'effet de ses mains fortes et puissantes lorsqu'elle était tombée dans ses bras... Elle imaginait facilement ce qu'elle éprouverait si elles se posaient sur d'autres parties de son corps.

Laissant échapper un gémissement, elle enfouit son visage dans ses mains mouillées. Maintenant qu'elle était installée chez elle, il semblait que sa libido endormie reprenait ses droits. C'était une faiblesse dans l'armure qu'elle avait si soigneusement façonnée pour se protéger.

Pour éviter de penser, elle s'immergea tout entière dans l'eau tiède. Mais malgré ce cocon, elle perçut bientôt des vibrations venant de quelque part, sous son appartement.

Elle se redressa brusquement. La sonnerie de la porte d'entrée résonnait avec insistance, suivie de coups étouffés, au rez-de-chaussée. Quelqu'un cherchait à attirer son attention.

— J'arrive ! cria-t-elle.

Sortant de la baignoire, elle enfila son peignoir sans se soucier de l'eau qui ruisselait sur le sol de la salle de bains.

Ce devait être une urgence !

Fraser était la dernière personne qu'elle s'attendait à voir devant chez elle.

— Il y a un problème ? Vous avez oublié quelque chose ?

— Non... J'ai pensé que vous auriez besoin de ça.

Jetant un coup d'œil par-dessus l'épaule de Fraser, elle vit la pile de chaises qu'il avait apportées.

— Ça ne pouvait pas attendre jusqu'à demain ?

C'était vraiment gentil, mais cette impulsivité était tellement contradictoire avec ce qu'elle savait de lui qu'elle chercha des motifs cachés. Essayait-il de l'impressionner ? De lui imposer son autorité ?

Elle croisa les bras sur sa poitrine pour lui faire comprendre qu'elle n'était pas dupe. Ce n'étaient pas une ou deux chaises qui allaient lui faire baisser sa garde ! Comprenant visiblement le message, il esquissa une petite grimace.

— Je ne pouvais pas supporter de vous savoir dans cet appartement vide alors que j'avais tout ça.

Il lui montra derrière lui la jeep apparemment remplie à ras bord de meubles.

— Ah bon ? Vous n'essayez pas de me *guérir* ? Je vous connais, Fraser. La vision de mon appartement vide a dû vous empêcher de dormir.

Les sourcils dressés, elle cherchait d'autres noirs desseins sous l'apparence de la générosité.

— Désolé, dit-il, j'essayais simplement de vous rendre service, mais j'aurais dû vous en parler avant.

Il recula d'un pas, l'air totalement accablé, comme si elle venait de lui interdire de remettre les pieds chez elle. C'était une ruse que son ex utilisait souvent pour l'amadouer, et elle était toujours tombée dans le panneau. Elle pensait l'avoir condamné trop vite et acceptait ses excuses, quels que soient les mauvais traitements qu'il lui avait infligés. Il en profitait pour exploiter ses faiblesses et endormir sa méfiance.

Le coup suivant n'en était que plus dur.

— Je ne suis pas habillée pour recevoir une livraison de meubles, dit-elle.

Debout devant lui dans le froid, elle se rappela ses fantasmes à propos de ses mains et ne s'en sentit que plus vulnérable, nue sous son peignoir.

— Pas de souci, répondit-il. Je peux monter les meubles chez vous pendant que vous vous habillez, ensuite je vous débarrasserai de ma présence.

— Si vous insistez...

Laissant la porte ouverte derrière elle, elle grimpa l'escalier comme si elle avait le diable aux trousses. La situation était suffisamment embarrassante pour qu'elle ne traîne pas à moitié nue et relativement excitée.

Elle prit son temps, allant jusqu'à se sécher les cheveux avant de s'aventurer hors de sa chambre. Fraser méritait de suer sang et eau, pour avoir voulu prendre sa vie en main !

Littéralement !

Lorsqu'elle entra dans la salle de séjour, il haletait, les manches de sa chemise autrefois immaculée relevées sur ses bras. Mais l'appartement avait désormais l'air habité.

Non seulement il avait monté des meubles très lourds tout seul, mais il les avait disposés de façon harmonieuse et il avait même rangé les objets dispersés par terre.

— Vous n'étiez pas obligé de faire ça, dit-elle.

Elle s'accrochait toujours à l'idée qu'il souhaitait seulement exercer un contrôle sur elle. Parmi les chaises et la table qu'il avait installées, elle aperçut un petit radiateur électrique et une télévision, visiblement là pour son confort. Ces attentions la faisaient douter d'une éventuelle manipulation. Peut-être méritait-il quelque crédit, étant donné sa gentillesse, mais c'était aussi admettre qu'elle était légèrement paranoïaque.

— Ça me fait plaisir, dit-il simplement en déballant le contenu d'un sac sur le comptoir de la cuisine.

— Qu'est-ce que vous faites ?

— Je me suis dit que vous n'aviez pas eu le temps de faire de courses, alors je suis passé à l'épicerie prendre quelques produits de base. Par bonheur, elle ferme tard la nuit.

Du pain, du bacon, du beurre, des œufs, du lait et une grosse tablette de chocolat, comme s'il connaissait sa liste de courses par cœur.

Elle voulait croire qu'il n'agissait ainsi que par pure bonté, mais elle devait se protéger en envisageant le pire. Andy avait détruit toute sa confiance dans les hommes, surtout s'ils étaient beaux et apparemment honnêtes.

— Vous n'aviez vraiment pas à faire ça, insista-t-elle. Je suis tout à fait capable de m'approvisionner seule, merci.

— Je sais. Je pensais... Je voulais seulement que vous vous sentiez vraiment chez vous. Désolé.

Il se mit à remballer les articles, et elle sentit sa méfiance se muer en culpabilité. Peut-être était-il sincère, finalement.

— Non, c'est bon, laissez-les.

Allant vers lui, elle posa la main sur la sienne pour le stopper et lui montrer que ses attentions étaient appréciées. La respiration accélérée de Fraser et sa propre réticence à s'écarter de lui leur rappelèrent, à lui comme à elle, leur attirance mutuelle. Mais elle savait que, pas plus qu'elle, il n'avait l'intention de pousser les choses plus loin. Étant l'exact opposé l'un de l'autre, ils se rendraient réciproquement fous.

Mais elle éprouvait un désir si fort qu'elle fut sur le point de succomber et seule l'humiliation d'un potentiel refus la dissuada de tenter quoi que ce fût. S'il repoussait ses avances, il aurait une bonne excuse pour l'écraser lors de leur prochain affrontement. Il mettrait son entêtement sur le compte de la frustration.

Prenant sur elle, elle s'écarta pour ranger les articles qu'il avait apportés.

— Comment se fait-il que vous ayez autant de meubles non utilisés ? demanda-t-elle d'une voix neutre alors que son cœur battait la chamade.

Il mit un certain temps à s'éloigner à son tour.

— Mon père est mort il y a deux ans et j'ai hérité de la maison familiale. Après avoir vendu mon appartement, j'ai emménagé ici, mais j'ignorais si j'y resterais.

— Je suis désolée.

— Nous n'étions pas vraiment proches, en tout cas depuis le décès de ma mère. Nous ne l'avons jamais été, en fait.

Cette franchise la décontenança, ils avaient plus de points communs qu'elle ne le pensait.

— Je connais ce sentiment. Il n'est pas facile d'établir un lien avec un parent, dans ces circonstances. C'est un peu comme être forcé de s'investir dans une relation qu'on n'a jamais eue, parce que celui ou celle dont on était le plus proche a disparu.

Elle avait tenté de remplir le rôle de garde-malade joué auparavant par sa mère. Elle pensait que c'était le devoir d'une fille, de s'assurer que son père ne souffrait pas autant qu'elle de cette perte. Elle avait fini par comprendre que seuls la peur et le chagrin la poussaient à agir ainsi, plutôt que l'amour. Elle préférait vivre seule que de nouveau sous le joug d'un homme.

Fraser avait-il vécu la même expérience ?

— Je ne peux pas vraiment dire que j'étais proche de ma mère non plus, dit-il, mais c'est le passé et nous sommes censés célébrer votre avenir.

Il sourit, mais avec une tristesse qui la toucha profondément. Elle n'aurait su dire si elle avait envie de le serrer dans ses bras ou de lui arracher ses vêtements.

Néanmoins, une question la perturbait. Pourquoi avait-il emménagé dans une maison où il semblait n'avoir que de mauvais souvenirs ?

— Vous n'avez pas envisagé de vendre cette propriété ? demanda-t-elle. En tant que généraliste, vous pouviez vous installer n'importe où.

— C'est... compliqué. Je n'avais pas vraiment le choix, car je suis le dernier des McColl.

Son père avait-il inclus une clause dans son testament, imposant à son fils d'occuper la maison familiale pour obtenir son héritage ? C'était le genre de manipulation difficile à contrecarrer, quand on était victime de maltraitance. Elle-même avait eu la chance que sa mère lui assure une sorte de stabilité.

— Et vous ? demanda-t-il. Il y a des gens de votre famille ou des amis qui peuvent vous aider en cas de besoin ?

Lui tournant le dos, il mit le radiateur en marche. Une fausse flamme apparut sur l'écran, conférant aussitôt une atmosphère plus confortable à la pièce.

— Je vois certaines de mes anciennes patientes, mais elles doivent s'occuper de leur famille. Il y a aussi Katherine, qui peut à peine se déplacer ces derniers temps.

Katherine était une collègue qui venait de perdre son mari et était actuellement en congé maternité. Elle était sans doute la seule vraie amie de Iona.

— Je veux dire, en dehors du travail, dit-il.

Vu comme il était bourru, il était peu probable qu'il ait lui-même une foule d'amis.

— Je suis loin de chez moi, répondit-elle, et vous savez combien mon métier peut être exigeant, les collègues et les patientes peuvent donc devenir des amies.

Elle était tellement liée aux familles qu'il était difficile de rompre le lien. Elle était souvent appelée en pleine nuit pour un simple avis. Elle ne souffrait absolument pas de la solitude et avait appris à apprécier sa propre compagnie.

— Maintenant que vous habitez en plein centre du village, je suis certain que vous allez vous faire des relations.

Cherchait-il à l'éloigner en lui faisant miroiter une vie sociale animée ? Il avait peut-être raison, si cela limitait les moments où elle sentait des étincelles grésiller entre eux. Elle n'aurait pas su préciser à quel moment leur animosité réciproque s'était muée en attirance. En tout cas, elle n'avait pas envie qu'il parte.

Fraser se réjouissait de vivre dans une maison isolée au milieu des collines. Souvent, lorsqu'il devait emprunter des routes neigeuses et traîtresses pour se rendre chez des patients, il s'en était plaint, mais ce soir il était content qu'il puisse y avoir un peu de distance entre Iona et lui.

En l'espace de vingt-quatre heures, ils étaient devenus beaucoup trop proches ! Il ne regrettait pourtant pas d'être revenu la voir. La vue de Iona sortant de la douche, les cheveux humides et uniquement vêtue d'un peignoir, valait les efforts qu'il avait faits pour récupérer les meubles stockés dans une grange, derrière chez lui.

Accroupi devant le radiateur, il marmonna quelques instructions :

— C'est très facile. Vous commencez par appuyer sur « on », et...

Elle s'agenouilla près de lui, et leurs cuisses se frôlèrent.

— Laissez-moi deviner... Ensuite, on tourne ce bouton ? demanda-t-elle d'une voix moqueuse.

Ils en étaient de nouveau au point de départ, partagés entre désir et bon sens. Le mâle au sang chaud qui se cachait derrière l'homme que son ex-fiancée qualifiait de « collet monté » brûlait d'embrasser Iona.

Et il le fit... Avec passion !

Lui prenant le visage en coupe entre ses mains, elle lui rendit son baiser avec une ardeur égale à la sienne. Il ne se rappelait pas la dernière fois où il s'était senti aussi vivant, aussi conscient de chacune de ses inspirations, de chacun des battements de son cœur. Leur rythme s'accéléra tandis que sa langue caressait celle de Iona. Si c'était ce qu'il manquait en respectant les règles, il devait les jeter tout de suite par la fenêtre.

Elle bascula par terre, l'entraînant avec elle, et il fut bientôt étendu sur elle, épousant chaque courbe de son joli corps. Il la désirait au point d'en oublier le reste du monde, rien ne comptait plus que de satisfaire avec elle leurs instincts les plus sauvages.

Mais quelque part, au fin fond de son cerveau embrumé, il sentit deux mains qui le repoussaient. Immédiatement, il roula sur le côté et s'excusa.

— Désolé, j'ai pensé que vous le vouliez aussi.

Elle s'assit, l'air aussi abasourdie que lui par ce qui venait de se passer.

— C'est le cas, mais soyons honnêtes, cela ne me ressemble pas et je suis presque certaine que cela ne vous ressemble pas non plus. Je vous remercie pour votre aide, mais je crois que nous devrions dormir. Nous allons avoir du travail, dans la matinée.

Elle se releva et gagna la porte, lui signifiant clairement qu'il devait partir pour qu'ils puissent redevenir de simples collègues le lendemain matin. Comment le lui reprocher ? Lui-même aurait été bien incapable d'expliquer ce qui venait de le submerger, en dehors d'une pulsion primitive.

Il avait beau être lucide sur la situation, il n'en était pas moins pénible d'être repoussé alors qu'il venait de se mettre en quatre pour rendre service à Iona. Il aurait voulu remonter le temps, jusqu'au moment où il l'avait quittée la première fois. De cette façon, il aurait ménagé sa confiance en lui et serait rentré sans avoir une encore plus mauvaise opinion de lui-même.

Le plus drôle, dans tout cela, c'était qu'il avait essayé d'être lui-même et de suivre son instinct au lieu de se contrôler. D'habitude, il s'efforçait d'être la personne que les gens voulaient qu'il soit... Du moins, c'était ce qu'il croyait.

Mais Iona l'avait repoussé, comme Caroline.

Peut-être devait-il accepter que personne ne l'aime jamais tel qu'il était ni tel qu'il voulait être.

4

Le lendemain, Iona, déprimée, traînait les pieds à l'idée de quitter son appartement. Elle aurait voulu avoir un peu de temps pour déballer ses affaires.

Cette réticence inhabituelle avait sans doute quelque chose à voir avec la visite inattendue de Fraser la veille, et leur rapprochement nocturne.

Elle avait finalement admis qu'elle appréciait la générosité de Fraser… ainsi que ses meubles, mais c'était surtout leur attirance sexuelle qui rendait cette nuit inoubliable. Désormais, chaque fois qu'elle pensait à lui, son sang bouillonnait dans ses veines. Ce baiser et la manière dont elle avait réagi l'avaient étonnée, mais plus encore, la passion sauvage que Fraser dissimulait sous son costume trois-pièces.

Elle avait des papillons dans le ventre lorsqu'elle pensait à l'ardeur avec laquelle ils s'étaient jetés l'un sur l'autre. Comme s'ils en avaient assez de feindre l'indifférence et s'abandonnaient au désir qu'ils éprouvaient l'un pour l'autre.

Elle avait été tellement traumatisée par son ex-mari qu'elle voyait un tyran potentiel dans tous les hommes qui croisaient son chemin. Finalement, cette défiance était si épuisante qu'elle préférait rester célibataire.

D'un autre côté, cet unique baiser lui avait apporté plus de chaleur et de plaisir qu'elle n'en avait éprouvé pendant toute la durée de son mariage. Cette constatation tournait en boucle dans sa tête mais elle ne voulait plus se laisser prendre une nouvelle fois au piège. Après tout, c'était ce même Fraser qui « s'intéressait au cas de ses patientes », comme il le disait, mais elle était persuadée que c'était une façon de vérifier son travail.

Si elle s'engageait dans une relation avec un homme, il faudrait qu'il la laisse être elle-même, sans chercher à lui imposer son autorité.

En franchissant le seuil du centre médical ce matin-là, elle avait l'estomac noué. Et si Fraser lui en voulait de l'avoir repoussé ? Cela rendrait sa vie professionnelle beaucoup plus difficile.

— Bonjour, Victoria ! fit-elle à la réceptionniste.

Elle ne s'arrêta pas pour bavarder, dans l'espoir que cela lui éviterait de croiser Fraser.

Sans doute était-il en train d'inspecter ses boîtes alimentaires dans le réfrigérateur commun. Elles étaient toutes soigneusement rangées et étiquetées, ce qui donnait constamment à Iona envie de les mélanger. Mais parce qu'il était sorti de sa zone de confort pour l'aider à emménager, elle renonça à le taquiner avec cela.

Ce matin-là, elle avait sa consultation prénatale. Pourvu qu'elle n'ait pas à interroger Fraser au sujet d'une patiente commune.

Il avait laissé la porte de son bureau fermée, signe qu'il ne voulait pas être dérangé. D'ordinaire il ne se coupait pas du monde extérieur avant que son premier patient soit assis face à lui.

Mais tôt ou tard, ils devraient bien travailler ensemble, et la situation risquait d'être embarrassante !

Elle commença sa journée par les examens habituels, ce qui la dispensa de penser à ce qui se passait derrière la porte fermée du Dr McColl. Elle se concentra sur sa mission, aider les futures mères et s'assurer qu'elles et leurs bébés allaient bien, grâce aux questions rituelles :

« Combien de fois environ vous avez senti le bébé bouger ? »

« Pensez-vous allaiter votre enfant ? »

« Comment vous sentez-vous, ces temps-ci ? »

Il n'y eut aucune complication, elle allait donc pouvoir faire ses visites dans les temps. Plus elle mettrait d'espace entre Fraser et elle, mieux ce serait.

La consultation se termina en beauté.

— Katherine !

Iona se précipita pour serrer la jeune femme dans ses bras, du moins autant que le lui permettait son ventre rond.

— Ta journée a mal commencé, ou tu es juste contente de me voir ? demanda Katherine.

Elle s'assit lourdement sur une chaise tandis que ses deux aînés se plantaient de chaque côté d'elle. Hamish et Poppy étaient trop âgés pour se distraire avec la boîte de jouets à leur disposition, mais trop jeunes pour être laissés seuls dans la salle d'attente.

— Les deux, répondit Iona.

Elle aida Katherine à ôter ses chaussures et tira deux chaises pour les enfants. Elle leur donna des sucettes, ainsi que du papier et des feutres pour les tenir occupés. Une fois qu'ils furent installés à son bureau, elle soutint Katherine jusqu'au lit et tira le rideau autour d'elle.

— Désolée, dit cette dernière. Ils ont commencé à faire des bêtises ce matin, et je n'ai pas voulu les envoyer à l'école. J'étais sûre qu'on me téléphonerait pour me demander de venir les chercher, mais ils sont plus calmes, maintenant. Je crois que leur père leur manque.

— C'est normal.

Katherine, infirmière au centre médical, avait pris Iona sous son aile dès son arrivée. Puis elle avait partagé avec sa nouvelle amie l'excitation d'une nouvelle grossesse.

Elles ne s'attendaient évidemment ni l'une ni l'autre à ce qu'elle perde si tôt son mari, emporté par un cancer du cerveau foudroyant. Iona avait offert à Katherine son épaule pour pleurer et son numéro de téléphone, chaque fois qu'elle aurait envie de parler. Ces derniers mois elles étaient devenues encore plus proches, d'autant qu'elles n'avaient ni l'une ni l'autre de famille sur qui compter.

— À cette période de l'année, reprit Katherine avec un soupir, Noël aurait déjà décoré la maison pour les fêtes. Elle était visible depuis l'espace, vu le nombre de guirlandes lumineuses qu'il suspendait à l'extérieur. Ce n'est plus pareil... Ce ne sera plus jamais pareil.

Katherine s'efforçait visiblement de ne pas s'effondrer pour le bien de ses enfants, y compris de celui qu'elle attendait.

— C'est vrai, dit Iona, mais ça ne veut pas dire qu'il n'y aura plus rien de bon. Tu es une femme forte, mère de deux beaux enfants, et je te promets que tu surmonteras cette épreuve.

Elle avait une grande compassion pour cette famille. Katherine et son mari avaient quitté une grande ville pour offrir à leurs enfants un meilleur environnement. Ils ignoraient qu'ils n'avaient pas beaucoup de temps devant eux et que Katherine devrait les élever seule.

Il n'était pas question de la renvoyer chez elle au bout de dix minutes, alors qu'elle allait si mal. Sa détresse pouvait gravement affecter le déroulement de sa grossesse.

— Écoute, dit Iona, j'ai un peu de temps avant les visites à domicile. Si on buvait quelque chose, avant ton examen ? Je crois que nous avons des biscuits au chocolat quelque part.

La boîte de plastique de Fraser contenant des gâteaux comptabilisés jusqu'à la dernière miette lui vint à l'esprit. Il s'agissait d'une urgence. Il comprendrait, et si ce n'était pas le cas, il n'aurait qu'à le lui dire.

— Ceux de Fraser ? demanda Katherine avec inquiétude.

— C'est un professionnel. Il sait que le chocolat guérit tous les maux.

Un instant plus tard, Iona revenait dans la pièce, un plateau dans les mains. Elle apportait du thé, des petits gâteaux et du lait pour les enfants.

Après s'être assurée que ces derniers n'entendraient pas la conversation, elle demanda :

— Et maintenant, dis-moi vraiment comment tu te sens.

— Stressée. Complètement crevée.

Maintenant qu'elle laissait tomber le masque, les cernes de Katherine semblèrent plus prononcés à Iona. Comme accablée par le chagrin, la jeune maman s'était affaissée contre les oreillers.

— Commençons par l'origine de ton stress, ensuite nous traiterons les problèmes un à un.

À ce stade de la grossesse, une grosse fatigue n'était pas inhabituelle, le bébé prenait tant de place que la mère avait du mal à trouver une position confortable pour dormir. Mais la dépression pouvait aussi être un élément déterminant ce qui, vu la perte terrible que Katherine venait de subir, n'aurait rien eu d'étonnant. Le plus important était d'identifier le mal, afin d'aider la patiente. Conseiller les parturientes faisait partie des fonctions officieuses des sages-femmes.

— Outre ce qui est évident, dit Katherine qui pensait au deuil, il y a toutes les corvées que je dois assumer maintenant que Noël n'est plus là. Je comptais sur lui pour faire les courses une fois que je serais grosse comme une baleine. Je peux à peine déplacer mon propre corps, alors je suis incapable de porter des sacs de commissions, que je n'ai de toute façon pas le temps de faire, avec les devoirs de classe et le ménage. Je n'ai même pas préparé la chambre du bébé.

Laissant échapper un soupir tremblant, Katherine prit un biscuit et le grignota.

— Est-ce que quelqu'un peut t'aider jusqu'à l'accouchement ?

Une bonne organisation des amis ou des proches jouait un rôle important dans n'importe quelle grossesse. Dans le cas de cette famille qui devait affronter les fêtes sans le père et mari, c'était crucial.

— Mes parents font une croisière pendant les vacances. Ils doivent rentrer un peu avant la naissance pour m'aider avec les enfants, mais jusque-là je n'ai personne. Ils ne voulaient pas partir, mais ils attendaient ce voyage depuis si longtemps que je les ai persuadés de ne pas modifier leurs projets. Noël n'avait aucune famille.

Katherine fourra un autre gâteau dans sa bouche.

— Au moins, tu les auras auprès de toi quand tu seras à l'hôpital. En attendant, tu sais que je suis là, et je suis certaine qu'il y a plein de gens au village qui voudront te donner un coup de main.

Tout le monde adorait Katherine, et même si la jeune femme ne souhaitait pas s'imposer, les villageois feraient ce qu'ils pourraient pour l'aider.

— Je te rappelle qu'ils doivent s'occuper de leurs propres familles, répondit Katherine d'une voix résignée. Ils ne vont pas délaisser leurs préparatifs des fêtes pour venir faire le ménage dans une maison isolée.

Elle n'avait sans doute pas tort. Contrairement à Iona, ils avaient tous une vie en dehors du travail.

— Tu pourrais prendre une aide ménagère pendant quinze jours. Et puis, ne t'en fais pas ! Ce n'est pas si grave si ta maison est un peu moins bien rangée. Ces derniers mois, tu as fait des exploits pour maintenir ta famille à flot, tu ne vas pas t'inquiéter pour un peu de poussière. Commande des plats à emporter et laisse les enfants décorer la salle de séjour à leur guise. Les vacances ne durent qu'un temps mais, crois-moi, rien ne vaut l'excitation de l'arrivée d'un nouveau bébé. Jusque-là, mets-leur un DVD et fais la sieste chaque fois que c'est possible.

— C'est une solution de facilité !

— Non, ça s'appelle prendre soin de soi. Tes gamins se souviendront davantage du temps qu'ils ont passé avec toi que des guirlandes qu'ils ont ou non suspendues. À ce propos, ce rabat-joie de McColl a interdit les festivités au centre médical. Alors je peux t'apporter toutes les décorations que j'avais prévues pour égayer ici.

— Avec plaisir, merci. J'ai appris que Fraser avait aussi annulé la réception annuelle du personnel ? Il n'a peut-être pas tort. La boisson ne fait pas bon ménage avec le travail et mieux vaut ne pas mélanger le privé et le professionnel.

Iona fut un peu vexée que son amie prenne le parti de Fraser. Elle préférait quant à elle rester fâchée contre lui pour éviter de penser à l'effet surprenant que leur baiser avait eu sur elle. Submergée par ses hormones, elle avait bien failli oublier toute prudence.

— Maman ! Je m'ennuie ! fit une petite voix de l'autre côté du rideau.

— Nous aurons terminé dans une minute ou deux, répondit Katherine. Prends mon téléphone dans mon sac, et tu joues à ce jeu que tu aimes jusqu'à ce que je sois prête à partir.

Tendant son mug vide à Iona, Katherine enchaîna :

— Tu vois ? Je n'ai pas une seconde à moi.

C'était certainement vrai, mais du moins ce moment passé à boire un thé avec une amie avait effacé les rides qui plissaient son front. Ce n'était pas grand-chose, mais ce bref répit lui avait permis de se détendre avant que Iona ne prenne sa tension.

— En ce cas, dit-elle, on ferait bien de s'y mettre.

— Désolée, je n'avais pas l'intention de transformer cette consultation en séance de psychothérapie.

— Je suis là pour m'assurer que le bébé et toi allez bien. Tu peux m'appeler chaque fois que tu as besoin de parler à une amie. Tu m'as apporté un échantillon d'urine ?

— Oui, répondit-elle en désignant le flacon qu'elle avait posé sur la table.

Iona l'aida à se lever et à monter sur la balance.

— On va voir combien tu pèses.

Une prise de poids était normale et signifiait que le bébé se développait bien, mais lorsque Iona compara le résultat avec celui de la semaine précédente, elle fronça les sourcils. Katherine avait pris plus de deux kilos.

— Je ne veux pas savoir ! dit la jeune femme plaintivement.

— Je te rappelle qu'un autre être humain grandit dans ton ventre.

La bandelette réactive du test d'urine indiquait la présence de protéine. Associée à la prise de poids, cette information devait être prise en compte.

Katherine s'étendit de nouveau sur le lit et découvrit son ventre pour que Iona puisse déterminer la taille du bébé et sa position.

— Est-ce que tu as remarqué un gonflement inhabituel, au niveau de tes mains ou de tes chevilles ?

Tout en parlant, Iona nota que le bébé se présentait toujours par la tête et que sa croissance semblait normale. S'il avait été trop gros ou trop petit, elle aurait dû prescrire une échographie pour évaluer de façon plus précise sa taille et le niveau du liquide amniotique.

— Mes chevilles sont gonflées, mais ce n'est pas étonnant, avec tout le poids supplémentaire que je trimbale.

Aidée par Iona, Katherine ôta ses chaussettes.

Un œdème enflait ses chevilles, et une sonnette d'alarme retentit aussitôt dans le cerveau de Iona.

— Pas de migraines, de nausées ou de troubles de la vision ? demanda-t-elle.

Jusque-là, les symptômes semblaient indiquer une prééclampsie. Si elle était sévère, elle pouvait menacer la vie de l'enfant et de la mère. Souvent, cela entraînait un accouchement prématuré. C'était la vasoconstriction des artères qui provoquait la hausse de tension. Le flux réduit de sang pouvait affecter le foie, les reins et le cerveau. De telles modifications entraînaient une « fuite » dans les tissus, au niveau des capillaires sanguins. Il en résultait des œdèmes, ainsi que des perturbations rénales et un afflux de protéine dans les urines. Il était normal qu'il y en ait un peu, mais une trop grande quantité indiquait un problème.

Le fœtus pouvait être affecté par la perturbation des échanges foeto-placentaires. Il y avait aussi un risque que le placenta se détache de la paroi utérine avant l'accouchement. Il fallait souvent le provoquer pour protéger la mère et empêcher que l'enfant ne soit mort-né.

— J'ai eu des migraines et des nausées, dit Katherine, mais je les ai attribuées au stress. Pourquoi ? Je dois m'inquiéter ?

— Je vais vérifier ta tension, répondit Iona, évitant de répondre à la question jusqu'à ce qu'elles sachent de quoi il s'agissait.

Elle passa le brassard autour du bras de Katherine. Si la tension était trop élevée, cette information combinée avec l'œdème et la présence de protéine dans l'urine signifierait qu'il fallait intervenir rapidement.

— Elle est élevée, c'est ça ? demanda Katherine d'une voix résignée, un instant plus tard.

— Est-ce que tu pourrais confier les enfants à quelqu'un cet après-midi, et revenir au centre médical ? Je voudrais refaire des analyses d'urine.

Le rapport protéine-créatinine pouvait indiquer une prééclampsie si la quantité de protéines était trop élevée, c'est-à-dire supérieure à 0,10 gramme par litre.

— Je vais m'arranger. Je comptais justement faire quelques courses, avant de rentrer.

Iona défit le brassard et nota les résultats, qui confirmaient ses soupçons.

— D'accord. Je vais en parler à Fraser, pour voir ce que nous faisons ensuite.

— S'il s'agit de prééclampsie, c'est plutôt embêtant, non ?

— Pour l'instant, je suis simplement prudente. Il nous faut d'autres examens, mais comme tu n'es pas encore à trente-sept semaines et que ton bébé se développe bien, on aura peut-être simplement besoin de surveiller ta tension jusqu'à la fin de ta grossesse.

Si l'accouchement avait été proche, il aurait été possible de le provoquer, mais Iona ne voulait envisager les complications éventuelles d'une naissance prématurée qu'en cas d'absolue nécessité. Dans certaines situations on effectuait une césarienne, s'il y avait des signes que la mère ou l'enfant ne supporteraient pas le travail. Mais cela créerait des difficultés supplémentaires quand Katherine se retrouverait seule à la maison avec trois enfants.

— Je vais voir si je peux trouver une baby-sitter pour quelques heures, dit Katherine.

Iona lui fut reconnaissante d'accepter aussi calmement la nouvelle.

— Bonne idée, mais ne te fatigue pas trop. On se revoit dans deux heures.

Arborant un sourire rassurant, elle aida Katherine à se lever.

— Les enfants, qu'est-ce que vous diriez de regarder un film en mangeant des bonbons ?

Comme la plupart des mères, Katherine s'efforçait de cacher son inquiétude pour ne pas bouleverser ses enfants. Avant que la petite troupe ne quitte la pièce, Iona prit son amie par les épaules.

— On va s'en sortir, d'accord ?

Et elle comptait bien respecter cette promesse, même si cela impliquait de consulter Fraser.

Fraser raccompagna son patient à la porte de son bureau et referma derrière lui. Un autre jour, il aurait été content d'avoir une vue d'ensemble sur le centre médical, mais il n'était pas vraiment prêt à affronter Iona... Ni les sentiments qu'il avait développés pour elle durant les quarante-huit dernières heures.

En chargeant ses anciens meubles dans la jeep, il savait qu'il commettait une erreur. Il agissait rarement ainsi, à l'encontre de son bon sens et sans tenir compte des conséquences possibles.

Maintenant, il ne lui restait plus qu'à trouver le moyen de rétablir des relations purement professionnelles avec elle. Pour sa tranquillité d'esprit, mieux valait quelques disputes passionnées plutôt que de céder à l'attirance qui les poussait l'un vers l'autre.

Quelqu'un frappa à la porte, l'arrachant à ses réflexions.

— Entrez.

Il ouvrit le dossier de son patient suivant pour se donner une contenance.

Peine perdue !

Iona franchit le seuil et le cœur de Fraser fit aussitôt des bonds dans sa poitrine. En uniforme, sa chevelure rebelle à peu près maîtrisée, elle était bien différente de la jeune femme qui l'avait accueilli sur le pas de sa porte, les cheveux humides après la douche. Mais elle ne lui faisait pas moins d'effet…

— Je… euh…, fit-il.

Il avait passé la moitié de la nuit et une partie de la matinée à construire un discours. Il comptait supplier Iona de lui pardonner son comportement déplacé. Mais maintenant qu'elle était en face de lui, les mots lui manquaient.

— Je viens d'examiner Katherine, elle présente des symptômes de prééclampsie, dit Iona. C'est ma patiente, mais je voulais vous exposer les conséquences possibles sur sa famille, si elle est hospitalisée.

Iona avait peut-être en tête ce qui s'était passé entre eux, mais elle n'en montrait rien et semblait ne s'inquiéter que pour sa patiente. Elle était clairement prête à travailler avec lui pour le bien de cette famille.

Il lui fit signe de s'asseoir face à lui.

— Je vous écoute.

Si elle préférait ne pas évoquer ce qui s'était passé entre eux, il était tout à fait d'accord !

Elle s'éclaircit la gorge avant de commencer, avec des signes de nervosité qu'il ne lui avait jamais vus. Elle tripotait l'ourlet de sa blouse, comme si rester tranquille lui était impossible. Il en eut la gorge serrée. Que son intrusion dans la vie privée de Iona soit la cause de cette détresse manifeste le rendait fou de culpabilité.

— Vous savez qu'elle a perdu son mari il y a peu de temps et qu'ils avaient déjà deux enfants, dit-elle.

— Bien sûr. Nous avons tous été très tristes pour elle.

En tant que médecin traitant du mari de Katherine, il avait été très affecté par le drame qui avait frappé cette famille.

Iona le fixait, attendant visiblement qu'il fasse plus que d'exprimer sa sympathie. Levant les yeux au ciel, elle eut une moue de désapprobation.

— Personne ne peut s'occuper des aînés si Katherine est hospitalisée, dit-elle avec une exaspération visible.

— Bien sûr. Et elle n'a pas besoin de ce souci supplémentaire.

— Je lui ai demandé de revenir dans deux heures pour reprendre sa tension et refaire les analyses d'urine avant d'appeler l'hôpital. Cela nous laisse le temps de voir quelles options lui proposer et de passer quelques coups de fil.

— Elle n'a pas d'amis, aucuns proches auxquels elle puisse faire appel en cas d'urgence ? Je déteste l'idée que les enfants soient confiés à des étrangers alors qu'ils pleurent encore leur père.

Il ne leur souhaitait pas de vivre ce qu'il avait lui-même vécu. Les enfants avaient besoin d'être guidés et soutenus lorsqu'ils affrontaient la perte d'un parent. C'était ce que son propre père avait été incapable de faire pour lui.

Iona secouait la tête.

— Les parents de Katherine font une croisière. Ils sont quelque part au milieu des Caraïbes et ne doivent pas rentrer avant le jour de l'an. Katherine peut payer une baby-sitter pour quelques heures, mais elle n'a personne de suffisamment proche qui puisse les accueillir plus longtemps. La garde de jeunes enfants n'est pas de tout repos, et presque tous les habitants du village sont retraités. Ceux qui ne le sont pas sont eux-mêmes jeunes parents.

— Ce qui nous laisse...

— Un hébergement temporaire en foyer.

Cette solution bouleverserait évidemment Katherine, et ses enfants. Comment n'auraient-ils pas été terrorisés à l'idée d'être séparés de la seule personne qu'ils aimaient pour se retrouver à la merci d'étrangers ? Fraser avait vécu cette effrayante plongée dans l'inconnu lorsqu'il avait été expédié en pension, loin de tout ce qui lui était familier.

Les enfants avaient du mal à comprendre la nécessité d'un tel déchirement, ils s'imaginaient avoir fait quelque chose de mal et prenaient cet exil comme une punition.

— J'espère que nous n'en arriverons pas là, dit-il, il doit y avoir des solutions acceptables. Katherine fait partie de notre équipe, c'est une amie, elle ne devrait pas avoir à affronter un tel dilemme. C'est aussi une très bonne mère. Vous avez abordé la question avec elle ?

— Pas encore. Je voulais y réfléchir d'abord, avant de la submerger d'informations.

— Ses parents ne peuvent vraiment pas revenir plus tôt ?

Dans le doute, Iona haussa les épaules. De nombreux parents — les siens exceptés — auraient été prêts à raccourcir leurs vacances pour aider leur fille et faire en sorte que leurs petits-enfants ne se retrouvent pas en foyer.

— Je vais tenter de la convaincre de les joindre aujourd'hui. J'aurai davantage de poids si elle a tous les tenants et les aboutissants, mais même comme ça je doute qu'ils reviennent avant son hospitalisation.

— Vous avez parlé avec l'équipe médicale de l'hôpital ?

— Je vais téléphoner aujourd'hui et lui prendre un rendez-vous.

Voyant qu'elle semblait vouloir rester dans son bureau, il décrocha son téléphone et composa un numéro.

— Faites-le. De mon côté j'appelle une amie assistante sociale. Je vais lui demander ce qui peut être fait avant que nous ne prenions une décision.

— Merci pour votre compréhension, dit doucement Iona.

Il n'aurait pas voulu d'autre récompense que le sourire dont elle accompagna ce remerciement. Combien il aurait voulu que quelqu'un comme elle intervienne pour qu'il reste chez lui quand sa mère était tombée malade, et après son décès, quand son père semblait trouver sa présence encore plus insupportable !

Si les McColl avaient eu un ou une amie pour les convaincre que leur fils serait mieux en famille, sa vie n'aurait pas été réduite en pièces.

5

Lorsque Katherine revint au centre médical, Iona avait déjà organisé son hospitalisation. Le spécialiste qu'elle avait contacté la surveillerait de près et ferait baisser sa tension.

— Et comme d'habitude, la dame enceinte vient voir la sage-femme avec la vessie pleine, dit Katherine avec un humour qui ne masquait pas tout à fait sa peur.

— Si tu veux bien aller aux toilettes, nous aurons un nouvel échantillon à analyser.

Pendant ce temps, Iona passerait voir Fraser pour en savoir plus sur sa conversation avec son amie assistante sociale.

À son grand étonnement, ils avaient pu reprendre le fil de leur relation professionnelle comme si de rien n'était malgré ce qui s'était passé entre eux.

Mieux valait sans doute qu'ils se concentrent sur Katherine. Fraser s'était montré plein d'empathie, sans doute à cause de sa propre enfance. C'était d'autant plus remarquable que ses parents lui avaient manifesté peu d'affection.

Elle avait aussi été surprise qu'il propose d'utiliser un contact personnel, lui qui était si à cheval sur les procédures officielles. Peut-être connaissait-il intimement cette assistante sociale ? Cette éventualité réveilla le démon de la jalousie en elle... Mais elle ne l'aurait reconnu pour rien au monde.

Faisant irruption dans le bureau de Fraser, elle demanda :

— Vous avez pu discuter avec votre *amie* ? Katherine vient d'arriver.

Il ne fit aucun commentaire sur son ton revêche.

— J'ai pu joindre Sandra, en effet.

Ainsi, il l'appelait par son prénom...

— Iona ?

Une Katherine inhabituellement timide apparut derrière elle et Iona se maudit de ne pas avoir refermé la porte.

Fraser se leva et les invita à s'asseoir.

— Entrez, Katherine, vous êtes concernée, vous aussi.

Il rapprocha une chaise pour que Iona puisse s'installer près de lui et qu'ils mènent la discussion ensemble.

Iona se pencha au-dessus de la table.

— Comme tu le sais, Katherine, tu présentes des symptômes un peu inquiétants : une tension trop élevée, des protéines dans ton urine et des nausées. Tous ces éléments additionnés peuvent indiquer une prééclampsie.

Katherine croisa les mains sur ses genoux, comme pour les empêcher de trembler.

— Mais tu dois encore faire des analyses... ?

— J'ai déjà parlé au médecin, à l'hôpital ; il t'attend cet après-midi. Il se peut que tu sois hospitalisée.

Des larmes silencieuses jaillirent des yeux de Katherine.

— Ils doivent surveiller ta tension et la ramener à un niveau acceptable, poursuivit Iona.

— Combien de temps faudra-t-il ?

— Autant que nécessaire. Si les choses s'améliorent, ils peuvent t'autoriser à être suivie à domicile, mais s'ils pensent que vous courez un risque, le bébé et toi, ils te garderont jusqu'à l'accouchement.

Iona ne voulait pas plus effrayer Katherine que lui donner des faux espoirs. Elle ne pouvait pas lui promettre qu'elle serait chez elle pour le dîner.

— Et les enfants ? demanda Katherine, soudain toute raide sur sa chaise.

— Où sont-ils, en ce moment ?

— Je les ai confiés à Mme McAdams pour une heure, dans son café, mais ça ne peut pas durer indéfiniment. Si j'appelle mes parents, il leur faudra un peu de temps pour retenir des billets d'avion. Qu'est-ce que je vais faire, Iona ?

Iona déglutit plusieurs fois avant de répondre :

— Ils pourraient être placés temporairement dans un foyer, jusqu'à ce que tu sortes de l'hôpital ou que tes parents arrivent.

— Non ! fit la jeune femme en se levant d'un bond.

Les larmes aux yeux, Iona tenta de la calmer :

— Dès que tu seras hospitalisée, les services sociaux seront impliqués. Ils devront s'assurer qu'il y a quelqu'un pour prendre soin d'eux.

— Je peux m'en charger. Tu disais toi-même que tu pourrais surveiller ma tension à domicile. Je viendrai ici tous les jours, s'il le faut, mais on ne me séparera pas de mes bébés.

— Personne ne le souhaite, mais tu dois aller à l'hôpital pour le bien de celui que tu attends. Si quelque chose lui arrivait, tu ne te le pardonnerais jamais.

Ce n'était pas une menace, mais une réalité que Katherine devait affronter.

— Je ne me le pardonnerai jamais non plus si mes enfants vont dans un foyer.

Enfouissant son visage dans ses mains, Katherine se mit à sangloter si fort que Iona craignit un accouchement prématuré.

Se levant à son tour, Fraser guida Katherine vers sa chaise.

— Asseyez-vous, tout va bien se passer. J'ai moi-même appelé une amie assistante sociale pour lui demander conseil. Les services sociaux ne seront pas impliqués si un membre de votre famille est agréé pour prendre vos enfants en charge.

— Je vous ai déjà dit que je n'ai personne jusqu'à l'arrivée de mes parents. Il me faut quelqu'un, entre-temps.

— Pour être honnête, Sandy m'a prévenu qu'il ne serait pas facile de les placer juste avant Noël. Si vous avez confiance en quelqu'un, je suis certain qu'on obtiendra l'agrément.

Iona sentit sa gorge se serrer plus encore. Les enfants seraient sans doute séparés. Deux enfants en deuil de leur père étaient une lourde charge, pour des familles qui préparaient les fêtes. Ces gamins ne méritaient pas le sort qu'on leur réservait. Ils avaient besoin d'être gâtés pour ne pas penser à leur père absent le soir de Noël. Si leur mère était hospitalisée, ils seraient encore plus effrayés. Ce genre d'expérience horrible vous poursuivait jusque dans l'âge adulte, elle était bien placée pour le savoir. Il était temps que quelque chose de positif leur rappelle cette année.

— Je vais les prendre !

Elle n'aurait pu dire qui était le plus choqué par cette déclaration... Fraser, Katherine ou elle-même. Elle n'avait rien anticipé et certainement pas envisagé les conséquences pratiques de cette proposition.

— Tu es sérieuse ?

À la seconde où le visage de Katherine s'était illuminé d'espoir, le sort de Iona fut scellé. Elle ne pouvait pas revenir en arrière.

— Vous devez d'abord réfléchir, dit Fraser.

Il la fixait comme si elle était devenue folle.

— Quelquefois, il faut laisser parler son instinct, dit Iona, et le mien me dit que c'est la seule chose à faire.

Il ne pouvait pas comprendre, lui qui se conformait toujours aux règles. Mais elle ne se trompait pas, d'ordinaire, et elle espérait que cette fois ne ferait pas exception. Katherine n'avait littéralement personne d'autre sur qui compter et Iona n'allait certainement pas discuter du pour et du contre devant elle.

— On peut vraiment le faire ? demanda la jeune femme d'une voix tremblante. Je veux dire... Mes enfants connaissent Iona et ce n'est que pour quelques jours.

Fraser en voulait à Iona d'avoir donné des espoirs à Katherine sans l'avoir consulté au préalable. Bien sûr, il ne souhaitait pas plus qu'elle que ces gamins soient pris en charge par le système social, mais Iona n'aurait pas dû prendre une décision aussi importante sans y réfléchir.

D'un autre côté, il se réjouissait que ces enfants passent Noël auprès d'elle plutôt que dans un foyer sans âme.

Laissant échapper un soupir, il assuma le rôle de négociateur :

— Il existe une possibilité d'accueil temporaire, mais il faudra le signaler aux services de l'enfance pour obtenir leur autorisation.

— Ça ne devrait pas poser de problème, non ? dit Katherine. Mes enfants connaissent Iona et elle fait partie du corps médical. Qu'est-ce qu'ils voudraient de plus ?

Il hocha la tête. Il ne voulait pas contrarier la jeune femme, mais Sandy l'avait prévenu que la vie d'un éventuel accueillant serait scrutée à la loupe.

— Ils voudront des informations complémentaires.

Pour la première fois, Iona fronça les sourcils.

— Quel genre d'informations ?

L'espace d'une seconde, il s'interrogea. Avait-elle quelque chose à cacher ?

— Pour commencer, l'enquête portera sur votre santé, votre situation matrimoniale, votre profession et votre logement.

Ils échangèrent un regard. Le minuscule appartement de Iona n'était pas approprié à l'hébergement de deux jeunes enfants.

— Ça pourrait poser un problème, fit Iona en marmonnant.

— Ils ne vous reprocheront pas la taille de votre logement ou l'absence de jardin, dit-il. Mais ils voudront s'assurer que les enfants disposent de leur propre espace.

— Et si tu t'installais chez moi ? dit Katherine.

— Le trajet est trop long, répondit Iona, visiblement déçue. La météo prévoit l'une des pires tempêtes de l'année la semaine prochaine, et je ne peux pas me permettre d'être coincée alors que de futures mères ont besoin de moi. À moins que tu n'aies un chasse-neige avec lequel je puisse venir travailler ?

Aussi folle qu'elle paraisse, la proposition de Iona était pourtant la seule susceptible d'éviter à ces petits un séjour en foyer. Fraser était sans doute moins proche de Katherine que Iona, mais il se sentait impliqué.

Durant son enfance, il passait ses vacances au pensionnat, avec des camarades dont les parents se trouvaient à l'étranger. Il s'était toujours dit que, s'il fondait une famille un jour, ses propres enfants sauraient qu'ils étaient aimés.

Sa grande maison avait toujours manqué d'animation et de rires… Peut-être tenait-il enfin l'occasion d'exorciser ses démons. Son logement était assez spacieux pour fournir une solution temporaire.

Il prit une profonde inspiration avant de lancer :

— Ils peuvent venir chez moi.

Les deux femmes se tournèrent, bouche bée, vers lui.

Ce fut Katherine qui rompit le silence la première.

— Pardon ? Je jurerais que vous venez de me proposer d'accueillir mes enfants.

— Ma maison est plus proche du centre médical que celle de Katherine et plus spacieuse que votre appartement, Iona. J'ai un jardin et des chambres pour chacun des enfants.

Katherine regarda son amie.

— Iona ?

— Vous devrez avoir l'autorisation des services sociaux, vous aussi, dit celle-ci.

— Pas de souci. Je n'ai rien à cacher.

— Vous êtes sérieux ? Vous êtes prêt à me recevoir indéfiniment avec les enfants ?

Iona le défiait devant Katherine, elle le poussait dans ses derniers retranchements, mais il avait pris sa décision.

— Je ne dis pas des choses que je ne pense pas, Iona. Katherine a besoin de quelqu'un pour prendre soin de ses enfants et vous avez besoin d'un endroit pour le faire. De cette façon, je m'assure que vous ne prendrez pas de retard pour vos consultations et vos visites. Ça me semble rationnel.

Pour qu'elle le croie, il laissait entendre que seule la gestion du centre médical l'intéressait. C'était moins dangereux que de la laisser imaginer qu'il voulait l'aider. Quelle qu'en soit la raison, il y avait quelque chose en elle qui le poussait à enfreindre des règles soigneusement établies.

— Vous m'avez convaincue, dit Katherine. Je suis plus qu'heureuse de laisser mes enfants entre des mains aussi capables.

Iona continuait de le fixer d'un regard sceptique.

— Si nous sommes d'accord, insista Fraser, je pourrai peut-être demander à Sandy si nous sommes obligés d'officialiser cette démarche.

Hochant la tête, Iona se leva.

— Katherine, il faut que tu prépares ton sac pour l'hôpital et que tu réunisses quelques affaires pour les enfants.

— Est-ce que j'ai le temps d'emmener Hamish et Poppy quelque part pour leur annoncer la nouvelle ? Je ne veux pas les effrayer en disparaissant brusquement. Ils pourraient croire qu'il m'est arrivé la même chose qu'à leur père.

— Nous prendrons le temps qu'il faut pour qu'ils comprennent la situation.

Après le départ de Katherine, Iona resta dans le bureau de Fraser. Probablement attendait-elle qu'il lui donne les clés de son royaume. Il ouvrit un tiroir, en sortit un trousseau et gribouilla son adresse sur un morceau de papier qu'il déposa sur la table, devant elle.

Mais elle ferma la porte et se rassit face à lui. Elle voulait donc s'entretenir en privé avec lui... Sans doute allait-il entendre qu'elle regrettait ce qui s'était passé entre eux. Il allait la rassurer et lui promettre que cela ne se reproduirait pas.

— Je peux faire quelque chose pour vous ?

— C'est à propos de l'enquête des services sociaux.

À sa manière de se frotter les paumes sur les genoux, il devina qu'elle était très nerveuse.

— Vous avez un souci, Iona ?

Il n'imaginait pas ce que c'était, mais puisqu'elle l'honorait de sa confiance, rien ne transpirerait au-delà de ces quatre murs.

Elle fixait ses mains. Sa respiration saccadée soulevait et abaissait ses épaules. Elle semblait avoir perdu son assurance habituelle.

— Je... euh... J'ai été mariée... La police a dû intervenir et il y a aussi quelques dossiers médicaux.

Il savait ce que cela sous-entendait, mais il ne parvenait pas à l'accepter.

— Iona, dit-il doucement, est-ce qu'il... vous a fait du mal ?

Elle leva les yeux vers lui, et son air égaré lui brisa le cœur. L'idée que quelqu'un avait pu lever la main sur elle était épouvantable. Il fallait être particulièrement lâche pour frapper une femme, ou, pire encore peut-être, tenter de la briser moralement.

— Andy exerçait un contrôle physique sur moi, mais il m'a aussi infligé une torture morale jusqu'à ce que je sois prisonnière dans ma propre maison. Il ne m'a pas été facile de le quitter, de suivre des cours pour devenir sage-femme et reprendre ma vie en main.

En tant que généraliste, Fraser avait souvent été témoin de violences conjugales. Il savait que l'anéantissement mental de la victime causait autant de dégâts que les brutalités physiques. Il avait envoyé de nombreuses patientes à des psychologues et en avait soigné plusieurs pour dépression. Pour certaines, les blessures ne guérissaient jamais, mais Iona faisait partie de ces rares survivantes qui utilisaient le trauma pour devenir plus fortes, au point de l'emporter sur l'homme qui essayait de les dominer par la peur. Cela expliquait le mystère autour de son installation au village, et sa défiance envers toute forme de contrôle.

— Vous êtes extraordinaire, dit-il avec admiration. N'importe qui serait fier d'être votre ami.

Du dos de la main, elle essuya les larmes qui perlaient au coin de ses yeux.

— Je ne vous en parle que parce que je m'inquiète qu'on puisse mettre en cause mon aptitude à devenir la tutrice de Hamish et Poppy.

Il était clair qu'elle ne s'attendrissait pas sur elle-même, alors qu'elle aurait été en droit de le faire. Sa situation avait dû être dramatique, pour que la police intervienne et qu'elle se retrouve à l'hôpital.

Il aurait voulu retrouver le coupable pour lui faire perdre le goût de s'en prendre à des personnes plus faibles que lui. Mais il brûlait aussi de prendre Iona dans ses bras pour la réconforter.

Sachant cela impossible, il fit de son mieux pour alléger ses craintes :

— Je suis sûr que cela n'aura pas de conséquences. Vous n'êtes plus en contact avec cet individu, je suppose ?

— Non ! Nous sommes divorcés.

Quel soulagement, de savoir qu'elle avait rompu tout lien avec son bourreau. Elle n'avait partagé ce passé douloureux avec lui que parce qu'elle s'inquiétait pour Katherine et ses enfants, mais il se réjouissait qu'elle ait eu le courage de s'enfuir pour entamer une nouvelle vie ici, à Culcranna.

— Vous n'avez aucune raison d'avoir honte, puisque vous n'avez rien fait de mal.

Il ne la qualifia pas de victime, car il savait qu'elle aurait détesté ce terme ou qu'on pense à elle de cette façon, mais c'était exactement ce qu'elle avait été. Aujourd'hui, elle était une survivante, une guerrière qui s'était battue pour préserver sa vie.

— Vous pourriez peut-être demander à votre amie si d'après elle ce sera un obstacle, dit-elle.

— Oui, ou bien nous allons proposer à Katherine de présenter la chose comme un service personnel que vous lui rendez, sans que les services sociaux soient impliqués.

— Merci, Fraser, je vais lui en parler.

— Pas de problème.

Il était honoré que Iona lui ait fait assez confiance pour partager avec lui des informations aussi intimes. Cela expliquait peut-être en partie sa réaction de la veille. Elle avait été blessée de la façon la plus horrible qui soit et son indépendance farouche constituait à présent sa stratégie de survie.

Il la comprenait un peu mieux... Mais il savait aussi qu'il venait d'être projeté dans un chaos indescriptible.

6

— Il n'est pas trop tard pour changer d'avis, Iona. Je ne veux pas que tu te sentes obligée de faire ça parce que je n'ai personne d'autre.

Iona et Katherine étaient assises dans la voiture, devant l'entrée de l'hôpital. À l'arrière, les enfants papotaient, très excités à l'idée de vivre une grande aventure dans la maison de Fraser.

— Ce n'est pas le cas, répondit Iona d'un ton rassurant. Tu as entendu Fraser ? Tout est réglé.

En réalité, elle se posait encore des questions sur l'engagement de Fraser. Pour commencer, il avait promis qu'ils pourraient s'arranger sans intervention extérieure, ensuite il avait réussi à ne pas la traiter en victime lorsqu'elle s'était confiée à lui. Il lui avait témoigné de la sympathie sans pour autant l'étouffer, et avait compris qu'elle n'avait pas besoin d'un chevalier blanc qui vienne à son secours. Il lui avait simplement offert son aide pour quand elle en aurait besoin. C'était une grande nouveauté pour elle, après tout ce temps passé à se débrouiller seule.

Fraser était plein de surprises, aujourd'hui. Quand il lui avait proposé de s'installer chez lui avec les enfants, elle avait failli s'évanouir.

— J'ai cru percevoir une certaine tension entre vous, insista Katherine. Je ne voudrais pas te mettre dans une situation où tu ne sois pas à l'aise.

Iona devait l'admettre, la perspective de vivre chez Fraser lui nouait l'estomac. Mais quoi qu'il y ait entre Fraser et elle, il ne se passerait rien en présence des enfants.

— Eh ! Nous n'aurions pas proposé de le faire si nous n'en avions pas envie. Nous ne sommes pas comme ça. Fraser n'est pas un mauvais type, quand il se lâche un peu. Il m'a aidée à emménager dans mon appartement et a même apporté des meubles.

— J'ai peut-être mal interprété les signes. Il n'y a rien d'autre que je devrais savoir ?

— Non ! répondit vivement Iona. Franchement, tu n'as pas à t'inquiéter.

Évidemment, elle était parfois partagée entre l'envie d'embrasser Fraser et celle de l'étrangler. Par bonheur, quand l'occasion d'aller plus loin s'était présentée, ils n'avaient pas cédé à la tentation !

Pourtant elle n'en revenait pas, elle quittait son logement le lendemain de son emménagement. Adieu, le Noël tranquille dont elle s'apprêtait à profiter ! Mais ce serait pour l'année suivante.

— Tu m'amèneras les enfants, d'accord ?

Katherine se tourna vers l'arrière du véhicule pour prendre les mains de ses précieux bébés.

— Tous les jours, si je peux.

Ce serait la seule façon de leur prouver que, contrairement à leur père, leur mère se remettrait bientôt et rentrerait à la maison.

Iona descendit de la voiture pour sortir le bagage de Katherine du coffre et laisser à la petite famille un moment d'intimité. Un instant plus tard, Katherine la rejoignit, les larmes aux yeux.

— Prends soin d'eux, dit-elle en sanglotant avant de serrer son amie dans ses bras.

— C'est ce que nous ferons. Tu ne veux pas que je t'accompagne à l'intérieur ?

Katherine essuya ses joues du dos de la main.

— Non. Emmène-les chez Fraser et installe-les. Je vous appellerai dès que possible.

— Je te promets de tout faire pour qu'ils soient heureux.

Iona jeta un coup d'œil dans le rétroviseur intérieur pour voir les petites têtes des enfants qui avaient du mal à rester en place.

— On arrive bientôt, dit-elle.

Par bonheur, ils se sentaient suffisamment en confiance avec elle pour prendre ce séjour chez Fraser comme des vacances.

C'étaient ses nerfs à elle, qui étaient tendus comme des cordes de violon. La nuit tombait et à mesure qu'ils s'enfonçaient dans la campagne, elle avait l'impression d'être engloutie dans l'obscurité.

L'absence d'éclairage, sur la route, ne l'aidait pas. Il ne manquait plus qu'une panne pour basculer dans un film d'horreur.

Ils parvinrent enfin devant un portail en fer forgé de style gothique, qui s'ouvrit à leur approche. Les caméras juchées de part et d'autre pivotèrent pour suivre leur progression le long de l'allée sinueuse. Ces mesures de sécurité étaient rassurantes, mais pas spécialement accueillantes.

Quand apparut la forteresse où vivait Fraser, Iona ouvrit de grands yeux.

— C'est hanté ? demanda Hamish en se penchant entre les sièges avant.

— Ne dis pas de bêtises. C'est juste une belle et grande maison, avec plein de pièces à travers lesquelles vous allez pouvoir courir, ta sœur et toi.

L'immense manoir éclairé par la lune était le genre d'endroit où l'on imaginait sans peine d'affreux gamins et leur dogue allemand venus résoudre des mystères. Mais ce n'était pas un dessin animé… Ils allaient habiter là un certain temps.

Un instant plus tard, le trio se présenta à la porte d'entrée. Iona s'attendait presque à ce qu'un majordome livide les accueille après avoir guetté leur arrivée. Elle fut plus que surprise de découvrir sur le seuil un médecin canon et athlétique. Elle aurait juré qu'il avait des domestiques pour introduire les visiteurs. En outre, elle pensait qu'il attendrait que les enfants soient couchés pour rentrer chez lui, afin de ne pas troubler son train-train quotidien.

— Vous êtes là ?

— J'ai terminé plus tôt que je ne le croyais et je me suis rappelé que je ne vous avais pas donné le code d'entrée du portail.

Il n'avait apparemment obéi qu'à des préoccupations strictement terre à terre. Vêtu d'un jean délavé et d'un pull-over de laine vert, il semblait plus détendu que dans son costume-cravate.

— On peut entrer ? demanda-t-elle en relevant le col de son manteau pour se protéger du vent.

— Bien sûr, excusez-moi. Le chauffage est allumé et le dîner est dans le four. Du poulet et des chips, rien de bien élaboré. Je ne suis pas très bon cuisinier.

— On est deux.

Elle suivit les enfants qui entrèrent en courant dans la maison. Quelqu'un avait préparé un dîner pour elle, elle n'en revenait pas !

Hamish stoppa sa cavalcade pour déclarer :

— Maman dit que maintenant je suis l'homme de la maison et que je dois veiller sur ma petite sœur.

— C'est vrai, répondit Fraser, mais Iona et moi sommes là pour t'aider, si tu es d'accord.

— Oui.

Fraser jouait le grand frère à la perfection, Hamish pouvait être rassuré, personne n'usurperait son rôle. Ils suivirent Fraser à travers le hall, s'efforçant de mémoriser les lieux.

— Je ne savais pas que vous dirigiez un hôtel, en plus du centre médical, dit-elle.

— Très drôle. Je vous ai dit que j'ai hérité de cette maison et je ne sais pas encore très bien ce que je vais en faire.

D'autres se seraient réjouis d'un tel cadeau du ciel, mais il ne paraissait pas spécialement enthousiaste. Jusqu'à la veille, elle aurait cru qu'il n'appréciait pas de devoir suivre les plans de quelqu'un d'autre, mais il lui avait depuis révélé que ses relations avec ses parents n'avaient pas été excellentes.

— J'imagine que c'est compliqué. Peu de gens disposent de deux millions pour vous racheter cette maison.

Sans répondre, il guida les enfants jusqu'à la cuisine et les invita à s'asseoir devant des assiettes fumantes.

— Cette pièce est accueillante, dit Iona. Je m'attendais à une table d'un kilomètre, dans la grande salle de réception, et l'obligation d'utiliser un mégaphone pour se parler.

Tout en prenant la carafe d'eau pour remplir les verres, elle jeta un coup d'œil en direction de Fraser, dont les joues avaient tourné à l'écarlate.

— Je préfère l'intimité de cette pièce, répondit-il.

Elle remarqua qu'il ne s'asseyait pas en bout de table et tirait sa chaise près de la sienne.

— Bon appétit, tout le monde.

S'efforçant de donner l'exemple aux enfants, elle prit ses couverts et s'apprêta à déguster le premier repas de la journée… ou dans son cas, de la semaine. Elle ne se rappelait pas la dernière fois qu'elle avait mangé un plat maison. En plus des chips, Fraser servit des épis de maïs, dans l'espoir que les enfants mangeraient un légume.

— C'est adorable ! Merci, Fraser.

— Tu as beaucoup d'argent ? demanda Hamish, visiblement intéressé par son nouvel environnement.

— Hamish, ce n'est pas poli de poser cette question, dit Iona, le grondant doucement.

Pourtant, n'importe qui y aurait pensé en franchissant le seuil de cette maison. D'ailleurs, Fraser n'avait aucune raison de travailler. Il devait être vraiment passionné par son métier, puisqu'il aurait pu prendre une retraite anticipée après le décès de ses parents.

— Ce n'est pas grave, dit Fraser d'un ton égal.

Les bras croisés sur sa poitrine, le petit garçon attendait une réponse, comme pour faire preuve de son autorité nouvellement acquise.

— Pour commencer, dit Fraser, je ne suis pas riche, mais j'ai hérité du titre de laird et de la propriété. En ce qui concerne la maison, j'essaie de décider si je vais abandonner une très vieille tradition et la vendre. Quoi qu'il arrive, si vous avez fini, je vais vous montrer vos chambres.

Ils gravirent le grand escalier et empruntèrent un couloir moquetté jusqu'à ce que Fraser s'arrête devant une porte.

— Je crois que Hamish se sentira bien ici.

La pièce, somptueuse, aurait pu figurer dans la brochure d'un hôtel cinq étoiles, mais elle était très accueillante. Hamish posa son sac de super-héros sur le lit. Il semblait très petit, dans cet environnement visiblement destiné à des adultes. Consciente que Fraser avait fait un effort pour préparer cette chambre, Iona tenta de persuader Hamish que c'était le début d'une grande aventure.

— Tu dois avoir l'impression d'être une grande personne, n'est-ce pas, Hamish ?

— Tu as beaucoup de place pour ranger tes affaires, dit Fraser.

Pour en faire la preuve, il ouvrit tiroirs et placards avant de leur montrer la salle de bains privée.

— Tu peux mettre ton pyjama pendant qu'on poursuit la visite, dit Iona.

Ils laissèrent la porte ouverte pour que le petit garçon ne se sente pas abandonné. La chambre de Poppy était plus petite et moins intimidante. Elle le fut encore moins lorsqu'ils posèrent sur le lit ses peluches et la couverture rose qu'elle avait voulu emporter.

La porte grinça et un petit visage soucieux parut.

— Entre, Hamish, ne sois pas timide. Tu peux aller et venir à ta guise, dit Fraser.

D'ordinaire, il s'inquiétait tellement de savoir chaque chose à sa place que Iona s'étonnait d'une telle tolérance. Il souhaitait visiblement mettre les enfants à l'aise et montrait une magnanimité qu'elle ne lui avait jamais vue auparavant.

— C'est juste une suggestion, Fraser, mais est-ce qu'on pourrait apporter un second lit dans cette chambre ? Hamish et Poppy préféreraient peut-être rester ensemble, puisque Hamish a promis de veiller sur sa petite sœur.

Elle ne voulait pas embarrasser le petit garçon en suggérant qu'il pouvait avoir peur de dormir seul dans sa grande chambre.

— Bien entendu, mais je vais d'abord vous montrer votre chambre, dit Fraser en sortant dans le couloir à grands pas.

Il semblait déconcerté par la suggestion, et Iona se souvint que son hospitalité n'était peut-être qu'une façade. Elle ne devait pas baisser la garde.

Un instant plus tard, il l'introduisait dans ce qui ressemblait à un palais de conte de fées. Il y avait un lit à baldaquin et un dressing qui aurait contenu l'appartement de Iona tout entier. Un papier floral recouvrait les murs et sous ses pieds l'épaisse moquette rose n'était pas vraiment à son goût mais convenait parfaitement au lieu.

— C'était la chambre de ma mère, dit sèchement Fraser.

Elle n'osa pas lui demander pourquoi ses parents faisaient chambre à part.

— Elle est magnifique ! Et où est la vôtre ? Ce n'est pas de la curiosité, mais j'ai besoin de savoir où vous trouver en cas d'urgence.

— Je suis de l'autre côté du couloir, tout au bout.

Sur ces mots, il tourna les talons et s'éloigna.

— Merci pour tout, Fraser. Vous n'étiez pas obligé de faire tout ça.

— Vous non plus.

— Non. Nous sommes deux héros, dit-elle en riant.

Convaincue qu'elle n'avait fait que ce que tout être humain doté d'une conscience devait faire, elle ne se glorifiait de rien.

— Ou deux personnes qui ne savent pas quoi faire de leur temps libre, marmonna-t-il.

Après avoir posé son sac sur son lit, Iona déballa les quelques affaires qu'elle avait apportées. Comme elle disposait de sa propre salle de bains, elle jeta un coup d'œil à la baignoire. Aurait-elle l'occasion de s'en servir ? Pas ce soir, en tout cas. Elle était tellement épuisée qu'elle risquait de s'endormir et de se noyer. De toute façon, elle devait coucher les enfants et, à en juger par le vacarme qui venait du couloir, ils n'avaient pas l'intention de dormir cette nuit. Finalement, elle avait peut-être eu tort de vouloir les installer dans la même chambre !

— Faites un peu moins de bruit, s'il vous plaît !

Il y eut un choc contre le mur, puis un son de voix étouffé.

Iona soupira. Elle allait devoir s'en mêler, ou ils ne dormiraient jamais. Elle ouvrit la porte de sa chambre, prête à leur faire le sermon du siècle… Mais c'était le laird en personne qui traînait un lit derrière lui. Il s'arrêta un instant pour faire passer son pull par-dessus sa tête, révélant un T-shirt blanc. Pour ne pas être surprise en train de lorgner son ventre, Iona leva les yeux vers le visage de Fraser.

Mais bientôt il releva le bas de son T-shirt pour s'essuyer le front… À la vue de ce ventre plat et de ces hanches étroites, des flèches de désir s'abattirent sur les zones érogènes de Iona. Lorsqu'elle s'aperçut que Fraser avait déposé le lit au sol, elle leva vivement les yeux et comprit qu'elle avait été prise en flagrant délit de voyeurisme.

Elle força ses jambes tremblantes à faire quelques pas.

— Vous n'êtes pas obligé de faire ça tout seul. J'aurais pu vous aider.

— Pas de souci. Vous êtes très occupée, répondit-il avec un sourire en coin.

Sur ces mots, il souleva le meuble et manœuvra de façon à le faire entrer dans la chambre de Poppy, où il se déchargea de son fardeau. Qui aurait cru qu'il possédait tous ces muscles, sous ses chemises impeccables ! Lorsqu'il se mit à quatre pattes pour fixer les chevilles et visser les écrous, elle eut un aperçu de son postérieur sous le pantalon bien tendu.

— Je prends le matelas, fit-elle depuis le seuil de la pièce.

Elle tenta de le soulever. Malheureusement, elle était nettement moins musclée que Fraser et dut le déplacer à grand renfort de coups de pied.

— Laissez-moi faire.

Une grande main se posa sur son épaule et elle crut défaillir. Pourvu que ce désordre hormonal ne dure pas ! Elle devait s'habituer au plus vite à la proximité d'un homme.

— Vous deux, allez dans la salle de bains et brossez-vous les dents, dit-elle.

— Pourquoi tu es toute rouge, tatie Iona ? demanda Poppy.

Se sentant devenir davantage écarlate encore, elle précéda les enfants au lavabo et s'aspergea le visage d'eau froide.

— Ce n'est pas facile de déplacer des meubles, fit-elle.

Et plus dur encore de regarder les gouttelettes de sueur qui luisaient dans les cheveux de Fraser, sur sa nuque.

Elle était trop jeune pour les bouffées de chaleur et devait absolument compartimenter son cerveau pour mettre cet homme dans la case « matériel impropre à la consommation ». La meilleure façon de le chasser de son esprit était encore de mettre deux jeunes enfants au lit. Mais une fois les adultes seuls, elle ne garantissait pas que les fantasmes ne reviendraient pas à la charge.

Fraser fit le lit de Hamish et quitta la pièce en vitesse. Il gagna sa propre chambre, récupérant son pull au passage. Iona pouvait s'occuper des enfants pendant qu'il prenait du temps pour se calmer.

Il jeta sa chemise dans le panier à linge sale, avec ses autres vêtements. Juste avant de prendre sa douche, il se rappela qu'il devait verrouiller la porte de la salle de bains… Il n'était plus seul dans cette maison, dorénavant.

Il revoyait Iona le fixant comme s'il avait été nu. Le premier jet d'eau froide lui coupa le souffle, mais eut l'effet recherché sur son corps et son esprit.

Un instant plus tard, il enfilait une chemise propre et un bas de survêtement puis descendit pieds nus dans la cuisine. Il mit de l'eau à chauffer, seul le sifflement de la bouilloire troublait le silence qui régnait dans la maison. Iona et les enfants dormaient probablement, après cette journée épuisante. Pour la millième fois, il se demanda comment il avait fait pour se mettre dans cette galère.

Iona.

Sa vie avait été plongée dans le chaos dès l'instant où il l'avait tenue dans ses bras, événement qui avait neutralisé la partie rationnelle de son cerveau. Comment était-il censé dormir, maintenant que la femme en question était installée à quelques mètres de sa propre chambre ?

— Oh ! désolée. Je ne savais pas que vous étiez ici et j'avais envie d'une tasse de thé.

L'arrivée inattendue de Iona lui fit renverser de l'eau bouillante sur le plan de travail, il dut s'écarter prestement pour ne pas en recevoir sur les pieds.

— Les grands esprits… Vous connaissez la suite.

Il saisit un torchon et se baissa pour éponger la flaque d'eau. Iona attrapa un mug dans le placard qu'il avait laissé ouvert.

— Vous prenez du sucre ?

— Pas pour moi, merci. Vous en trouverez dans la boîte, près de la bouilloire.

— Je ne voulais pas vous déranger, mais, comme vous devez l'imaginer, je suis un oiseau de nuit.

— Je suis plutôt du matin, mais j'imagine que nous devrons profiter des moments tranquilles chaque fois que nous le pourrons. Ils sont couchés ?

— Ils étaient épuisés.

— On peut aller dans la salle de séjour, si vous voulez. Il suffira de laisser la porte ouverte pour entendre si des petits pieds trottinent à l'étage.

Et surtout, les dimensions de la pièce lui permettraient de mettre un peu d'espace entre Iona et lui.

— Vous me faites assez confiance, vous pensez que je ne renverserai pas de thé sur un tapis ancien ? fit-elle, légère.

Elle ne savait pas à quel point elle était proche de la vérité. Fraser craignait encore d'abîmer le patrimoine familial, et il avait enfreint toutes les règles en accueillant des invités chez lui.

— Il n'y a pas de problème. Je ferai venir une femme de ménage après votre départ.

— Personne ne vous aide, actuellement ?

— Mes parents avaient des domestiques, mais j'ai estimé que je n'en avais pas besoin. La plupart du temps, je n'utilise que la salle de séjour et la cuisine. Comme vous le savez, je suis parfaitement capable de les nettoyer moi-même.

Le rire de Iona lui remonta le moral. S'ils pouvaient trouver quelque chose de drôle dans ses obsessions, c'était déjà un progrès. Iona s'assit en face de lui.

— Je sais que vous avez des raisons valables pour ne pas fêter Noël, mais vous n'avez même pas de sapin.

Ce qui était apparemment le crime du siècle.

— L'année dernière, cela n'a pas été une bonne période non plus. Ma... euh... petite amie m'a quitté juste après que je l'ai demandée en mariage. Je n'étais pas très pressé de m'en souvenir.

Étant le seul occupant de la maison, il ne lui était pas venu à l'esprit de la décorer pour les fêtes. Mais, preuve qu'il était en train de tourner la page, l'évocation de cette rupture n'était plus aussi douloureuse.

— Je suis vraiment désolée ! Je ne veux pas vous mettre mal à l'aise dans votre propre maison, mais les enfants seront peut-être encore là à Noël. C'est dans quelques jours et je voudrais leur faire plaisir. Cela vous ennuierait si j'apportais des décorations ? Nous pourrions nous limiter à leur chambre, si vous préférez. Vous n'auriez rien à faire, sauf dire oui. Ils sont encore assez petits pour croire à la magie. Votre maison est très belle, mais elle n'est pas vraiment adaptée à des enfants.

Comme s'il ne le savait pas ! Lorsqu'il n'était pas soumis au règlement de son école, sa liberté de mouvements était limitée par la longue liste de ce qu'il devait faire ou ne pas faire :

« Ne fais pas trop de bruit. »

« Ne laisse pas tes jouets sur le chemin des grandes personnes, elles pourraient trébucher. »

« Habille-toi vite. »

« Ne réponds pas. »

Il avait été grondé chaque fois qu'il se comportait comme un enfant de son âge. Puis, une fois son désir de fonder une famille anéanti, il n'avait vu aucune raison de modifier quoi que ce fût dans la maison.

— Elle n'a pas été conçue pour y élever des enfants, répondit-il.

Lorsqu'il rentrait de pension, il était clairement un intrus. Il devait faire attention à ne pas déranger sa mère alitée, visiblement épuisée à la seule idée qu'il soit là. Les murs lui renvoyaient l'écho de son enfance solitaire, et le rejet de Caroline avait annihilé toute volonté de changement en lui.

— Maman mettait un point d'honneur à organiser un grand dîner familial, dit Iona. Nous avions un sapin, au pied duquel elle déposait les cadeaux. Mais nous vivions sous la menace des sautes d'humeur de mon père. Il pouvait exploser s'il la prenait en faute sur le moindre détail. Alors le bel arbre, les paquets et les plats finissaient par terre.

Les mains crispées sur son mug, elle parut à Fraser plus petite que jamais.

— Je suppose qu'un père despotique peut causer autant de dégâts qu'un père indifférent, dit-il.

En revanche, les épreuves qu'elle avait subies l'avaient amenée dans la direction opposée à la sienne…

— Alors, vous comprenez combien il est important que nous fassions ce qu'il faut pour nos petits pensionnaires ?

— Vous avez carte blanche. Suspendez des guirlandes partout avec ma bénédiction.

Il était certain de pouvoir le supporter au moins quelques jours.

Les yeux de Iona se mirent à scintiller.

— Vous en êtes certain ?

Il eut un rictus lorsqu'elle posa brusquement son mug sur le sol, éclaboussant l'épais tapis de laine, mais elle semblait si heureuse qu'il s'abstint de tout commentaire.

Il ne voulait pas ressembler à son ex-mari. Et son enthousiasme était contagieux, Fraser ne put s'empêcher d'arborer à son tour un large sourire. Quel mal cela pouvait-il faire s'il la laissait décorer les lieux ? La maison n'était pas soumise à des règles d'hygiène aussi strictes que le centre médical.

— J'en suis certain. Franchement, je ne suis pas le monstre que vous voyez en moi.

Se levant d'un bond, elle se précipita vers lui.

— Merci ! Merci ! Merci !

Elle déposa un baiser sur sa joue en murmurant :

— Je ne vous ai jamais considéré comme un monstre.

À cette seconde, il l'aurait laissée décorer la maison tout entière si elle le lui avait demandé. Quelque chose en elle, son désir de guérir le monde entier, lui faisait penser qu'elle pourrait le guérir aussi.

Il lui fallut quelques secondes pour se remettre de ce baiser.

— Faisons cela !

Ignorant l'envie impérieuse d'enfouir son nez dans les boucles si douces qui frôlaient son visage, il attendit qu'elle se redresse pour reprendre son souffle.

— Je ferai la liste de tout ce que nous avons à faire, dit-elle. Je n'ai jamais organisé un Noël en famille, jusqu'à maintenant.

— Moi non plus.

Il n'avait même jamais envisagé d'y prendre part un jour. Maintenant que cela devenait possible, il penserait toujours que cela incluait Iona, et un enfant ou deux.

7

S'étant assurée que Fraser était seul, Iona frappa à la porte de son bureau et entra après y avoir été invitée.

— Je dois passer quelques coups de fil à des patientes, ensuite j'irai chercher les enfants au centre aéré de l'école.

— Je dois m'attendre à une harde de rennes et à de la fausse neige sur l'allée, à mon retour ?

Assis de l'autre côté de la table, il lui adressait le large sourire qu'il lui réservait ces derniers temps. Ils avaient parcouru du chemin, depuis le jour où ils s'étaient disputés à propos des décorations de Noël. Désormais, elle se sentait suffisamment à l'aise avec lui pour pénétrer dans son domaine et se percher sur le bord de son bureau.

— Malheureusement, le temps me manque pour commander des rennes. Ils sont réservés jusqu'au nouvel an. Vous pourriez bien avoir de la neige, en revanche. Il paraît qu'on devrait avoir un Noël blanc, cette année.

— Je suis certain que les gamins adoreront ça. Ce sera moins bien pour nous, qui devons travailler. À ce sujet, j'ai réussi à me faire remplacer pendant la semaine des fêtes, au cas où nous jouerions encore les familles heureuses.

C'était exactement l'impression qu'elle avait eue, le matin même, quand ils avaient préparé les enfants pour l'école. Elle s'était assurée qu'ils se lavaient et s'habillaient pendant que Fraser préparait un petit déjeuner spécial, constitué de pain perdu et de bacon. Il avait aussi préparé et emballé le déjeuner pour tout le monde. Elle commençait à apprécier son sens de l'organisation car, si cela n'avait dépendu que d'elle, la journée aurait commencé dans le chaos le plus complet.

— Tant mieux. Je n'ai rien de prévu, mais les bébés ne respectent pas toujours la date estimée pour leur naissance. Si vous êtes à la maison, il n'y aura pas de souci.

La maison. Comme elle en était venue rapidement à considérer cette immense demeure comme un endroit où elle avait le droit et l'envie de se trouver ! La veille, en discutant avec Fraser, elle avait réalisé qu'il n'y avait rien d'effrayant à partager son espace personnel... Du moins, pas toujours ! On pouvait même se sentir bien, quand on avait quelqu'un à qui parler. Jusqu'alors, elle ne s'était pas rendu compte à quel point elle s'était isolée du reste du monde. En dehors du travail et de ses patientes, elle n'avait personne à qui téléphoner, aucune épaule sur laquelle pleurer si elle en avait besoin.

Pendant trop longtemps, elle avait considéré toute forme de relation comme une source de complications à éviter à tout prix. Dans les faits, la cohabitation avec un homme désireux d'adapter ses besoins aux siens lui montrait que la réalité pouvait être tout autre.

Elle frissonna, comme chaque fois qu'elle l'imaginait en train de l'attendre.

— J'apporte quelque chose pour le dîner ? demanda-t-il.

— Ce serait super. J'ai promis à Hamish et Poppy que nous irions voir leur mère à l'hôpital, et que nous commencerions ensuite à décorer la maison. Nous irons acheter quelques décorations, après l'école.

De cette façon, les enfants auraient de quoi s'occuper avant l'heure du coucher. Elle espérait également que la visite à leur mère les apaiserait. Durant la matinée, elle avait parlé avec une infirmière. La tension de Katherine était toujours trop élevée et les médecins ne comptaient pas la laisser sortir avant un certain temps.

— Je peux faire autre chose pour vous ? demanda Fraser.

Elle se doutait qu'elle dérangeait le parfait ordonnancement de son bureau en restant assise là, mais elle appréciait trop cette atmosphère amicale pour songer à s'en aller.

— Euh… Non, je ne crois pas.

— Vous êtes assise sur mon bloc-notes.

Elle se déplaça légèrement pour qu'il puisse le récupérer, mais elle n'avait pas prévu l'effet que lui ferait la main de Fraser frôlant légèrement sa hanche. Tel l'arroseur arrosé, elle était la première victime de sa tentative pour le provoquer.

Elle se leva d'un bond, comme si on avait allumé un feu sous elle.

— On se voit à la maison, fit Fraser dans son dos tandis qu'elle s'enfuyait.

Iona contacta comme prévu quelques patientes, pour leur donner des résultats d'analyses et s'enquérir de leur santé, puis elle quitta le centre médical. Le service de nuit était assuré par la sage-femme de garde. Iona et ses collègues assuraient cette garde à tour de rôle et, même si elles couvraient une région relativement étendue, elles étaient rarement débordées d'appels.

Enfilant son manteau, elle composa le numéro d'Angie, une jeune femme qui attendait son premier enfant.

— Bonjour, Angie. Iona à l'appareil. Je voulais juste vous dire que vos dernières analyses sont bonnes. Les antibiotiques ont éradiqué votre infection urinaire, vous n'avez donc plus à vous inquiéter.

Tout en parlant, elle éteignit la lumière et prit son trousseau de clés sur son bureau.

— Merci, Iona, je suis soulagée de l'apprendre. J'ai enchaîné les infections urinaires, ces derniers temps.

— Comment vous sentez-vous, en dehors de ça ?

Elle avait vu Angie quelques jours auparavant, mais c'était une question rituelle et nécessaire.

— J'ai eu des brûlures d'estomac, la nuit dernière. Je ne sais pas si c'est important, mais mes mains et mes pieds me démangent. Pourtant je n'ai pas changé de lessive ou quoi que ce soit de ce genre. Ce n'est sans doute rien.

Iona s'immobilisa, le cœur battant. Mais elle ne voulait pas effrayer sa patiente.

— Le bébé bouge toujours autant ?

— Pas beaucoup, aujourd'hui, mais je me suis couchée tard, hier, parce que je n'arrivais pas à trouver une bonne position dans le lit.

Comme pour illustrer le manque de sommeil, un bâillement accompagna cette confidence.

— Les démangeaisons étaient plus intenses, cette nuit ? demanda Iona en rallumant la lumière pour trouver le dossier d'Angie.

Quelques démangeaisons n'étaient pas inhabituelles pendant une grossesse, mais elles pouvaient être le symptôme d'un problème plus grave.

La cholestase gravidique était une maladie de la femme enceinte durant laquelle les acides biliaires, qui auraient dû aller du foie dans le système digestif, passaient dans le sang.

Il faudrait une série d'analyses sanguines pour s'en assurer, mais le temps manquait, surtout si le fœtus bougeait moins. Il y avait aussi un grand risque de mort in utero, si la concentration d'acides biliaires était importante. Comme Angie en était à sa trente-septième semaine, il était possible que les médecins hospitaliers veuillent déclencher l'accouchement pour empêcher le pire.

— Angie, est-ce que votre mari est avec vous ?

— Chris est au travail, pourquoi ?

Iona perçut la peur qu'elle détestait sentir dans la voix de ses patientes.

— Je ne veux pas vous effrayer, mais je préférerais que vous alliez à l'hôpital pour être examinée.

— Pourquoi ? Qu'est-ce qui ne va pas ? Chris ne doit rentrer que dans plusieurs heures... Il travaille à Aberdeen. Mon bébé ne va pas bien ?

La panique montait graduellement et Iona ne vit qu'une solution.

— Tout va bien se passer, mais je suis prudente. Je vais vous emmener moi-même en voiture.

— Je dois prendre le sac que j'ai préparé ?

Angie renifla, mais elle semblait plus calme, sachant qu'elle n'affronterait pas cette épreuve seule.

— Ce n'est pas une mauvaise idée.

De cette façon, Angie penserait à autre chose. D'ailleurs, l'obstétricien pouvait décider de la garder.

— Je vais téléphoner à Chris, pour le prévenir.

— Très bien. Je viens vous chercher dès que possible, Angie.

Iona fut au volant de sa voiture avant même d'avoir raccroché. En principe, l'urgence aurait dû être traitée par la sage-femme de garde, qui aurait sans doute conseillé à Angie de prendre un taxi ou de demander une ambulance. Mais Iona pensait que sa patiente serait plus calme avec elle. Ensuite, bien entendu, elle passerait le relais au personnel médical de l'hôpital. Grâce à la fonction mains libres, elle prévint la maternité qu'elle amenait Angie.

Ce genre d'événement était la preuve qu'elle ne pourrait jamais mener l'existence normale d'une épouse et d'une mère. Aujourd'hui, non seulement elle devrait demander à Fraser d'aller chercher les enfants à l'école, mais elle était contrainte de trahir les promesses qu'elle leur avait faites.

Les mains crispées sur le volant, elle jura sourdement.

Elle était désormais obligée de compter sur Fraser pour sauver la journée. Le trajet aller et retour à l'hôpital allait prendre des heures, Hamish et Poppy n'iraient pas voir leur mère et ils ne décoreraient pas la maison ensemble.

Il ne restait plus qu'à espérer que Fraser parvienne à les consoler jusqu'à ce qu'elle revienne… Si, du moins, elle rentrait avant l'heure du coucher.

— Tu es nul ! s'exclama Hamish.

— Je fais ce que je peux, répondit Fraser.

Ses tentatives pour construire une maison de pain d'épice avaient lamentablement échoué. Ils avaient réussi à ériger trois murs avant qu'elle ne s'écroule.

— C'est bon, dit Poppy.

La petite fille prit un morceau de gâteau sur le plateau avant de partir en courant. Au moins, pensa Fraser, il n'avait pas totalement perdu son temps !

— Ma maman sait faire le pain d'épice, dit Hamish comme pour lui-même. Je voudrais qu'elle soit là.

Le petit garçon donna un coup de pied dans la table. Comprenant sa déception, Fraser ne lui fit aucun reproche. Combien de fois avait-il attendu devant la porte du pensionnat, sa valise à la main, prêt à rentrer à la maison, avant qu'on lui dise à la dernière minute que personne ne viendrait le chercher ?

Les jeunes enfants n'avaient que faire des raisons pour lesquelles les adultes manquaient à leur promesse. Une fois leur confiance perdue, revenir en arrière était difficile.

En l'occurrence, les petits n'avaient pas entièrement tort. Iona, au lieu de commander un taxi pour sa patiente, avait fait son choix, et sa priorité n'était certainement pas de construire une maison de pain d'épice. Pour ne rien arranger, elle aurait déjà dû être rentrée, et la tempête se levait.

Prenant une chaise, Fraser s'assit pour regarder l'enfant mécontent dans les yeux.

— Écoute, ce n'est facile pour personne. Je voudrais que ta maman soit là et fasse des gâteaux pour toi. Elle le sera bientôt et je comprends que tu sois déçu de ne pas l'avoir vue, mais je ferai de mon mieux pour vous emmener à l'hôpital demain.

— C'est ça...

Tête baissée, le petit garçon de sept ans témoignait déjà d'une défiance cynique vis-à-vis des adultes.

Fraser lui prit doucement le menton pour qu'il le regarde.

— Eh ! J'en ai vraiment l'intention.

Hamish ne parut pas convaincu, mais cessa de s'en prendre aux objets et courut rejoindre sa sœur.

En raison des arrangements de dernière minute, la soirée avait été difficile. Après son dernier patient, Fraser était arrivé en retard à l'école et ils n'avaient plus le temps de rendre visite à Katherine. Depuis, Hamish manifestait sans relâche sa colère et Poppy était bien trop calme pour une fillette de cinq ans.

La pizza et les frites, achetées dans un restaurant fast-food, n'avaient pas été suffisantes pour leur remonter le moral, pas plus que l'atelier de dessin que Fraser avait improvisé. Il avait tenté de les persuader que leurs œuvres remplaceraient les décorations manquantes, mais il n'y en avait en réalité pas assez pour égayer l'immense salle de séjour.

Il avait laissé passer l'heure du coucher dans l'espoir que Iona rentrerait avant qu'ils aillent au lit. Il s'occuperait plus tard du désordre qui régnait dans la cuisine.

— Il est l'heure de vous brosser les dents et d'enfiler vos pyjamas, dit-il en rejoignant les enfants dans leur chambre.

— Iona a dit..., commença Poppy.

— Je sais. Iona vous a promis que nous décorerions la maison, mais elle a été coincée au travail.

Durant le bref échange qu'ils avaient eu au téléphone, Iona lui avait expliqué qu'elle conduisait une patiente à l'hôpital. S'il n'y avait pas eu ces frimousses déçues, levées vers lui, Fraser aurait admiré son dévouement.

Il préférait penser qu'elle assistait une jeune femme enceinte et terrorisée, plutôt que de l'imaginer accidentée sur une route sombre et pleine de crevasses. Que cela lui plaise ou non, leurs décisions récentes avaient généré cette famille temporaire, ce qui impliquait apparemment de s'inquiéter pour ses membres à chaque minute de la journée.

Au moment où il envisageait sérieusement de signaler la disparition de Iona aux autorités, les phares d'une voiture éclairèrent l'allée. Ignorant ses ordres, Hamish et Poppy collèrent le nez à la fenêtre et, lorsqu'elle poussa la porte d'entrée, un comité d'accueil l'attendait.

— Bonsoir tout le monde ! Désolée, je suis en retard. J'ai dû conduire une pauvre patiente à l'hôpital et je n'ai pas voulu la laisser toute seule.

— Salut, dit Fraser. Comment va-t-elle ?

Remarquant que ses mains étaient toujours maculées de sucre glace, il les fourra dans ses poches.

— On la garde pour faire des examens, mais son mari est auprès d'elle, maintenant, dit Iona.

S'asseyant sur la chaise la plus proche, elle ôta ses chaussures.

— Il y a de quoi dîner dans le four, si vous avez faim, dit-il.

— Je suis affamée, merci. Comment ça s'est passé, aujourd'hui ?

— Nous avons fait de la peinture et tenté de construire des maisons en pain d'épice, mais ça n'a pas très bien marché.

C'était un euphémisme, mais elle s'en apercevrait d'elle-même dans la cuisine. Pour l'instant, elle devait savoir qu'il avait fait de son mieux pour occuper les enfants en son absence.

— Super ! Je regrette d'avoir manqué ça.

— Tu as apporté les décorations de Noël ? demanda Poppy.

C'était la question importante, et la raison pour laquelle elle avait, par peur de manquer quelque chose, refusé de se coucher.

— Les boutiques étaient fermées, malheureusement. Je me suis arrêtée dans une station-service, mais c'est tout ce que j'ai pu trouver pour vous. Demain, on achètera ce qu'il faut.

— À moins que tu n'aies autre chose à faire, dit Hamish.

Iona tendit un sac de plastique à Poppy. La fillette s'assit aussitôt par terre et sortit les articles un par un. Il y avait des cheveux d'ange dorés et argentés, un sachet de chocolats emballés à suspendre à des branches, du gui en plastique et un désodorisant de voiture en forme d'arbre.

— Tu as dit qu'on aurait un vrai sapin !

Iona voulut prendre la petite fille dans ses bras, qui la repoussa brutalement. Hamish remit les objets dans le sac, et le déposa aux pieds de Iona.

— Tiens !

Fraser commençait à la plaindre sincèrement. Elle n'avait pas voulu blesser les enfants, mais seulement faire ce qu'il y avait de mieux pour tout le monde.

— Vous avez entendu Iona, dit-il. On fera tout ça demain. Il est tard et nous sommes tous fatigués.

— On n'a pas pu voir maman, à cause de toi, dit Hamish d'une voix hargneuse.

Voyant Iona tressaillir, Fraser prit la direction des opérations :

— Ça suffit, Hamish. On t'a dit demain. Maintenant, au lit.

Il regrettait de devoir gronder le garçon, mais il ne pouvait pas lui permettre de s'en prendre à Iona. S'ils ne définissaient pas d'entrée des limites, ils pouvaient dire adieu à leur autorité. Malheureusement, il endossait du même coup le rôle du méchant.

— Tu n'es pas mon papa et, toi, tu n'es pas ma maman. Je vous déteste tous les deux.

Sur ces mots le petit garçon se rua hors de la salle de séjour et, Poppy sur les talons, gravit l'escalier. Iona, bouche bée, les suivit des yeux. Une minute plus tard, une porte claquait.

— Qu'est-ce qu'on fait, maintenant ? demanda Iona.

— Laissons-le se calmer un moment, ensuite je monterai et j'aurai une petite conversation avec lui.

— Je ne voulais pas les décevoir, mais Angie présentait des symptômes de cholestase gravidique et c'est son premier bébé. J'ai été idiote de penser pouvoir remettre la soirée décorations et m'en sortir avec un sac de pacotilles achetées dans une station à essence.

— Ne soyez pas si dure envers vous-même. Nous avons affaire à deux jeunes enfants vulnérables. Ils sont terrorisés, et ils ont été tellement chamboulés qu'ils ont besoin de se défouler sur quelqu'un. Malheureusement, ce soir, c'est vous.

Lui posant une main sur l'épaule, il la pressa légèrement pour lui faire comprendre qu'il était de son côté.

— Vous avez entendu Hamish. Il me déteste et je suis persuadée que Poppy pense la même chose. Même s'il ne me l'avait pas lancé à la figure, j'ai senti son animosité dès que je suis rentrée.

— Allons, allons, ne vous attendrissez pas sur vous-même. Je crois bien avoir entendu qu'il nous déteste tous les deux et je choisis de ne pas prendre cette déclaration au sérieux.

— Bien essayé, mais nous savons l'un comme l'autre que c'est ma faute. J'espère juste que vous ne m'en voulez pas. Je ne suis pas habituée à tenir compte d'autres personnes que moi quand je prends une décision de dernière minute, ni à me fier à quelqu'un d'autre que moi-même. C'est pour ça que j'ai conduit Angie à l'hôpital et que je n'arrive pas encore à travailler en équipe avec vous. Il va nous falloir du temps, Fraser. Je n'ai compté que sur moi pendant si longtemps que cela ne me vient pas naturellement.

— Ce n'est pas facile pour moi non plus. Ils oublieront tout ça dès qu'ils verront leur maman et qu'ils auront un magnifique sapin sous les yeux.

— J'espère que vous avez raison.

— J'ai toujours raison, fit-il avec un sourire en coin. Écoutez, je peux comprendre ce que ressentent ces gamins sans vous estimer fautive pour autant. Mes parents m'ont envoyé en pension très jeune et ils me disaient souvent qu'ils allaient venir me chercher, pour changer d'avis au dernier moment. À cet âge-là, vous avez l'impression qu'on se moque de vos sentiments, même quand il y a une très bonne excuse.

— Merci, Fraser. Grâce à vous, je me sens mieux.

Il comprit qu'elle se sentait maintenant coupable de lui faire revivre l'abandon qu'il avait subi.

— Ce que j'essaie de dire, c'est que cette colère cache en réalité de la peur. Si vous respectez votre parole, demain, je suis certain qu'ils vous pardonneront.

— Et vous, Fraser, vous allez me pardonner ?

— Je l'ai fait dès que vous êtes rentrée saine et sauve.

Lui passant un doigt léger sous le menton, il lui fit lever les yeux vers lui. Elle y lut une sincérité incontestable qui la fit fondre. Savoir qu'il s'était fait du souci pour elle lui donnait l'envie de se blottir dans ses bras.

Il laissa très vite sa main retomber.

— Maintenant, vous allez dîner.

Il voulait que leur relation reste légère, c'était très clair.

— Je ne dis pas non. Je n'ai pas osé m'arrêter sur la route. Le vent soufflait si fort que j'imaginais ma petite voiture poussée dans un fossé ou écrasée par un tronc d'arbre.

— Si je comprends bien, on a intérêt à faire réchauffer votre repas avant que l'électricité ne tombe en panne. Occupez-vous-en pendant que je vais chercher des torches et des bougies.

En entrant dans la cuisine, Iona songea que Fraser avait eu une dure journée, lui aussi. À partir de maintenant, ils devraient travailler en équipe.

— Merci d'avoir pris le relais, aujourd'hui, dit Iona un peu plus tard, en buvant une gorgée du vin que Fraser lui avait servi.

— Vous vous attendiez à quoi ? À ce que je laisse les enfants quelque part avec une pancarte « s'il vous plaît, prenez soin de nous » accrochée autour du cou ?

Elle rit. Un mois auparavant, elle aurait été horrifiée à l'idée de lui confier des enfants. Elle l'aurait facilement imaginé en train de les faire marcher au pas à travers la maison. Depuis, elle avait appris à le connaître. Les taches de peinture et la confection ratée de maisons en pain d'épice lui prouvaient qu'il avait essayé de la remplacer sans espérer pour autant la médaille du mérite. Grâce au ciel, il était là, car elle n'aurait jamais pu se débrouiller seule, elle le comprenait maintenant.

— C'est peut-être moi qui mérite ce sort, dit-elle. Vous n'auriez pas envie de m'abandonner au coin d'une rue ?

— Quelque chose me dit que vous ne laisseriez personne prendre soin de vous.

— Il y a une grande différence entre « prendre soin de quelqu'un » et « le prendre en charge ». Et là, c'est hors de question, en ce qui me concerne.

C'était un avertissement, il n'avait pas intérêt à essayer. Mais lorsque leurs regards se croisèrent, il ne détourna pas les yeux.

Comme s'il lui disait qu'il était prêt à relever tous les défis qu'elle lui lancerait.

8

Un bruit tonitruant troubla le repas tardif de Iona.

— Qu'est-ce que c'est ? s'écria-t-elle en sursautant.

Elle avait vu suffisamment de films d'horreur pour craindre la présence de fantômes ou de vampires.

— C'est la porte d'entrée qui a claqué, dit Fraser en se précipitant hors de la cuisine.

L'explication ne la rassura pas. La solide porte de bois ne pouvait pas s'ouvrir et se fermer seule. Quelqu'un était sorti ou entré, et les deux scénarios la firent frissonner.

— Je vais vérifier que les enfants vont bien ! cria-t-elle.

Pendant que Fraser sortait dans la nuit, elle gravit quatre à quatre les marches de l'escalier.

En entrant dans la chambre, elle fut soulagée de voir Poppy dormir profondément. En revanche, le lit de Hamish était vide et son sac à dos avait disparu, avec les quelques affaires qu'il avait apportées.

Iona se rua au rez-de-chaussée et sortit sur le seuil de la maison sans prendre la peine de se chausser. C'était sa faute si le petit garçon était quelque part dehors !

— Hamish est parti, dit-elle à Fraser, qui scrutait l'obscurité.

— Je ne le vois pas non plus. Je vais chercher une torche et regarder du côté du portail. Il ne peut pas être bien loin.

— Je viens avec vous !

Comment n'avait-elle pas été plus attentive ? Katherine l'avait pourtant prévenue qu'avec ses enfants il fallait avoir des yeux derrière la tête. Elle n'avait pas compris que le calme qui régnait dans la maison précédait la tempête.

— Non, à moins que vous mettiez des chaussures et un manteau.

Elle s'exécuta sans discuter et le rejoignit sur le seuil.

— Nous allons verrouiller la porte derrière nous, dit Fraser. Si nous ne trouvons pas Hamish très vite, vous reviendrez ici et je poursuivrai les recherches seul. Prenez cette torche.

Hamish ne se serait jamais aventuré dans la nuit noire et le froid s'il avait été heureux, et elle était responsable du désespoir qui l'avait poussé à quitter le confort de la maison.

— Hamish !

Ils discernaient parfois l'éclat de petits yeux qui les fixaient du haut des arbres. Les petites créatures du bois se demandaient sans doute qui troublait ainsi la quiétude de leur domaine.

À chaque bruissement, Iona, certaine que Fraser la protégerait contre quiconque, se rapprochait de lui. Comment un petit garçon surmontait-il sa peur alors qu'une adulte laissait son imagination l'emporter sur sa raison ?

— Qu'est-ce que c'était ?

— Un hibou.

— Vous avez entendu ? N'importe qui pourrait être embusqué par-là !

— C'est la campagne, Iona. Nos voisins animaux font un peu de bruit. Nous partageons leur habitat, après tout.

— Qu'est-ce qu'on va faire quand on le retrouvera, Fraser ?

« Si » n'était pas envisageable. Ils devaient le trouver, le convaincre de rentrer à la maison et d'y rester. Sans cela, les services sociaux s'en mêleraient. À l'idée que Hamish préférerait peut-être aller en foyer plutôt que de passer une nuit de plus sous le même toit qu'eux, elle était découragée.

— On va le plus vite possible le ramener au chaud avant qu'il ne souffre d'hypothermie, on le grondera de nous avoir fait très peur et ensuite nous aurons une conversation avec lui. Nous devons comprendre, et lui aussi, pourquoi nous en sommes arrivés là.

— Comment faites-vous pour garder la tête froide ?

Il gérait la situation bien mieux qu'elle. Il semblait avoir une grande expérience des enfants. Il offrait une image paternelle compréhensive, tout le contraire de ce qu'elle aurait supposé.

— Vous avez peut-être du mal à le croire, répondit-il, mais j'ai été un petit garçon, moi aussi. Je me suis trouvé dans une situation proche de celle de Hamish, sauf que c'étaient mes parents qui avaient choisi de m'éloigner d'eux. Vous voulez savoir pourquoi je suis tellement à cheval sur les règlements ? Enfant, je pensais que, si j'étais un fils parfait, mes parents m'aimeraient davantage et voudraient me garder auprès d'eux. Je pensais être trop turbulent, trop désobéissant pour qu'ils veuillent de moi. Devenu adulte, j'ai fait du respect des règles un mode de vie, dans l'espoir que les gens m'apprécieraient... Je ne sais pas pourquoi, ça n'a jamais marché, fit-il avec un petit rire.

Elle aussi avait été effrayée et malheureuse durant son enfance, mais au moins elle savait que sa mère l'aimait. Elle avait de la chance que Fraser lui ait laissé voir sa vraie personnalité, compatissante et généreuse.

Depuis qu'ils vivaient sous le même toit, il avait abandonné ses principes rigides. Chaque jour, elle découvrait de nouveaux aspects du Dr McColl, et son affection pour lui ne cessait d'augmenter. Par bonheur, la présence des enfants les empêchait de céder à leur attirance mutuelle.

Fraser s'arrêta brusquement.

— Vous avez entendu ?

— Vous devenez parano, vous aussi ?

— Chut ! Écoutez.

Tendant l'oreille, elle perçut un faible cri. Elle resta immobile, dans l'espoir d'en déterminer l'origine.

— Au secours !

Il y avait dans cet appel plaintif de la douleur et de l'épuisement. Elle maudit la famille McColl de ne pas avoir équipé le jardin de projecteurs, en cas d'urgence.

— Hamish ? Où es-tu ? cria Fraser.

— Au portail.

Ils franchirent d'un bond les quelques mètres qui les séparaient de la barrière, et balayèrent la zone de leurs torches. Une petite silhouette était recroquevillée de l'autre côté.

Iona porta la main à sa bouche pour réprimer une exclamation.

— Que s'est-il passé ? Comment es-tu arrivé là ?

— Il a escaladé le portail, dit Fraser.

Il composa le code sur le boîtier, puis ils durent attendre une éternité que les portes de métal s'ouvrent et les laissent accéder à l'enfant.

S'agenouillant près de lui, Iona essuya le visage poussiéreux du garçon.

— Où est-ce que tu comptais aller ?

— Je voulais voir ma maman.

Les joues de Hamish étaient zébrées de larmes. Iona réprima elle-même un sanglot.

Fraser se concentra sur de possibles blessures.

— Tu peux te lever ?

Quand Hamish se fut assis, Fraser tenta de lui retirer son sac à dos. L'enfant poussa un hurlement de douleur.

— Mon bras me fait mal !

Les cris perçants se muèrent en gémissements, qui poignardaient le cœur de Iona. Si elle était rentrée à l'heure, Hamish ne se serait jamais blessé !

— Il s'est peut-être cassé le bras.

Fraser lui tendit le sac à dos puis, prenant soin de ne pas toucher le membre douloureux, il souleva Hamish dans ses bras.

Ce n'était pas une question de vie ou de mort, mais ils regagnèrent néanmoins la maison au pas de course. Parvenu sous la lumière du porche, Fraser se tourna vers Iona.

— La clé est dans ma poche.

Une fois dans la maison, il posa délicatement le petit garçon sur le canapé de la salle de séjour tandis que Iona allumait toutes les lampes.

— Nous allons devoir t'enlever ta parka, Hamish, dit Fraser.

Il fallait absolument qu'il examine le petit garçon pour évaluer les traumatismes et les blessures. Hamish était conscient, il respirait bien, mais mieux valait ne pas penser à ce qui aurait pu se passer s'ils ne l'avaient pas trouvé.

Hamish n'était pas son fils, mais Fraser s'inquiétait tout autant pour lui que s'il l'avait été.

Iona plaça sa paume dans le dos de l'enfant et à eux deux ils le redressèrent et parvinrent à lui ôter son vêtement sans trop de douleur. Mais ensuite, lorsque Fraser lui releva sa manche, chaque gémissement lui confirma qu'il ne s'agissait pas d'une égratignure. La peau de Hamish était grise en raison du choc, mais il n'y avait pas de trace de sang et l'os ne sortait pas de la chair.

— Pas de fracture ouverte. Cela minimise le risque d'infection.

Il vérifia que Hamish pouvait bouger les doigts, qui n'étaient ni engourdis, ni bleus. En revanche, le gonflement, les meurtrissures et la sensibilité de la zone que le petit garçon protégeait farouchement indiquaient bien une fracture.

— Je pense que ton bras est cassé, Hamish. Nous allons devoir stabiliser la fracture ici, pour nous assurer que cela ne s'aggrave pas jusqu'à ce qu'on t'amène aux urgences.

— Ça fait mal ! Je voudrais que ma maman soit là !

— À l'hôpital, on va te mettre un plâtre, dit Iona en s'agenouillant près de lui.

Hamish cessa de pleurer.

— Ah bon ?

— Oui, dit Fraser en adressant un clin d'œil à Iona, et à l'école tous tes copains vont vouloir le signer. Tu vas être un super-héros.

— Ça va faire mal ?

— Pas du tout. C'est simplement pour protéger ton bras comme je vais le faire.

— Je crois que ta maman m'a donné du paracétamol en sirop, dit Iona, cela soulagera un peu la douleur. Fraser, est-ce que vous avez de la glace au congélateur, que nous puissions réduire l'œdème ?

— Oui. Tiroir du haut. Vous trouverez des serviettes et du sparadrap dans la salle de bains. Je vais fabriquer une attelle de fortune pour le trajet en voiture. Tiens bon, Hamish, on prendra la route dès que je m'en serai occupé.

— Alors, je pourrai voir maman ?

— Je verrai ce que je peux faire.

Iona revint rapidement avec le matériel nécessaire.

— C'est incroyable, mais Poppy dort profondément.

Elle déposa le tout sur la table basse et fit avaler une cuillerée de sirop à Hamish.

— Tant mieux !

À force de cajoleries, ils parvinrent à obtenir de Hamish qu'il pose son bras sur la serviette pliée, de façon à couvrir la distance entre le bout de ses doigts et son coude. Fraser enveloppa ensuite l'avant-bras et noua les deux extrémités en évitant toute pression sur la zone blessée.

— Tu peux bouger le bout de tes doigts, s'il te plaît ?

Il s'assura que la circulation sanguine n'était pas affectée par le bandage, puis Iona confectionna une écharpe. Elle la noua autour du cou de Hamish, avant de l'aider à y glisser son bras.

— Merci, dit Fraser.

Il aurait pu s'en charger, mais la savoir à son côté était rassurant. Ils faisaient équipe et, pour la première fois depuis bien longtemps, il ne se sentait plus seul. C'était ainsi qu'il imaginait une famille, se serrant les coudes pour améliorer leur existence.

Iona posa la parka de Hamish sur ses épaules pour le protéger du froid qui régnait à l'extérieur.

— Si vous êtes d'accord pour rester avec Poppy, dit Fraser, je conduirai moi-même Hamish à l'hôpital.

Il regrettait de la quitter, mais il n'était pas question de réveiller Poppy pour lui faire subir le long trajet que Iona avait déjà effectué dans la journée. Heureusement, la tempête s'était calmée.

— Bien sûr. Prévenez-moi quand vous serez arrivé sain et sauf.

Fraser ne put s'empêcher de sourire. Il n'était pas habitué à ce qu'on se préoccupe de sa santé et cela l'emplissait d'une joie inconnue.

— Comptez sur moi.

Il ne fut pas facile d'installer Hamish sur la banquette arrière, mais ils parvinrent à fixer la ceinture de sécurité sans toucher son avant-bras. Les joues du petit garçon avaient repris des couleurs et il ne gémissait plus. En fait, il avait du mal à garder les yeux ouverts, il allait certainement s'endormir dès que la voiture démarrerait.

— Je suis sûr que vous êtes épuisée, après la journée que vous avez eue, dit Fraser. Allez vous coucher jusqu'à notre retour.

Quand la portière fut refermée sur Hamish, ils se retrouvèrent face à face.

— Je pense que votre journée a été aussi éprouvante que la mienne, dit doucement Iona. Merci de l'emmener, mais faites attention à vous.

— Pas de souci, répondit-il, songeant qu'il avait toutes les raisons de revenir très vite.

Elle le prit dans ses bras et l'embrassa sur la bouche, comme si elle avait peur de ne plus le revoir. La prenant par la taille, il admit enfin qu'il était tombé amoureux d'elle. Alors, embrasé par le désir qui montait en lui depuis plusieurs jours, il l'embrassa passionnément.

Les lèvres tièdes de Iona sous les siennes, la caresse de sa langue, transformèrent le petit baiser d'adieu en une étreinte enflammée. Il aurait voulu la soulever de terre, l'emporter dans sa chambre et refermer la porte sur eux. Mais il devrait attendre. Ils avaient des responsabilités et il n'était pas le genre d'homme à négliger un enfant pour satisfaire ses envies.

Au prix d'un énorme effort, il s'écarta de Iona pendant qu'il avait encore un cerveau, puis, posant son front sur le sien, il attendit que s'éteigne le bruit blanc qui résonnait en lui.

— À tout à l'heure, dit-il d'une voix émue.

Ils s'éloignèrent l'un de l'autre jusqu'à ne plus se toucher que du bout des doigts, puis ils durent aussi rompre ce contact, sinon il ne partirait jamais.

Ce baiser allait à l'encontre de toutes les résolutions qu'il avait prises pour protéger son cœur, pourtant c'était la meilleure chose qui lui soit jamais arrivée.

Iona rentra dans la maison, non sans se retourner une dernière fois pour voir les phares de la voiture disparaître. Elle porta la main à ses lèvres gonflées, encore palpitantes après le baiser de Fraser. Cela faisait des jours qu'elle luttait contre le désir qui les poussait l'un vers l'autre, mais elle ne pouvait désormais plus le nier, et il était inutile de le combattre davantage.

Qui aurait pu dire où cela les mènerait ?

Mais elle voulait plus. Puisqu'il n'était pas le tyran qu'elle avait vu en lui, il n'y avait aucune raison de réprimer les sentiments qu'elle éprouvait pour lui.

Il ne ressemblait en rien à Andy ! Bien au contraire, il la respectait, il acceptait sa personnalité. Bien sûr, le timing était un peu bizarre, mais s'ils attendaient un peu pour laisser libre cours à leur passion, leur relation n'affecterait pas Hamish et Poppy. Pour l'heure, les exploits du petit garçon et leurs conséquences suffiraient à les occuper.

Non seulement Hamish allait devoir restreindre ses activités physiques, mais Katherine était en droit de réclamer des explications.

Iona laissa échapper un grognement. Ce serait un miracle si la jeune mère acceptait de leur laisser la garde de ses deux enfants après cela.

Après avoir vérifié que Poppy dormait toujours, Iona prit son oreiller, sa couette, et s'installa sur le canapé de la salle de séjour.

Les ancêtres de Fraser n'auraient pas approuvé ce manquement aux conventions, mais tant pis ! Quant à lui, il semblait seulement souhaiter qu'elle soit heureuse, ce qui lui faisait même oublier son sens des convenances.

9

Les voyageurs ne revinrent qu'aux premières lueurs de l'aube. Dehors, il faisait encore sombre et triste.

Iona avait réussi à dormir deux heures, d'un sommeil peu réparateur. Elle avait guetté toute la nuit un éventuel réveil de Poppy, et bien sûr le retour de Fraser et Hamish. Sans parler de la montée d'adrénaline suscitée par le tour nouveau que prenait sa relation avec Fraser. Peu à peu, elle comprenait que ses sentiments n'avaient rien de toxiques. Elle pouvait avoir un homme à son côté… Un homme qui la soutiendrait au lieu de l'étouffer. Et peut-être pourrait-elle aussi lui montrer qu'il méritait d'être aimé pour ce qu'il était.

Dès qu'elle perçut un bruit de moteur, elle lissa ses vêtements froissés et passa la main dans ses cheveux avant de courir vers la porte d'entrée.

Fraser semblait aussi vif et en forme que s'il avait dormi huit heures. Il sortit un Hamish ensommeillé de la banquette arrière.

— Il va bien ? murmura Iona en regardant le plâtre qui masquait l'avant-bras de l'enfant.

— Tout à fait, répondit Fraser avec un sourire rassurant.

Comment avait-elle pu le prendre pour un égoïste ? En dehors de sa mère, elle n'avait jamais connu personne qui fasse ainsi passer son propre confort après celui des autres, en l'occurrence les enfants et elle.

Elle fut frappée par l'idée qu'il ferait un père merveilleux, un jour. Pourquoi d'ailleurs n'était-ce pas déjà le cas ? Il exerçait un métier formidable, il avait un titre, une propriété, il était très beau et très naturel avec les enfants. À moins qu'il ne cache un horrible secret, elle ne comprenait pas pourquoi sa petite amie ne lui avait pas mis le grappin dessus.

Quant à elle, elle était bien près de tomber follement amoureuse de cet homme généreux.

Elle le regarda porter Hamish à l'intérieur. Son cœur battait si fort et si vite qu'elle craignit de s'évanouir. Cet homme emportait un enfant endormi jusqu'à son lit pour qu'elle n'ait pas à le faire, alors qu'il venait de conduire pendant des heures.

Jamais Andy ne lui avait témoigné une telle sollicitude, et encore moins après leur mariage.

Le problème, c'était que Fraser et elle avaient dépassé le stade de l'aventure. Si elle en croyait le baiser qu'ils avaient échangé, c'était le début d'une grande histoire. Cette perspective l'exaltait et l'effrayait à la fois.

Pour se changer les idées, elle gagna la cuisine pour préparer un petit déjeuner pour Fraser. Elle brancha la bouilloire, et elle prépara des œufs au bacon et des toasts.

— Quelque chose sent bon.

Elle sursauta en entendant la voix de Fraser. Comment allaient-ils pouvoir travailler ensemble si elle se liquéfiait chaque fois qu'il parlait ?

Un œil extérieur aurait vu en eux des parents fatigués après une nuit difficile avec les enfants...

— J'ai une faim de loup, dit-il. Je n'ai mangé qu'un sandwich acheté à un distributeur et j'ai eu droit à un café. C'est agréable, en rentrant chez soi, de trouver un bon repas et une délicieuse compagnie.

Le compliment lui fit chaud au cœur, mais elle ne le releva pas.

— Pas de complication, pour le bras de Hamish ?

— Une petite fracture qui guérira vite.

— C'est une bonne nouvelle. Nous allons devoir en parler à Katherine. Je ne pense pas que notre réputation de famille d'accueil en sortira grandie, mais il le faut.

— Tout est arrangé, dit-il après avoir mordu à pleines dents dans une tartine de pain. J'ai réussi à me glisser dans sa chambre avec Hamish. Puisque nous étions à l'hôpital, autant la voir.

— Comment avez-vous fait ? Euh… Finalement, je préfère ne pas le savoir.

Probablement avait-il usé de son charme auprès d'une infirmière…

— Katherine était réveillée, alors je lui ai expliqué ce qui s'était passé. Elle a compris, et elle a discuté avec Hamish qui a promis de bien se comporter, dorénavant. Il va mieux, depuis qu'il l'a vue.

Elle se sentit immédiatement soulagée.

— Je suis si contente ! Vous lui avez dit combien nous étions désolés ?

— Bien sûr, mais cela l'a fait pleurer. Elle nous a remerciés une fois de plus d'avoir accueilli ses enfants.

Haussant les épaules, il sauça son assiette et vida sa tasse de thé.

— Vous devez avoir envie de dormir ? demanda-t-elle.

— J'ai fait un somme, pendant que Hamish passait à la radio. Mieux vaut que je reste éveillé, sinon je serai complètement décalé. En fait, je pense aux préparatifs de Noël.

— Ah bon ?

Avec tous les derniers événements, elle avait complètement oublié ses projets. C'était impardonnable, pour quelqu'un qui avait promis aux enfants que la fête serait inoubliable.

— Nous avons tous besoin de nous changer les idées, surtout Hamish. Si nous offrons aux enfants un Noël digne de ce nom, dit-il, nous oublierons les erreurs de ces dernières vingt-quatre heures.

— Qu'est-ce que vous suggérez ?

Il avait apparemment concocté un plan et elle avait hâte de le connaître.

— Eh bien…

Visiblement pressé de se mettre aux préparatifs le plus vite possible, il s'agita sur son siège.

— Ici, Noël n'a jamais été une période heureuse, même quand mes parents daignaient me ramener à la maison pour les vacances. Je savais que le cœur n'y était pas de leur côté, mais cela ne nous empêchait pas de décorer la maison. À la fin, elle aurait pu figurer sur une affiche de publicité pour fêtes de fin d'année, mais ce n'était que de l'apparence.

Cette description émut profondément Iona. En fait, Fraser avait été privé d'enfance.

La façon dont il veillait sur Hamish, Poppy et elle prouvait qu'il avait beaucoup d'amour à donner et qu'il méritait d'en recevoir des tonnes en retour. Malgré la fortune familiale, sa vie avait été aussi solitaire et gâchée que la sienne. Finalement, malgré leurs origines sociales différentes, ils avaient davantage de points communs qu'on aurait pu le croire.

— En ce cas, qu'est-ce qu'on attend ? demanda-t-elle.

Bien réveillée, maintenant, elle était prête à se mettre immédiatement au travail pour qu'ils vivent un vrai Noël tous ensemble.

En ouvrant la porte du grenier, Fraser sentit son cœur battre presque aussi fort que lorsqu'il était gamin. Il retrouvait le grincement de la porte et la bouffée d'air froid qui lui donnaient la chair de poule, la poussière lui prit le nez comme à l'époque.

Adulte, il n'était monté qu'une seule fois, après la mort de son père, pour y entreposer ses affaires et ses papiers personnels en attendant de savoir quoi en faire.

— Regardez où vous mettez les pieds, dit-il à Iona. Ce n'est pas très bien éclairé.

Lui prenant la main, il la guida vers l'unique ampoule qui pendait au plafond. Pour l'enfant à l'imagination fertile qu'il avait été, l'endroit était effrayant. Et il l'était plus encore pour un homme qui n'avait pas fait le deuil de son père et des questions que celui-ci avait laissées sans réponse.

— Par où on commence ? demanda Iona.

Les manches retroussées et les mains sur les hanches, prête à chercher les décorations vintage qu'il avait évoquées, elle aurait aussi bien pu être devant la tombe d'un pharaon.

Son excitation avait quelque chose de rafraîchissant, et son exubérance rendait envisageable une vie familiale dans cette grande demeure.

Il eut une petite moue. Rien ne pourrait en revanche sauver

sa relation avec ses parents. Il pouvait seulement se concentrer sur les personnes qui habitaient désormais sous son toit et qui étaient devenues si importantes pour lui.

— Pourquoi pas par là ? répondit-il en désignant l'autre bout de la pièce où des cartons étiquetés étaient entassés.

Il était peu probable que ses parents en soient responsables ; sans doute avaient-ils délégué la tâche à des domestiques. Pendant toute l'enfance de Fraser, sa mère s'était à peine aventurée hors de son lit. Pourtant... Il reconnaissait son écriture élégante.

— Voyons ce que nous avons, dit-il en déposant les cartons les uns après les autres sur le sol.

Iona s'assit en tailleur en plein milieu.

— Je peux ?

— Faites-vous plaisir.

Il n'avait aucun attachement pour ces reliques. Si un jour il avait besoin d'espace, il s'en débarrasserait sans la moindre hésitation. Mais si elles pouvaient procurer un peu de joie aux enfants dont ils avaient la charge, il était prêt à les examiner.

Pendant tout le trajet du retour, il s'était creusé la tête pour trouver la meilleure manière de remonter le moral de tous. Bien entendu, il n'avait pas pensé qu'à cela. Le souvenir du baiser avec Iona l'avait maintenu éveillé et alerte pendant qu'il conduisait. Il n'aurait su dire pourquoi il l'avait embrassée, mais il savait que c'était une bonne chose.

L'inquiétude de Iona pour Hamish était sincère, comme sa sollicitude envers lui. Il n'avait aucune raison de dissimuler les sentiments grandissants qu'il éprouvait pour elle.

— Celles-ci sont magnifiques.

Elle déballait une boîte de boules anciennes. Des scènes enneigées étaient peintes sur les fragiles coques de verre.

— Il devrait y avoir un sapin artificiel quelque part, dit-il.

En effet, il le trouva derrière une autre pile de cartons. Des images de bonheur familial émergèrent de sa mémoire. Il n'aurait su dire s'il se réjouissait de redécouvrir que cette période de fêtes n'avait pas toujours été aussi tendue que dans ses souvenirs, en tout cas avant qu'elle ne devienne une corvée pour ses parents et lui-même.

— C'est vous qui l'avez fait, je suppose ?

Iona lui tendait un cure-pipe en forme de renne, avec des yeux globuleux et un petit pompon rouge en guise de nez. Luttant contre l'émotion qui lui serrait soudain la gorge, il prit l'objet.

— Je me rappelle l'avoir fabriqué avec maman.

— Vous avez donc passé de bons moments avec elle ?

— Quand j'étais très petit… Je m'en souviens à peine… Nous faisions de drôles d'animaux et des fusées spatiales avec tout ce qu'elle avait dans son gros coffre de bois. Il était rempli de cartons, de papiers et de paillettes de toutes sortes.

Brusquement, il fut submergé par un flot de souvenirs… Son père et sa mère jouant avec lui, ou le tenant chacun par une main pour le faire se balancer en riant aux éclats.

— On dirait qu'elle vous aimait vraiment, Fraser.

— Sans doute pendant un temps. Mais quand elle est tombée malade, personne ne semblait me vouloir dans les parages. Après sa mort, mon père ne savait pas comment élever un fils. Jusque-là, il avait confié cette tâche à ma mère. Je suppose qu'il a trouvé plus facile de laisser les professeurs du pensionnat faire son boulot à sa place, mais nous n'avons plus jamais été proches. Il a payé l'école, puis mes études de médecine, mais nous nous comportions davantage comme des connaissances que comme un père et son fils.

Les larmes lui vinrent aux yeux à l'idée de ce que ce jeune garçon avait enduré, abandonné à des kilomètres de chez lui après avoir perdu l'amour de ses parents.

Il repéra, au fond de la boîte, l'une des rares photos de famille, et s'en empara. Elle avait été prise à la période de Noël, car les décorations que Iona avait à la main y apparaissaient. Il devait être à peine plus âgé que Poppy, c'était avant qu'il ne parte en pension. Souriants, son père, sa mère et lui ouvraient les cadeaux devant le sapin, comme n'importe quelle famille normale.

Cette fois, il sentit les larmes couler le long de ses joues. Laissant enfin libre cours à ses émotions, il ne les essuya pas. Ce fut Iona qui caressa son visage et, faisant disparaître les preuves de son chagrin, lui donna le réconfort dont il avait désespérément besoin.

— Il est possible qu'ils vous aient éloigné pour vous protéger, dit-elle en lui prenant les mains. Nous ne connaîtrons jamais leurs vraies motivations, mais quand je regarde cette photo et que j'entends combien votre mère aimait passer du temps avec vous, peut-être ont-ils pensé que cela valait mieux pour vous. Nous connaissons tous les deux l'impact qu'un cancer peut avoir sur une famille. Ils n'ont peut-être pas voulu que vous voyiez l'état de votre mère se dégrader.

Elle tentait de lui faire considérer son passé du point de vue d'un adulte plutôt que de celui d'un petit garçon malheureux.

Il avait bloqué ces souvenirs heureux parce que, persuadé qu'il avait fait quelque chose de mal, il se focalisait sur les reproches qu'il s'adressait à lui-même. Tout au fond de lui, il devait savoir que ses parents l'avaient aimé, mais ayant passé la plus grande partie de son enfance avec des étrangers sévères, il avait graduellement oublié ce bonheur passé.

Cette nouvelle théorie, l'hypothèse que ses parents avaient voulu le protéger, n'allégeait pas son chagrin. Il regrettait seulement tout le temps qu'il aurait pu passer avec eux si le sort n'en avait pas décidé autrement.

— C'est possible, dit-il, mais ça ne change pas le passé, ni la façon dont je l'ai vécu.

— Vous pensez pouvoir leur pardonner ?

Elle posa son front contre le sien, leurs mains étaient toujours enlacées, serrées entre leurs poitrines.

— Je peux essayer.

— Cela vous aidera à tourner la page. Ça peut sembler hypocrite de ma part, alors que je suis venue ici pour fuir les gens censés m'aimer le plus au monde. J'ai perdu ma mère, moi aussi, mais mon père est toujours vivant. Je ne peux pas dire qu'il m'a jamais témoigné la moindre affection. Si cela avait été le cas, je ne me serais peut-être pas fourvoyée dans un mariage désastreux.

— Vous êtes la femme la plus forte que j'aie jamais rencontrée.

Alors que lui, empli de colère et de rancune, restait terré dans sa maison, elle avait avancé, elle s'était concentrée sur l'avenir et mise au service des autres.

— Je ne pouvais pas faire autrement, répondit-elle. Je n'avais personne sur qui compter.

Se détournant, elle entreprit de ranger les décorations dans la boîte. Il ne s'y trompa pas : cette apparence solide cachait un cœur aussi vulnérable que le sien.

— Eh !

Lui prenant le menton, il tourna son visage vers lui et déposa un baiser léger sur ses lèvres.

— Vous m'avez, maintenant.

— C'est vrai, Fraser ? Je ne veux pas m'engager dans quelque chose que je regretterai. Vous promettez d'être là pour moi ?

Sa question était lourde d'un chagrin ancien qu'il ne voulait pour rien au monde lui infliger de nouveau. Il commençait à comprendre pourquoi Caroline l'avait accusé de la tromper et de se tromper lui-même sur ce qu'il était vraiment, à l'époque où il s'accrochait à l'image de l'homme qu'il croyait devoir être. Auprès de Iona, il souhaitait retrouver sa vraie personnalité, dont faisait partie intégrante cet enfant intérieur étouffé pendant trop longtemps. Il n'avait rien à perdre et tout à gagner.

— Toujours, répondit-il avant de l'embrasser de nouveau.

C'était la douce récompense qu'il espérait depuis la nuit précédente. Il y avait pensé pendant le trajet du retour, la sachant à la maison et l'attendant.

Elle répondit à son baiser avec une telle ardeur qu'il ne voulut plus penser à rien d'autre qu'à la femme qu'il attirait dans ses bras, puis sur ses genoux, sans jamais rompre le contact entre leurs bouches.

Elle fit passer son chemisier par-dessus sa tête, révélant des seins ronds prisonniers de volutes de dentelle noire. À son tour, il ôta son pull tandis qu'elle se levait pour retirer le reste de ses vêtements. Bientôt, elle fut nue devant lui. Le souffle coupé, il s'abreuva de sa beauté. Dès qu'il eut enlevé pantalon et boxer, elle l'enjamba et s'empala d'elle-même sur son sexe dressé.

Elle agissait avec un naturel qui galvanisa son corps, son esprit, ses terminaisons nerveuses, et il faillit exploser de plaisir. Le lien n'était pas seulement physique... Les yeux dans les yeux, ils oscillaient ensemble, en quête de l'apaisement ultime. Ils avaient besoin l'un de l'autre, besoin d'évacuer toutes les émotions qu'ils venaient de vivre, de remplacer la douleur par la joie.

Prenant appui sur ses épaules, elle le chevauchait avec ardeur, ses seins dansant au-dessus de lui. Il parvint à saisir une pointe rosée entre ses lèvres et la suça si fort qu'elle poussa un cri. Ses muscles se resserrèrent autour du sexe de Fraser en une sensation si puissante qu'il voulut mordiller l'autre sein, mais elle se cambra en arrière et accéléra le rythme, ce qui le mena trop vite au seuil de l'orgasme.

D'un mouvement souple, il retourna la situation et elle fut sur le dos. Il était profondément en elle, libre de ses mouvements, qui n'étaient plus entravés par les cuisses de Iona. Sans protester le moins du monde, elle s'accorda à son tempo. Leurs corps claquaient l'un contre l'autre, les ongles de Iona griffaient son torse et ils laissaient tous les deux échapper des sons inarticulés.

Lui qui se flattait d'être un amant attentif au plaisir de sa partenaire, avec Iona, il obéissait à ses instincts primaires. Et elle en faisait autant. Au bout du compte, ni l'un ni l'autre ne seraient frustrés.

Elle savait exactement ce qu'elle voulait et il ne demandait qu'à la satisfaire. Il ne s'était pas trompé en pensant qu'entre eux l'alchimie sexuelle serait insensée.

Dehors, le vent se fit violent, comme s'il s'accordait à la passion de leur étreinte. Les gémissements de Iona se firent plus fréquents, ses muscles se crispèrent et il comprit qu'elle était proche de la jouissance.

Réunissant toute la force qui lui restait, il accéléra les coups de boutoir jusqu'à ce qu'elle pousse un grand cri. Ils se laissèrent alors emporter tous les deux dans un tourbillon d'extase.

Jamais il ne s'était abandonné à ce point avec une femme, et il ne s'agissait pas seulement de sexe ou d'attirance physique. Il aimait Iona pour ce qu'elle était et avec elle il ne faisait pas semblant d'être un autre. C'était le genre de connexion que tout homme rêvait de trouver un jour.

Iona, toujours nue, se blottit contre Fraser. Il avait réveillé en elle des zones dont elle ignorait qu'elles existaient encore, parmi lesquelles son cœur. Ce qui venait de se passer entre eux était et resterait l'expérience la plus érotique de sa vie, mais elle voulait que ce soit le début d'une vraie relation. Pas seulement le couronnement du drame et des émotions qu'ils avaient affrontées ensemble.

Fraser avait beaucoup partagé avec elle, y compris des souvenirs poignants de ses parents. Elle avait d'une certaine façon libéré la passion qui sommeillait en lui.

Et grâce à lui, elle avait éprouvé des sensations totalement nouvelles, et délicieuses. Elle frissonna.

— Tu as froid ?

Se méprenant sur la cause de la chair de poule qui lui hérissait la peau, il l'enveloppa de ses bras et de ses jambes pour lui transmettre sa chaleur.

Elle n'allait pas se plaindre…

Si des enfants n'avaient pas dormi au premier étage, elle serait restée là toute la journée avec Fraser qui, de temps à autre, lui déposait un baiser sur le sommet du crâne.

Elle voulait cependant le rassurer sur un point, au cas où il se serait posé la question :

— Je… euh… Je prends la pilule. Autant que tu le saches.

Elle avait rencontré trop de femmes qui, prises dans le feu d'une passion soudaine, oubliaient toute raison et accouchaient neuf mois plus tard, elle avait donc pris ses précautions.

— Oh ! d'accord. Désolé. J'aurais dû y penser.

Cette préoccupation ne lui avait manifestement pas traversé l'esprit.

— Tu as l'air un peu loin, tout d'un coup. Quelque chose ne va pas ?

Prenant appui sur les coudes, elle le regarda dans les yeux. Regrettait-il ce qui s'était passé entre eux ou peut-être redoutait-il d'avoir à s'engager ?

— Je me disais juste… Les enfants ne vont pas tarder à se réveiller.

— Je sais, mais je n'ai pas envie de bouger.

Du bout de l'ongle, elle traça un cercle autour de son mamelon, qui pour son plus grand plaisir se dressa aussitôt.

— Moi non plus, mais, euh... Nous sommes montés ici pour une raison bien précise.

Elle laissa échapper un grand soupir.

— Espèce de rabat-joie ! Tu n'as pas des elfes de maison qui font le boulot pendant que tu dors ?

— Cela s'appelle des domestiques et, comme tu le sais, je n'en ai pas. Ça ne cadrerait pas vraiment avec ma conscience.

— Au diable tes principes ! Il nous aurait suffi de les sonner pour avoir un petit déjeuner et qu'une nounou aille voir les enfants.

Sur ces mots, elle se serra plus fort contre lui. Il éclata de rire avant d'ordonner :

— Debout !

Une minute plus tard, les vêtements de Iona tombaient un à un sur son corps nu. Décidément, Fraser pouvait être très sexy quand il jouait les patrons, surtout quand il était nu et qu'elle venait de goûter son savoir-faire dans un certain domaine.

Pour une fois, elle obéit.

10

Lorsqu'ils descendirent leurs trouvailles dans la salle de séjour, Iona avait retrouvé toute son énergie. Malgré le manque de sommeil, mue par une poussée d'adrénaline, elle créa un décor hivernal enchanteur, tant pour les enfants que pour Fraser.

Ce dernier ne participait pas à la conception, mais elle le mit largement à contribution pour la réalisation :

— Suspends cette guirlande au plafond, et celles-ci au-dessus des fenêtres. Ensuite, trouve un endroit pour le gui !

Il arbora un sourire lascif.

— D'après la coutume, tu es censée m'embrasser dessous.

Depuis qu'ils avaient fait l'amour, il avait pris de l'assurance, mais en l'occurrence il plaisantait clairement. Dès qu'elle en aurait l'occasion, elle le prendrait au mot !

— Pari tenu ! dit-elle en lui lançant des décorations scintillantes.

— Waouh ! Vous avez fait tout ça pendant qu'on dormait ?

Tout excité, Hamish se tenait sur le seuil de la pièce.

— Iona a presque tout fait. Qu'est-ce que tu en penses ?

— C'est cool. Merci !

Hamish était redevenu le gentil petit garçon qu'ils connaissaient. C'était grâce à Fraser, qui avait enfreint le règlement de l'hôpital pour le laisser voir sa mère. Ce dernier commençait peut-être à voir les bénéfices qu'il y avait à suivre son instinct. Les ébats sexuels dans le grenier ne figuraient certainement pas non plus dans son programme, et ce n'en était que plus mémorable...

— C'est drôlement joli, fit la petite voix de Poppy.

Debout près du sapin, elle s'émerveillait devant les délicates boules de Noël et les nœuds écossais.

— Tu veux mettre la fée tout en haut de l'arbre ? lui demanda Iona.

Enfant, c'était ce qu'elle préférait faire et Katherine confiait probablement d'ordinaire cette tâche à la petite fille aux yeux ensommeillés, vêtue d'un pyjama rose.

Chez les Munro, c'était une petite poupée aux joues rondes qui trônait en haut du sapin. La fée des McColl portait une robe écarlate ornée de motifs dorés, au lieu de tulle blanc. Soulevée dans les bras de Fraser, Poppy la plaça au sommet du sapin.

— Regardez ! Il neige !

Ils se tournèrent avec un bel ensemble vers les fenêtres, derrière lesquelles des flocons blancs tombaient, tels des confettis. C'était le décor parfait pour leur Noël, mais les enfants l'appréciaient sans doute plus que les adultes. Surtout quand il n'y avait aucun véhicule de salage pour dégager la voie de ceux qui devaient partir rapidement au travail. Fort heureusement, ils n'avaient pas d'autre mission, ce jour-là, que de divertir les enfants.

— On peut jouer dehors ? demanda Hamish, le nez pressé contre une vitre.

— Après le petit déjeuner, dit Fraser. Qu'est-ce que vous aimeriez ?

Poppy tira sur son pull.

— On peut manger des pancakes ?

Hamish se tourna vers sa sœur.

— Ça ne sera pas les mêmes, Poppy.

Les sourcils froncés, il faisait soudain plus mûr que son âge. Poppy baissa la tête, proche des larmes.

— Je peux faire des pancakes ! dit aussitôt Fraser.

Prenant Poppy par la main, il l'entraîna dans la cuisine.

— Papa les faisait en forme de sapin, dit Hamish d'une voix tremblante.

Iona lui posa la main sur l'épaule.

— Eh bien, tu vas montrer à Fraser exactement comment il faut faire.

Le petit déjeuner fut bruyant et désordonné. Ils tentèrent de reproduire le pancake parfait, qui contenait apparemment des quantités impressionnantes de sirop d'érable et d'éclats de chocolat. Les efforts des adultes furent récompensés par les rires des enfants, si agréables à entendre après les soucis de la nuit précédente.

Pendant ce temps, la neige avait recouvert la nature d'un épais tapis blanc. Ils sortaient de la maison quand Poppy remarqua le gui que Fraser avait suspendu au-dessus de la porte.

— Tu dois embrasser Iona ! cria-t-elle.

Elle applaudissait de ses petites mains gantées tandis qu'un Hamish indifférent faisait quelques pas dehors, son bras plâtré enveloppé dans du plastique pour ne pas être mouillé.

À la grande joie de leur petite marieuse, Fraser planta un baiser sur les lèvres de Iona. Satisfaite qu'il ait rempli ses obligations, Poppy rejoignit son frère en courant.

Iona voulut la suivre, mais fut retenue en arrière, sous le gui.

— Où penses-tu aller ?

— De... Dehors.

La lueur, dans les yeux de Fraser, lui rappelait ce qu'ils avaient fait dans le grenier.

— Il faudra d'abord que j'aie eu un baiser convenable.

Les deux enfants s'étant lancés dans l'édification d'un bonhomme de neige, elle ne vit aucune raison de refuser. Fraser l'embrassa longuement et passionnément jusqu'à ce qu'elle sente ses jambes trembler sous elle.

Un instant plus tard, ils rejoignirent les enfants et les aidèrent à former le corps et la tête de leur bonhomme.

— Il lui faut des yeux, dit Hamish.

Retirant son gant, il creusa deux trous dans la face blanche avec son doigt.

— Remets vite tes gants, sinon tu vas geler et perdre aussi l'usage de ta main, dit Iona avec un sourire.

Poppy sortit de sa poche une collection de petits coquillages et cailloux.

— On peut se servir de ça pour faire sa bouche et son nez ?

— Où les as-tu trouvés ?

La plage la plus proche se trouvait à des kilomètres et ils n'avaient certainement pas été récemment au bord de la mer.

— Ce sont ses porte-bonheur, dit Hamish. Elle les a ramassés la dernière fois qu'on est allés à la mer avec papa, elle les emporte partout.

La proposition de Poppy était très généreuse, mais comment la priver de ses trésors ?

— On pourrait, dit Iona, mais tu peux aussi les remettre dans ta poche, on trouvera autre chose par ici.

Elle laissait la décision à Poppy, qui fixa un instant ses souvenirs avant de les fourrer dans la poche de son duffel-coat.

— Poppy et moi, on va à la chasse, on revient bientôt, cria Iona aux garçons.

Très occupés à habiller M. Frosty, comme Hamish l'avait baptisé, ils ne répondirent pas. Fraser ôta son bonnet de laine et le posa sur la tête de Frosty.

— Il a aussi besoin d'une écharpe !

Laissant échapper un soupir, il se délesta également de son écharpe. Devinant que, si elle n'agissait pas rapidement, il serait bientôt en danger d'hypothermie, Iona ramassa ce qui lui tombait sous la main et revint bien vite avec Poppy.

— Là ! Beau boulot, tout le monde.

Avec des branches en guise de bras et des pommes de pin en lieu et place de nez et d'yeux, Frosty était complet.

— Tope là ! s'écria Fraser.

Mais il vint vers Iona et elle se retrouva le visage couvert de neige.

— Je vais te tuer ! bafouilla-t-elle.

Il éclata de rire, comme ses complices. Elle prit donc à son tour une poignée de neige et la lui fourra dans le pantalon. La danse qui suivit fut la meilleure des vengeances. Prenant exemple sur les adultes, Poppy et Hamish entamèrent une bataille de boules de neige.

Les lèvres pincées, les yeux plissés, Fraser se dirigea vers Iona.

— Tu te trouves drôle ?

— Hilarante ! répondit-elle, les bras croisés sur la poitrine, bien décidée à ne pas lâcher de terrain.

Mais dès qu'il eut réuni des munitions, elle s'enfuit en hurlant.

Il la rejoignit en quelques secondes et cette fois elle fut atteinte au niveau de la nuque. Un instant plus tard, le poids de Fraser l'expédia au sol. Ils atterrirent ensemble, haletant et riant, si insouciants qu'elle se moquait bien qu'ils soient trempés tous les deux.

Le cœur battant, elle entrevoyait les possibilités qui s'offraient à elle avec cet homme qui comprenait son besoin de liberté tout en lui procurant un peu d'ordre, au milieu de tout son chaos.

Un bruit de moteur interrompit leur jeu et ils se relevèrent aussitôt.

— Je vais voir qui c'est, dit Fraser.

Il se mit à courir en direction du portail. Étant donné le temps, ce ne devait pas être une visite de courtoisie. Mais qui que ce fût, Iona espérait que les intrus s'en iraient bien vite, pour qu'ils puissent poursuivre leur rêve de Noël.

Iona avait fait rentrer les enfants, qui étaient assis devant le feu et enveloppés dans des couvertures quand Fraser arriva avec les visiteurs.

— Maman !

Se levant d'un bond, Hamish et Poppy se précipitèrent vers leur mère, qui était accompagnée d'un homme et d'une femme plus âgés.

Fraser les intercepta pour qu'ils ne fassent pas tomber Katherine.

— Doucement !

— Nous ne savions pas que tu sortais ce matin, dit Iona, sinon nous aurions préparé les enfants.

Elle était aussi surprise que les enfants de voir Katherine. Elle était heureuse qu'ils soient réunis, mais légèrement gênée d'avoir été surprise en train de rouler dans la neige avec Fraser.

— Ma pression artérielle a baissé et mes parents ont réussi à prendre un avion ce matin. Les médecins ont accepté de me laisser sortir à condition que je me repose, mais je voulais faire la surprise à ces deux-là.

— Asseyez-vous, dit Fraser. Vous voulez manger ou boire quelque chose ?

Iona sourit. Au moins, il n'oubliait pas ses bonnes manières, contrairement à elle ! Jouant son rôle d'hôte à la perfection, il se présenta aux parents.

— Je veux juste rentrer à la maison, dit Katherine. Je suis sûr que tu le comprends, Iona.

— Bien sûr. Je vais chercher leurs affaires.

Les enfants allaient avoir leur Noël en famille, finalement, mais Iona avait l'horrible pressentiment que leur bonheur sonnait le glas du sien. Elle s'en voulait d'être bouleversée, alors que c'était le plus beau cadeau de Noël possible pour Katherine et ses enfants. Pourtant, elle ne parvenait pas à réprimer ses larmes en faisant leurs sacs.

C'était la fin de leur ersatz de famille et elle ignorait ce que cela impliquait pour Fraser et elle.

Lorsque la petite troupe partit, Iona était parvenue à se ressaisir. Il n'aurait pas été juste de gâcher leur joie alors qu'ils étaient tellement heureux de se retrouver.

— Merci pour tout, dit une nouvelle fois Katherine.

Elle serra Iona et Fraser dans ses bras, du moins autant que son gros ventre le lui permettait. Iona réussit à arborer un sourire tremblant jusqu'à ce que la voiture s'éloigne.

Fraser glissa un bras autour de sa taille et la serra contre lui.

— Tu les reverras.

— Je sais. C'est juste...

C'était absurde, mais elle craignait qu'il ne soit tombé amoureux d'elle que parce que sa maison avait été égayée par une famille éphémère.

L'entraînant à l'intérieur, il poursuivit :

— C'est notre moment, maintenant. Et en tant que châtelaine, acceptes-tu de partager ma chambre ?

Cette proposition fit battre le cœur de Iona... et réveilla d'autres zones de son anatomie. Le tête-à-tête avec Fraser était une expérience qu'elle n'avait pas encore vécue pleinement.

— Je ne suis pas vraiment à mon avantage, après avoir roulé dans la neige. Peut-être le laird me permettra-t-il de me rafraîchir, avant de me faire connaître mille délices ?

— Le laird ne le permettra pas. En revanche, il pense qu'il serait amusant de se rafraîchir ensemble.

Tout en parlant, il agitait comiquement les sourcils, ce qui était totalement incompatible avec la dignité d'un laird ou d'un médecin. Elle éclata de rire. Un instant plus tard, elle pénétrait dans la chambre du maître de maison.

La pièce était aussi spacieuse et masculine que Iona l'avait imaginé. Des étoffes écossaises et des coffres de bois massif rappelaient les origines de Fraser.

Sans un mot, il ôta ses vêtements et elle en fit autant. Ils auraient pu être gênés de se retrouver ainsi nus l'un en face de l'autre, mais Fraser la contemplait avec tant d'admiration et de désir que toutes les inhibitions de Iona furent anéanties avant même de se manifester.

Avec un corps aussi beau, Fraser n'avait lui-même aucune raison d'avoir honte, et ce n'était clairement pas le cas.

Un instant plus tard, en mettant le pied dans un nuage de bulles, elle avait davantage l'impression d'être une reine qu'une châtelaine. L'eau chaude était irrésistible, et les longues jambes de Fraser l'enveloppèrent. Elle se détendit contre son torse, laissant l'eau et son amant la baigner.

Elle ne se rappelait pas qu'on lui ait déjà lavé les cheveux, du moins en dehors d'un salon de coiffure, mais il le fit spontanément. Après avoir mis une noisette de shampoing sur sa tête, il lui massa le crâne avec une telle tendresse qu'elle eut envie de pleurer.

Lorsqu'il rinça ses cheveux, elle ferma les yeux et, malgré son envie de rester où elle était, voulut lui faire connaître le même délice :

— Tu ne veux pas que je te lave les cheveux, moi aussi ?

— Dans une minute. J'ai beaucoup de plaisir à prendre soin de toi sans que tu me décapes la tête.

Pour l'instant, elle n'éprouvait pas le besoin de se rebeller contre lui ! Elle avait été seule pendant si longtemps qu'elle avait oublié les plaisirs simples comme celui-ci.

Prenant un gant de toilette, il lui lava lentement le corps, s'attardant sur ses seins avant de glisser plus bas, entre ses jambes. Elle s'abandonna, estimant qu'après s'être tant donnée, ces derniers jours, elle avait le droit d'être dorlotée.

Sous l'eau, il faisait glisser le gant le long de ses cuisses, frôlant la partie de son corps qui aspirait à la caresse. Lorsqu'il retira le gant pour le remplacer par son pouce, elle laissa échapper un gémissement, et il fit lentement le tour de la zone la plus érogène qui soit.

Puis il déposa un baiser sur son épaule, sur sa nuque, ce qui décupla encore l'excitation de Iona. Il enfonça alors ses doigts en elle, lui arrachant un gémissement de plaisir.

Elle s'arqua contre lui tandis qu'il tendait le bras pour la remplir de ses doigts. Elle sentait son sexe dressé contre ses reins, ce qui l'amena au bord de la jouissance. Elle comprit que, malgré le désir qu'il avait d'elle, il ne la prendrait pas avant de lui avoir procuré un premier orgasme. Il n'y avait pas meilleur aphrodisiaque, pour une femme, qu'un amant attentif.

D'une main, il la poussait vers les portes de l'oubli, et de l'autre, il pinçait les pointes de ses seins pour lui prodiguer une douleur ô combien délicieuse.

Un plaisir aussi brutal que violent la submergea. Perdue dans une spirale érotique, elle n'avait pas conscience que les cris renvoyés par les murs de la salle de bains étaient les siens.

— Tout va bien ? murmura Fraser à son oreille.

— Oui.

Pourtant, elle avait perdu l'usage de la parole et son cerveau avait explosé.

— En ce cas, on va te sécher.

Lorsqu'il se leva et sortit de la baignoire, l'eau ruissela le long de son corps, puis sur le sol. Mais Iona souhaitait qu'il expérimente à son tour le moment de pur bonheur qu'il venait de lui offrir.

— Je ne devais pas te laver la tête ?

— Pour le moment, ce ne sont pas mes cheveux qui ont besoin de tes soins.

Souriant, il lui tendit une serviette et attendit qu'elle sorte du bain. Elle n'avait d'yeux que pour ce sexe dressé qui réclamait son attention.

Fraser l'enveloppa dans une serviette douce et épaisse avant de la soulever dans ses bras pour l'emporter dans sa chambre. Il la déposa sur son lit comme si elle était ce qu'il y avait de plus précieux au monde.

Il la découvrit lentement, prenant son temps pour admirer chaque centimètre de ce corps féminin. Le désir qu'il avait d'elle était évident, mais elle lisait aussi dans ses yeux un amour sans limites.

Lorsqu'il s'étendit près d'elle, elle se serra contre lui, pressant ses seins contre son torse. Il gémit tandis que son sexe frôlait le centre de sa féminité, là où elle se languissait qu'il soit.

— J'ai besoin de toi en moi, Fraser.

— Moi aussi.

Ils s'appartenaient mutuellement et maintenant qu'ils s'étaient trouvés, il était impensable qu'ils soient séparés un jour. La nuit précédente, ils avaient connu l'apogée d'un désir refoulé. Pour soulager cette tension, ils avaient cherché et trouvé l'extase avec frénésie. Cette fois, ils gravirent lentement les marches qui menaient à ce sommet de satisfaction absolue. Ensemble, ils franchirent la ligne d'arrivée, puis Iona se laissa aller contre les oreillers, pantelante et euphorique.

Fraser s'étendit de nouveau près d'elle, et elle regarda son torse se soulever et s'abaisser. Il eut un large sourire qui l'encouragea à poser une question qui pouvait paraître naïve :

— Ça… C'est toujours comme ça, pour toi ?

De son côté, elle n'avait jamais rien expérimenté de tel. Elle avait eu de courtes liaisons, mais aucun de ses partenaires n'avait eu cet effet sur son cœur et son corps. Elle en venait à s'interroger. Avait-elle déjà été amoureuse, ou Fraser était-il simplement un amant exceptionnel ? Peut-être avait-il fait cet effet à toutes les femmes qui avaient partagé son lit, mais elle avait besoin de savoir s'il éprouvait la même chose qu'elle.

S'appuyant sur un coude, il posa son menton sur sa paume et tendit sa main libre pour écarter une mèche de cheveux humides du visage de Iona. Elle ferma les yeux, craignant que sa réponse ne gâche tout.

— Jamais.

La voix douce de Fraser se glissa derrière les paupières closes de Iona et fit son chemin jusqu'à son cœur, qui lui appartenait désormais. Si chaque instant passé avec lui ressemblait à celui-ci, elle espérait ne plus jamais se réveiller seule.

11

Il faisait sombre lorsque Iona et Fraser décidèrent de se lever pour se sustenter un peu. Iona tira les rideaux et découvrit un monde d'un blanc étincelant.

— L'hiver est bel et bien là.

La nuit était si paisible qu'ils auraient pu se croire au sommet d'un glacier, à des kilomètres de la moindre civilisation.

— Alors nous devrions stocker des provisions pour préparer notre hibernation, dit Fraser en commençant à s'habiller.

— Qu'est-ce que tu fais ? dit-elle, déçue de voir disparaître ce beau corps masculin.

— Euh... Je mets des vêtements pour descendre chercher quelque chose à manger.

Il ne voyait visiblement pas l'absurdité de ce qu'il faisait. S'approchant de lui sans rien faire pour cacher sa nudité, elle baissa la fermeture Éclair de son pantalon.

— C'est ta maison, Fraser. On est seuls et il n'y a personne à vingt lieues à la ronde. On n'est pas obligés de se cacher.

Il ne vit aucune objection à ce qu'elle lui enlève son pantalon, bien au contraire.

Fraser appréciait les tendances naturistes de Iona et il était prêt à la suivre. Il était encore un peu tôt pour lui proposer d'emménager chez lui, alors qu'elle venait à peine de s'installer dans son propre appartement, mais c'était pour elle qu'il venait de décider qu'il resterait dans cette maison.

Elle y apporterait sa fantaisie. Depuis qu'elle était là, son obsession de l'ordre ne lui dictait plus son emploi du temps, surtout s'il s'agissait de passer davantage de temps avec elle. Il ne réfléchissait plus aux conséquences du moindre de ses actes, même s'il lui faudrait encore du temps pour être le genre de type à vivre uniquement l'instant présent.

Ils descendirent l'escalier, riant au nez de ses ancêtres guindés dans leurs cadres. Grâce à Iona, il se comportait comme le garnement qu'il n'avait jamais été enfant.

En entrant dans la cuisine, elle appuya sur l'interrupteur, sans effet.

— On a un problème, dit-elle.

C'était la même chose dans la salle de séjour, où leur beau sapin ne brillait plus de tous ses feux. La seule lumière venait de la cheminée, qui serait aussi leur unique source de chaleur jusqu'à ce que l'électricité soit rétablie.

— La tempête a dû abattre les câbles, mais peu importe, on a des bougies.

Tous ces chandeliers auraient leur utilité, finalement.

— J'imagine que le four ne fonctionne pas non plus ? demanda Iona, dont l'estomac criait famine.

— On a tout un choix de fromages et de viande froide. À propos, j'apprécie énormément la vue, mais tu risques d'attraper une pneumonie, avec le chauffage en panne.

Un instant plus tard, il apportait un plateau bien garni et le déposait devant la cheminée. Elle prit un plaid sur le dossier du canapé et le posa sur leurs épaules.

Des moments comme celui-ci valait tout l'or du monde…

— C'est mal de souhaiter que la neige ne s'arrête jamais de tomber pour que nous restions coincés ici ? demanda-t-elle.

Elle porta à sa bouche la bouteille d'eau qu'il avait sortie du réfrigérateur. Une goutte tomba sur sa poitrine et coula sur son mamelon dressé.

— Je suis tout à fait d'accord avec toi.

Il se pencha pour laper la goutte.

Cette maison ne ressemblait à un foyer que si Iona y était aussi. Ces derniers jours, elle lui avait appris à faire ce qui le rendait heureux. Il avait cessé de tout analyser dans le moindre détail, aussi fut-ce tout naturellement qu'il demanda :

— Pourquoi tu ne t'installerais pas ici ?

Les sourcils froncés, elle le fixa avec un manque d'enthousiasme évident.

— Au cas où tu ne l'aurais pas remarqué, j'habite ici depuis quelques jours.

— Je ne veux plus perdre de temps, Iona. J'ai envie de vivre avec toi, de partager avec toi cette maison et ma vie.

Comme la réponse tardait à venir, il sentit une sueur froide lui venir. Il avait cru énoncer une évidence, vu l'harmonie sexuelle et la complicité affective qui régnaient entre eux.

— Fraser, c'est... C'est...

Visiblement émue, elle cherchait ses mots. Se levant, elle serra les pans du plaid autour de son corps. Il l'imita, s'attendant à la serrer dans ses bras quand elle dirait oui.

— C'est... C'est une idée ridicule, dit-elle.

Il avait fait un pas vers elle avant que les mots ne le frappent en plein torse.

Il espéra pouvoir sauver la situation.

— Je sais, c'est un peu rapide, mais à mon avis c'est la suite logique, puisque nous savons déjà que nous formons une équipe d'enfer. Tu peux quitter cet appartement minable, emménager ici...

— ... Démissionner et te faire deux enfants, l'interrompit-elle.

— Je ne te demanderai jamais d'abandonner ton travail, mais je ne te mentirai pas : j'aimerais être père un jour.

En réalité, il ne s'était pas projeté aussi loin dans l'avenir, mais puisqu'elle abordait le sujet, autant être honnête.

— Fraser, je viens juste de m'installer chez moi. Tu sais à quel point cela m'importe, d'avoir mon indépendance. Si tu t'attends à ce que je sacrifie ce que je suis pour te satisfaire, tu me connais bien mal.

Malgré tout ce qu'ils avaient partagé, elle n'était clairement pas prête à faire des compromis pour lui. Si elle ne le jugeait pas digne d'occuper une place permanente dans sa vie, il avait très mal évalué la situation et le traumatisme qu'elle gardait de son mariage.

— Je te demandais seulement si tu voulais emménager ici. J'ai ma réponse. C'est bon. Oublie ce que j'ai dit.

Il ne voulait surtout pas provoquer une dispute avec elle ou donner l'impression qu'il avait quoi que ce soit de commun avec son ex.

— Non, Fraser, je ne peux pas oublier. C'est exactement ce que je craignais. Il t'a suffi d'une petite ouverture dans ma vie pour que tu tentes de t'y engouffrer comme un bulldozer. Nous nous sommes sans doute laissé emporter par la vie de rêve que nous voulions construire autour des enfants. Mais franchement, avant eux, nous nous disputions sans cesse. Maintenant qu'ils sont partis, nous nous accrochons à des chimères, et nous efforçons de maintenir le conte de fées au lit. Mais ce n'est pas réel. Nous sommes tous les deux trop abîmés pour que ça marche. Tu as besoin de quelqu'un qui te procure la sécurité dont tu as manqué, et moi je ne peux pas renoncer à ma liberté, c'est tout ce que j'ai. Je vais faire ma valise ; ces quelques jours resteront pour nous un beau souvenir.

Sur ces mots, elle lui tourna le dos et s'éloigna. Ainsi, c'était plus grave qu'une simple querelle d'amoureux. Elle avait vraiment l'intention de le quitter et voulait réduire ce qu'ils avaient partagé à une liaison sans importance.

Cloué sur place par le choc, il ne se lança pas à sa poursuite. Il savait pourtant qu'il l'aimait comme il n'avait jamais aimé aucune femme avant elle. Au bord de la nausée, il tenta de se rappeler qu'il n'était plus un petit garçon arraché à tout ce qu'il adorait sans avoir son mot à dire.

Iona respirait difficilement, et le poids qui pesait sur sa poitrine s'alourdissait à chaque pas qu'elle faisait pour fuir l'existence que Fraser tentait de créer autour d'elle.

Oui, elle était tombée amoureuse de lui, mais à la seconde où elle avait baissé la garde il avait tenté d'exploiter cette faiblesse.

Vivre ensemble ?

Des bébés ?

C'était un ticket d'entrée pour la prison dont elle s'était déjà échappée une fois.

Elle avait besoin de rentrer chez elle, dans son espace à elle, pour réfléchir sans qu'une abjecte terreur ne trouble sa raison. La cohabitation avec les enfants leur avait brouillé l'esprit à tous les deux. Dès qu'elle serait sortie de cette image d'Épinal, il le comprendrait lui aussi. Et quand ils se retrouveraient au centre médical, après Noël, ils sauraient de nouveau qui ils étaient.

Elle s'habilla très vite, virevoltant à travers sa chambre pour rassembler ses affaires. Si elle ne partait pas maintenant, elle avait toutes les chances de se retrouver au lit avec Fraser. Et elle oublierait immédiatement pourquoi son « appartement minable » était plus important pour elle que faire l'amour avec lui.

La sonnerie de son téléphone retentit. Il était tentant de l'ignorer, mais dans son métier on n'était jamais vraiment en congé et, à cette heure tardive, c'était peut-être une urgence.

— Allô ! fit-elle sèchement.

Le ton était brutal mais, ayant rompu avec un homme qu'elle commençait à chérir, elle n'était pas dans les meilleures dispositions d'esprit.

— Iona, c'est June Lowe, la sage-femme de garde. Je suis désolée de vous déranger, sachant que vous habitez chez le Dr McColl, en ce moment, mais nous avons une urgence. Claire McKenzie a désespérément besoin d'aide, mais les routes sont bloquées par la neige. Nous essayons d'organiser une évacuation aérienne, mais avec la tempête… Bref, nous nous demandions si vous pourriez aller la voir, de votre côté.

Iona n'avait pas envie de discuter des rumeurs qui couraient sur sa relation avec Fraser. Ils étaient tous les deux adultes, consentants, et ce qu'ils faisaient de leur vie privée ne regardait personne.

Elle attrapa un crayon et un papier sur la table de chevet, elle se prépara à prendre des notes.

— Donnez-moi davantage de détails. Je vous écoute.

Fraser parut sur le seuil, mais elle n'avait pas le temps de se préoccuper de son expression désespérée. Posant la main sur le téléphone, elle lui expliqua ce qui se passait.

— Claire McKenzie a commencé le travail, c'est une patiente dont le dernier enfant était mort-né. Je dois y aller. Elle n'habite pas loin, de toute façon.

Après avoir raccroché, elle enfila ses bottes et se prépara à affronter les éléments.

— À vol d'oiseau, tu as raison, dit-il, mais nous sommes au milieu de nulle part, et il est tombé près d'un mètre de neige.

— C'est une question de vie ou de mort, répondit-elle en prenant son sac.

Un instant plus tard, elle se frayait un chemin jusqu'à sa voiture, Fraser sur les talons.

— Tu ne peux pas faire ça ! Tu ne feras pas cent mètres.

Idéale pour se déplacer en ville, la petite voiture de Iona n'était pas faite pour les températures extrêmes, mais elle n'avait pas le choix.

— S'il te plaît, ne me dis pas ce que je dois faire quand il s'agit de mon boulot.

Il était plus facile de le quitter alors qu'il s'efforçait d'entraver sa liberté. Sans tenir compte de ses supplications, elle démarra.

Quand le portail s'ouvrit, elle le vit courir derrière elle dans le rétroviseur. La vision brouillée par les larmes, elle s'engagea sur la route.

Elle roulait très lentement, pourtant elle avait à peine parcouru une dizaine de mètres quand la voiture dérapa, échappa à son contrôle et termina sa course dans un fossé.

Avant d'avoir eu le temps d'évaluer les dégâts, elle entendit le moteur de la jeep de Fraser qui venait dans sa direction. Vu les circonstances, elle allait devoir mettre leurs divergences de côté pour aider sa patiente. Quoi qu'il en soit, elle s'arrangerait pour qu'il n'y voie pas une réconciliation possible.

Trop de fois, elle avait été victime de sa propre faiblesse !

Lorsqu'ils eurent transféré son matériel dans la voiture de Fraser, Iona grimpa sur le siège passager et claqua la portière.

— Je ne veux rien entendre !

Elle n'était pas d'humeur à supporter un sermon.

12

Fraser et Iona vécurent quelques moments difficiles pendant le trajet, malgré la conduite prudente de Fraser. Parfois, il ne parvenait pas à contrôler sa jeep sur une plaque de verglas, mais en l'absence d'autres véhicules sur la route ils n'eurent pas d'accident sérieux.

Iona devait bien admettre que la voiture de Fraser était mieux équipée que la sienne pour affronter ces conditions extrêmes. En revanche, elle estimait qu'il aurait pu lui donner les clés et rentrer chez lui, mais cette idée ne lui avait apparemment pas effleuré l'esprit.

— La maison des McKenzie est là-haut.

Ils furent contraints de s'arrêter au pied de la colline. Sur la route pentue, un arbre énorme leur barrait le passage. De l'autre côté, les McKenzie avaient abandonné leur véhicule à mi-chemin entre les obstacles et leur maison.

— Tu peux m'aider à porter mon matériel jusque chez eux, s'il te plaît ?

Elle ne pouvait pas le laisser geler dehors mais, en lui assignant une tâche subalterne, elle lui faisait comprendre qu'elle était aux commandes.

M. McKenzie les accueillit sur le pas de la porte. Il semblait totalement affolé.

— Dieu merci, vous êtes là ! Le bébé est en route. Nous ne pouvons pas sortir et après ce qui s'est passé la dernière fois...

Il s'interrompit et se passa une main tremblante dans les

cheveux. Iona comprenait son inquiétude, mais son travail consistait entre autres à calmer les craintes du couple.

— Où est Claire ? Je dois l'examiner et voir où en est le travail.

S'ils étaient coincés dans cette maison pendant toute la durée de l'accouchement, elle devait se préparer à toute éventualité.

— Elle est en haut, dans notre chambre.

Le mari anxieux les conduisit jusqu'à la porte de ce qui allait être la salle de travail. Dans l'état où il était, Iona estima que sa présence n'apaiserait pas sa femme.

Elle frappa doucement.

— C'est Iona, la sage-femme.

— Entrez... Je suis si contente que vous soyez là !

Claire les accueillit à son chevet avec une peur manifeste. Pour la rassurer, Iona devait adopter une attitude sereine. Le stress risquait de provoquer une hypertension susceptible d'entraîner des complications.

— Vous avez une sage-femme et un médecin auprès de vous, il n'y a donc aucune raison de vous inquiéter. Quelle est la fréquence des contractions ?

— J'ai l'impression qu'elles ne s'arrêtent jamais, dit Claire, mâchoires serrées, tandis que son ventre se tendait sous l'effet de la suivante.

Les deux hommes étaient restés sur le seuil de la pièce.

— Toutes les deux minutes, dit M. McKenzie. Je les ai chronométrées juste avant votre arrivée.

— En ce cas, le bébé ne devrait pas tarder à arriver.

Iona avait effectué plusieurs fois des accouchements à domicile, mais elle avait d'ordinaire le temps de s'y préparer. Surtout s'il y avait eu des complications lors des grossesses précédentes.

— S'il se passe la même chose que la dernière fois...

Iona comprenait l'inquiétude de Craig, elle la partageait dans une certaine mesure, mais le rappel constant de ce décès ne pouvait faire aucun bien à Claire. Pour le moment, il valait mieux que son mari sorte de la chambre.

— Fraser, pourquoi ne pas faire bouillir de l'eau pour tout le monde pendant que j'installe Claire plus confortablement ? Il y a une cuisinière à gaz, en bas, si cela ne t'ennuie pas de procéder à l'ancienne, avec une casserole. Craig va te montrer où c'est.

Le message était clair : « Fais sortir Craig, je t'appellerai si j'ai besoin de toi. »

C'était prévisible, mais Fraser n'était pas prêt à abandonner aussi facilement ses prérogatives de médecin.

— Craig, dit-il, si vous voulez bien vous occuper du thé, je dois échanger un mot avec Iona.

Ses lèvres pincées n'avaient plus qu'un lointain rapport avec la bouche tiède qui avait couvert son corps de tendres baisers. Iona le suivit sur le palier. Sans doute était-il aveuglé par son ego au point de ne pas comprendre qu'elle s'efforçait de créer une atmosphère sereine autour de Claire.

— Qu'est-ce qu'il y a ? demanda-t-elle, la main posée sur la poignée de la porte pour lui faire comprendre qu'elle lui accordait peu de temps. Je suis assez occupée, en ce moment.

— Je suis au courant, mais laisse-moi t'aider, s'il te plaît.

Il aurait pu lui reprocher de l'avoir relégué au rang de domestique ou exploser parce qu'elle le traitait comme un malpropre depuis qu'il lui avait proposé d'emménager chez lui. Au lieu de cela, il souhaitait seulement travailler de concert avec elle pour le bien de leur patiente.

— Je sais ce que je fais, mais je te promets de t'appeler si j'ai besoin de toi.

Il n'était pas question qu'elle laisse des problèmes personnels compromettre l'accouchement de Claire.

— Merci.

Elle ne put s'empêcher de lancer une dernière pique avant de retourner dans la chambre :

— Mon thé avec une larme de lait et un sucre.

Dès lors qu'elle ne verrait ni n'entendrait plus Fraser, elle allait pouvoir se concentrer sur sa mission et amener cet enfant sain et sauf dans le monde.

— Très bien, Claire. Je vais vérifier où en est la dilatation de votre col, dit-elle en retournant dans la chambre.

Écarté de la « salle de travail », Fraser fut contraint de rejoindre le mari anxieux au rez-de-chaussée et maudit l'entêtement de Iona. Il voulait seulement la protéger, mais il n'était pas question de le lui dire puisqu'elle lui avait clairement fait comprendre qu'elle prenait ses initiatives pour des intrusions dans sa vie privée.

— Thé ou café ? demanda Craig, qui se tenait au pied de l'escalier.

— Ni l'un ni l'autre, merci. Vous avez une pelle à neige, ou de grosses chaînes ?

Il n'avait pas l'intention de siroter tranquillement son thé pendant que Iona s'activait à l'étage. Craig le regardait fixement sans bouger.

— Nous devons faire quelque chose d'utile, déplacer cet arbre par exemple, dit Fraser. Votre épouse et votre enfant auront de toute façon besoin que la voie soit libre à un moment ou à un autre.

Cette précision galvanisa Craig.

— Je vais voir ce que j'ai dans le hangar.

— Parfait.

Fraser reprit confiance. Avec un peu de chance, tout se passerait bien. Ensuite, il chercherait le moyen de reconquérir Iona.

Iona ne se laissa pas distraire par le ronflement des moteurs à l'extérieur. Quoi que fasse Fraser, le principal était qu'il ne soit pas dans ses jambes. Elle avait suffisamment à faire dans cette chambre pour ne pas se préoccuper en plus de l'ego de Fraser.

Les contractions de Claire duraient depuis un bon moment sans que le travail n'avance. Lorsqu'elle examina de nouveau la jeune femme, elle en comprit la raison.

— Claire, je crois que le bébé est dans ce que nous appelons une position asynclitique, ce qui veut dire que la tête ne se présente pas correctement.

Parfois, une césarienne s'avérait nécessaire. Il allait falloir procéder à quelques manipulations pour que le bébé se mette dans le bon axe.

— Qu'est-ce qu'on va faire ?

Les cheveux humides de sueur, les traits tirés par l'épuisement, Claire laissa échapper un sanglot.

— Je vais vous dire ce que nous n'allons pas faire : nous affoler. Je vais descendre voir ce qui retient votre mari, qui devait nous apporter du thé. Ensuite, on lui demandera de nous aider à faire sortir le bébé.

Cette tentative d'humour allégea un peu l'atmosphère. Quoi qu'il arrive, Claire aurait besoin du soutien de Craig. Et malgré sa réticence à le solliciter, Iona pourrait requérir l'assistance de Fraser si le bébé était en danger.

Il lui suffit de suivre la trace des raquettes pour localiser les deux hommes. Ils étaient tellement occupés à dégager la voie qu'elle dut hurler depuis le pas de la porte pour attirer leur attention :

— Eh ! Vous deux, venez tout de suite !

Immédiatement, Craig courut en direction de la maison, suivi de près par Fraser.

— Il y a un problème ?

— Le bébé a besoin d'encouragements pour se mettre en place. Il faudrait aussi que Claire trouve une meilleure position. Ce serait bien si vous pouviez simplement la rassurer et la soutenir pendant les contractions.

Pendant que Craig montait l'escalier quatre à quatre, Fraser retint Iona.

— Nous avons dégagé la voie pour la voiture. On pourrait essayer de faire descendre Claire.

— On a dépassé ce stade. Elle n'est pas en état de bouger, et le bébé non plus. Si tu veux vraiment aider, fais-lui couler un bain chaud.

Elle n'allait pas s'attarder pour discuter. Le bébé leur dictait la suite des événements, certainement pas Fraser ni elle.

— On va vous aider à vous mettre à quatre pattes, Claire, dit Iona, une fois de retour dans la chambre. Cela peut inciter le bébé à incliner la tête en avant. Craig, vous pouvez déplacer les oreillers pour que ce soit plus confortable ?

À eux deux, ils parvinrent à faire manœuvrer Claire de façon à ce qu'elle s'appuie sur ses genoux et ses mains, avec le soutien de coussins à l'avant de son corps. Trop épuisée pour se tenir sur les bras, elle haletait à chaque contraction. Craig lui massait le dos en lui murmurant des encouragements.

— Comment va-t-elle ? demanda Fraser en entrant dans la pièce. Le bain est prêt.

— Elle travaille dur. Claire, nous pouvons vous installer un instant dans la baignoire. Si vous êtes plus détendue, le bébé se décidera peut-être à sortir.

Entre deux contractions, ils soutinrent Claire jusqu'à la salle de bains et lui demandèrent d'adopter la même position que sur le lit.

— Bravo, Claire !

Iona se pencha pour positionner le doppler fœtal sur le ventre de la jeune femme. Les battements de cœur du bébé étaient rapides et forts. Craig tenait la main de sa femme et l'aidait à respirer pendant les contractions tandis que Fraser faisait couler de l'eau chaude sur son dos pour qu'elle n'ait pas froid.

Puis les contractions gagnèrent encore en puissance, et il devint évident que le bébé était prêt à faire son apparition. Ils attendirent un bref moment pour transporter Claire sur son lit. Ensuite, la naissance vint rapidement et Iona saisit le bébé qui glissait sur le lit.

— Papa, vous voulez couper le cordon ?

— On l'a fait, Claire ! On a un fils.

Le visage ruisselant de larmes de bonheur, Craig coupa le cordon, puis Iona déposa le nourrisson sur la poitrine de la mère pour ce précieux moment de peau contre peau. Maintenant que le danger était passé, elle pouvait se congratuler elle-même. C'était toujours un privilège de faire partie de la vie des gens et de les accompagner jusqu'à cette fin heureuse.

— Toutes mes félicitations. À vous tous.

Les compliments de Fraser étaient les bienvenus, mais la fierté de Iona était teintée d'une légère tristesse, parce que c'était fini et qu'elle allait devoir rentrer chez elle.

Seule.

Dès qu'elle se serait assurée que le score d'Apgar était bon, Fraser et elle pourraient laisser l'heureux couple se réjouir.

— Iona ?

La voix de Fraser exprimait une inquiétude qui la fit se

retourner vers la tache de sang qui s'étendait rapidement sur le lit, suggérant une hémorragie de la délivrance.

Iona hocha simplement la tête pour ne pas alerter les McKenzie, mais vu la quantité de sang il y avait urgence.

— Bien. Claire, vous perdez du sang et nous devons en trouver l'origine. Craig, est-ce que vous pouvez appeler une ambulance ?

Ignorant sa requête, Craig s'approcha du lit.

— Tu veux que je prenne le bébé ? demanda-t-il à sa femme.

Par bonheur, Fraser avait son téléphone dans sa poche. Il s'éloigna un instant pour appeler les urgences.

De son côté, Iona avait gardé son calme et donnait des conseils à sa patiente :

— Les contractions de l'utérus seraient facilitées si vous allaitiez votre bébé, Claire. Vous pensez pouvoir le faire ?

La jeune femme hocha la tête. Avec l'aide de son mari, elle mit le bébé au sein pendant que Iona recherchait la cause de l'hémorragie grâce au moyen mnémotechnique des quatre T : Tonus, Trauma, Tissus et Thrombine. Elle n'avait pas eu besoin de faire de points de suture, ce qui éliminait le trauma et la thrombine. Les problèmes de coagulation sanguine étaient rares et cela aurait figuré dans le dossier prénatal de Claire. Bien que le placenta soit sorti, il y avait une possibilité qu'il en reste dans l'utérus ou que celui-ci n'ait pas assez de tonus pour se contracter et stopper le saignement.

Après avoir encouragé Claire à uriner pour que sa vessie soit vide, elle massa son ventre au-dessus de l'utérus, pour le stimuler, mais le sang continuait à couler à un rythme alarmant.

— Ils sont en route, dit Fraser. Qu'est-ce que je peux faire ?

Grâce à Dieu, il était là et lui offrait la paire de mains supplémentaire dont elle avait désespérément besoin.

— Je vais lui administrer de l'ocytocine, mais si cela n'arrête pas l'hémorragie, il faudra la perfuser. Tout ce qu'il nous faut est dans ma sacoche.

D'ordinaire, l'injection suffisait, mais s'ils devaient transférer la patiente à l'hôpital, il faudrait que le cathéter soit en place pour une éventuelle transfusion.

Pendant que Fraser installait la perfusion, Iona continuait le massage de l'utérus dans l'espoir que cela permettrait l'expulsion de fragments de placenta ou de tissus empêchant la contraction de l'utérus.

— Beau boulot !

Fraser avait raison de rassurer Claire...

Soudain, sentant sa main sur son dos, Iona comprit qu'il s'adressait à elle. Ce soutien inattendu, cette bienveillance, après la façon dont elle l'avait traité, faillirent la faire pleurer.

L'avoir soupçonné de vouloir l'entraîner dans une nouvelle relation douloureuse relevait de l'hystérie pure et simple.

Fraser ne lui ferait jamais de mal...

Craignant d'éclater en sanglots, elle ne répondit pas et continua d'exercer une pression interne et externe sur l'utérus, puis ils perçurent la sirène de l'ambulance, au loin.

— Je n'arrivais pas à stopper le saignement.

Debout près de Fraser, Iona regardait l'ambulance s'éloigner lentement dans le sentier.

— Tu as fait tout ce qui était humainement possible. Je suis sûr que, grâce à toi, Claire va s'en sortir.

Le personnel hospitalier se chargerait de retirer les fragments de placenta et de transfuser Claire, si besoin était. Iona avait fait de son mieux, étant donné les circonstances, et Fraser était fier d'elle.

— Je suis contente que tu aies été près de moi, dit-elle. Je n'aurais rien pu faire sans ton aide.

Après leur dispute, ce compliment lui alla droit au cœur. Il espérait lui avoir prouvé qu'il ne tenterait jamais d'interférer dans sa vie, mais qu'il voulait seulement en faire partie.

— Je suis presque sûr du contraire. Maintenant, retournons chez moi, pour nous réchauffer un peu.

— Ma voiture est toujours dans le fossé, alors je suppose que je vais devoir aller avec toi.

Elle hésitait manifestement mais souleva sa sacoche, indiquant qu'elle allait le suivre. Puis il vit ses jambes céder sous elle, comme si l'énormité de ce qui venait de se passer la frappait d'un coup.

Passant un bras sous ses genoux et un autre sous sa nuque, il la souleva.

— Qu'est-ce que tu fais ? s'indigna-t-elle faiblement.

Elle n'avait même plus la force de lutter, ce qui en soi était inquiétant.

— Tant pis si tu me détestes, mais quelqu'un doit veiller sur toi. Tu es épuisée et j'ai besoin d'une tasse de thé.

Le trajet du retour fut silencieux, mais l'atmosphère était plus conviviale qu'à l'aller.

— Je m'occuperai de ta voiture plus tard, dit-il lorsqu'ils passèrent devant le véhicule abandonné.

— Je peux m'en occuper moi-même.

Même dans son état, il fallait qu'elle affirme son indépendance. Il laissa échapper un soupir. Pourquoi ne voyait-elle pas qu'il voulait seulement l'aider ? Mais il n'allait pas discuter avec elle maintenant.

Lorsqu'il se fut garé devant la maison, il contourna la jeep pour ouvrir la portière d'Iona et la soutenir.

— Je peux marcher, merci.

— Bien sûr.

Content qu'elle accepte au moins de rentrer dans la maison, il s'écarta.

Dans la salle de séjour, le spectacle qui les attendait était loin d'être tragique. L'électricité avait été rétablie et le sapin étincelait de tous ses feux. Devant la cheminée, les restes de leur pique-nique rappelèrent à Fraser les moments heureux qu'ils avaient passés ensemble. Auparavant, il était assailli par des souvenirs douloureux chaque fois qu'il rentrait chez lui. Désormais, il se rappellerait les baisers de Iona et son sourire.

Son parfum flottait dans la pièce et il sut que l'obligation de ranger ces décorations le tuerait. Toutes ces guirlandes, le gui, deviendraient les symboles de la perte et du regret.

Grâce à Iona, il comprenait maintenant que ses parents avaient voulu le protéger à leur façon. Exclu de leur vie, il avait imaginé le pire. Tout cela parce qu'ils avaient été incapables de communiquer. Un temps précieux avait été perdu, qu'ils auraient pu passer ensemble pendant les derniers jours de sa mère. Et peut-être aurait-il aussi pu se réconcilier avec son père avant sa mort.

Il ne voulait pas faire les mêmes erreurs avec Iona. Cette maison serait une coquille vide sans elle, et il ne renoncerait pas à cet amour sans combattre.

— Ne t'en va pas, Iona. Repartons à zéro.

— Nous sommes si différents...

Elle semblait moins catégorique qu'auparavant, comme si elle envisageait de lui donner une seconde chance.

— Nous le savions depuis le début. C'est même ce qui fait jaillir des étincelles, tu te souviens ? Toi et moi, on ne s'ennuiera jamais, et même les conflits peuvent tourner à la rigolade.

Elle parvint à sourire.

— La passion peut dissimuler de réels problèmes. Je ne peux pas vivre avec quelqu'un qui voudrait sans cesse me contrôler. J'en ai terminé avec ce genre de relation toxique.

— Je ne voudrai jamais te contraindre à quoi que ce soit. À ma façon maladroite, j'ai essayé de te montrer à quel point je t'aimais.

L'estomac noué, il comprit que son respect absurde des règles avait entretenu les craintes de Iona. Elle comptait plus que tout au monde pour lui et il ferait n'importe quoi pour lui prouver que l'ancien Fraser n'existait plus.

Iona avait pu constater dans le passé que les hommes qui exerçaient une emprise sur leurs proches ne changeaient jamais. Ils pouvaient faire semblant, se montrer charmants et contrits, mais cela faisait partie de leurs manipulations.

En réalité, ils maintenaient leurs victimes dans la peur.

Sa mère avait été terrorisée par son père et elle-même aurait quitté son ex-mari bien plus tôt si elle n'avait pas été constamment soumise à une violence sous-jacente.

Mais elle n'avait jamais eu peur de Fraser. Il l'avait énervée, frustrée ou mise en colère, mais elle n'avait jamais pensé qu'il lui ferait du mal parce qu'elle exprimait son opinion.

— J'ai mis du temps à quitter le dernier homme qui a voulu faire de moi une prisonnière et des années à être ce que je suis aujourd'hui.

— Je suis désolé. Est-ce que c'est ce que ton ex-mari te disait aussi ? Parce que je suis vraiment désolé.

Elle avait déjà entendu ces mots dans une autre bouche, mais les yeux de Fraser exprimaient un remords sincère dont elle ne pouvait douter.

— Tu comprends... J'ai peur de me retrouver dans cette situation alors que ma vie m'appartient de nouveau, dit-elle.

— Et tu ne veux pas la partager avec moi ? Je t'aime, Iona. Au moins, je veux que tu le saches et que tu me croies. Quand je t'ai proposé de t'installer ici, je suppose que c'était symbolique. Je t'offrais mon cœur en même temps que les clés de ma maison. Mais on peut oublier la vie commune. Je sais que tu viens d'emménager chez toi. Dis-moi seulement que tu éprouves la même chose pour moi et que je n'ai pas tout gâché.

Elle sourit. Jamais il ne la forcerait à faire quoi que ce soit contre son gré, lui qui faisait de son mieux pour respecter son indépendance. Aujourd'hui, il lui avait prouvé son amour avant même de le lui avoir déclaré. Non seulement il l'avait assistée pendant l'accouchement de Claire, mais le soutien affectif qu'il lui avait prodigué était inestimable. Elle l'avait compris lorsqu'il lui avait caressé le dos et assuré qu'elle faisait ce qu'il fallait.

Sa gentillesse, malgré l'hostilité qu'elle lui manifestait, lui disait tout ce qu'elle avait besoin de savoir sur sa personnalité. Elle laissait une fois de plus Andy la séparer de ceux qui avaient de l'affection pour elle.

Jamais elle n'aimerait un autre homme comme elle aimait Fraser pour tout ce qu'il avait fait par amour pour elle. Il avait repoussé ses propres craintes pour les accueillir, les enfants et elle, dans sa maison. Il avait décoré l'endroit pour Noël sans tenir compte de sa souffrance personnelle et il avait laissé tomber ses règlements pour assurer leur confort.

Elle avait deux options. Soit elle se lançait à cœur perdu dans une relation avec lui, avec tous les risques que cela comportait, soit elle le quittait et reprenait le cours de son existence dans son petit appartement.

Allant vers lui, elle lui murmura à l'oreille :

— Je t'aime, moi aussi.

Quand ces mots franchirent le seuil de ses lèvres, toute sa défiance s'évapora. Elle aimait Fraser McColl de toutes les fibres de son être. Il faisait partie d'elle et elle n'avait compris ce qu'elle perdait qu'en tentant de s'éloigner de lui.

La prenant dans ses bras, il couvrit son visage de baisers.

— Tu ne sais pas à quel point tu me rends heureux.

Vu la façon dont il la serrait et le large sourire qui étirait ses lèvres, elle en avait une vague idée.

— Est-ce que ta proposition de m'accueillir chez toi tient toujours ?

— Est-ce que ça veut dire… ?

— Oui ! Je veux vivre avec toi. Je veux passer Noël ici, avec toi, et jour après jour ensuite, si tu veux encore de moi.

— Toujours, dit-il avant de l'embrasser longuement sur la bouche.

Fraser McColl était le meilleur cadeau de Noël qu'elle aurait pu espérer.

Épilogue

— Bien, le sapin est décoré, le dîner est dans le four et nous avons des provisions pour toute la durée des vacances. Est-ce que j'ai oublié quelque chose ?

La tête dans les mains, Fraser réfléchissait, mais Iona était certaine qu'ils avaient paré à toute éventualité.

— Détends-toi. Ils ne vont pas tarder à arriver, tu ne voudrais pas les stresser ? Je te rappelle que ce n'est pas notre premier rodéo.

Iona tendit à Fraser les serviettes destinées à leurs invités, pour qu'il les dispose sur la table. Tant qu'il serait occupé, il oublierait de s'inquiéter.

— Non, mais c'est notre premier Noël officiel en tant que famille d'accueil. Et je veux que ce soit parfait.

La compassion de Fraser envers les enfants infortunés, pris en charge par les services sociaux, ne s'était pas atténuée avec les années. Iona ne l'en aimait que davantage pour cela.

— Et ça le sera, répondit-elle d'un ton sans appel.

Elle lui déposa un baiser sur les lèvres, espérant que cela le calmerait un peu. Il se donnait toujours à cent pour cent pour accueillir les enfants qui venaient chez eux, même si leur séjour était bref. Mais la période de Noël était spéciale pour lui. Il voulait qu'ils repartent avec des souvenirs plein la tête !

Ceux qu'il n'avait pas eus dans sa jeunesse.

Elle avait emménagé avec lui peu de temps après leur premier Noël ensemble, apportant ses cartons à peine ouverts. Ils avaient pris le temps d'apprendre à se connaître avant de se marier, et ne l'avaient fait que lorsqu'ils avaient été prêts.

Depuis, ils avaient redécoré et aménagé la grande maison, où chacun se sentait le bienvenu. Un jour, ils fonderaient une famille, mais pour l'instant ils étaient heureux d'être des parents temporaires.

— Ils arrivent !

Fraser jeta les serviettes sur la table de l'entrée pour ouvrir la porte. Des petits visages terrifiés pointaient hors de la voiture garée dans l'allée. Il passa une main autour de la taille de Iona et l'attira contre lui, offrant un front uni aux jumelles de huit ans qui hésitaient à s'approcher de cette maison bizarre.

Le cœur empli d'amour, Iona sentit qu'elle ne tarderait plus très longtemps à porter leur premier enfant. Fraser lui avait suffisamment prouvé qu'il serait un bon père.

— Est-ce que je t'ai dit combien je t'aimais ? dit-elle à son mari.

— Pas depuis les cinq dernières minutes.

Après avoir planté un baiser sur ses lèvres, il accueillit leurs visiteuses.

— Soyez les bienvenues.

— Joyeux Noël.

Il était juste qu'ils partagent leur bonheur avec ceux et celles qui avaient eu moins de chance, quand ils avaient tant à donner.

ANNIE CLAYDON

Le rival de son cœur

Traduction française de
ELISA MARTREUIL

BLANCHE

HARLEQUIN

Titre original :
A RIVAL TO STEAL HER HEART

Ce roman a déjà été publié en 2020.

1

Elle qui croyait avoir tout vu au cours de sa carrière de chirurgienne plasticienne ! songea Anna Caulder, médusée par les tatouages sur le dos des mains de l'adolescent à la tignasse brun roux et au gentil sourire qu'elle était en train d'examiner. Les poses suggestives des bonshommes bâtons et leurs légendes à la calligraphie tarabiscotée dépassaient tout ce qu'on pouvait imaginer en matière de mauvais goût.

— Je risque de te faire un peu mal, Callum. Si c'est trop douloureux, dis-le-moi. Je m'arrêterai.

— Ne vous inquiétez pas, *docteur* Caulder, répliqua Callum avec bonne humeur, visiblement très désireux de plaire à cette dame à qui il ne devait pas dire « madame », selon ce qu'on lui avait rabâché. C'est chouette, ici. Toutes ces paillasses chromées ! Tout ce matériel !

— S'il te plaît, Callum, arrête de te tortiller et respire à fond.

— D'accord. Vous allez faire les deux mains ?

— Non, une seule aujourd'hui, intervint le Dr Jamie Campbell-Clarke, coutumier de ces interruptions intempestives. Il faut d'abord que la première cicatrise.

— Que fabriques-tu ici aujourd'hui ? s'étonna Anna.

En effet, le lundi faisait partie des trois jours de la semaine où Jamie Campbell-Clarke travaillait au service des urgences de l'hôpital local. Il ne venait ici, à la clinique centrale de Londres, que le jeudi et le vendredi lorsqu'il y accompagnait un des adolescents de l'association d'aide aux jeunes qu'il avait fondée à Hastings, dans le Sussex.

— Je ne suis à l'hôpital que deux jours cette semaine. Alors, j'en ai profité pour venir te voir travailler, répliqua-t-il avec une jovialité malicieuse.

— Et t'assurer que je ne me dégonflais pas, ajouta Callum.

— Oui, aussi, c'est vrai.

Jamie avait monté cette association pour aider des adolescents comme Callum à surmonter des difficultés de tous ordres et les encourager à aller de l'avant. Il veillait comme un papa poule sur ses protégés, y compris au plan de la santé, car il était médecin. Et un excellent médecin qui plus est, d'où la petite dose de rivalité professionnelle qui pimentait ses rapports avec Anna.

— Ça irait plus vite de faire les deux mains d'un coup, dit Callum, presque implorant.

— Le Dr Caulder va faire de son mieux...

Jamie Campbell-Clarke fut arrêté net par le regard noir d'Anna qui disait : « Je te rappelle que tu es dans *mon* cabinet de consultation et que la chirurgie réparatrice est *ma* spécialité. »

— Je sais que tu veux te débarrasser de ces tatouages, Callum, dit Anna. Mais les enlever va prendre un peu plus de temps que les réaliser. À moins de saboter le travail.

— Oui, je sais. Jamie m'a tout expliqué. Mais l'encre noire s'efface plus facilement, non ?

— C'est exact. Je suis sûre que le Dr Campbell-Clarke t'a aussi expliqué que les tatouages récents sont plus difficiles à faire disparaître. Or, les tiens semblent ne dater que de quelques mois...

— Je comprends, dit Callum d'un ton brusquement enjoué. Merci, docteur Caulder.

S'il savait quel martyre il va endurer, il ne me remercierait pas !

Mais Callum se montra d'un courage exemplaire tandis qu'Anna suivait au laser le pourtour des tatouages de sa main droite. Quand elle eut terminé, il lui sourit même. D'un sourire un peu fanfaron, certes.

— Nous n'obtiendrons pas mieux aujourd'hui, déclara Anna. Et ne t'inquiète pas, tu verras la différence quand l'inflammation s'estompera. Veux-tu que l'infirmière te bande la main gauche aussi pour en cacher les tatouages ?

— Ah oui ! Merci. C'est mieux que de porter des gants.

— OK. Nous te fournirons un lot de pansements et des directives sur les soins à pratiquer. C'est très important pour éviter toute infection.

— Merci, docteur Caulder. Jamie m'a déjà prévenu.

— Je n'en doute pas. C'est lui qui assurera ton suivi.

Du coin de l'œil, elle vit Jamie manifester ostensiblement sa surprise de se voir enfin confier une responsabilité.

Elle ne releva pas. Il s'agissait d'un jeu où chacun essayait de prendre le pas sur l'autre. Ils s'épiaient, à l'affût du moindre faux pas, Jamie voulant s'assurer que ses jeunes recevaient le meilleur traitement possible. Un duel inoffensif qui permettait en outre à Anna de ne pas penser aux yeux de Jamie.

Des yeux vert mousse qui scintillaient comme des pierres précieuses dans son visage viril à la chevelure noire et que l'éclairage de la salle d'examen rendait presque fluorescents.

Mais elle s'était imposé de les ignorer, car ils étaient capables de faire trembler la main de n'importe quelle femme. Or, une chirurgienne se devait de garder le geste sûr en toutes circonstances.

Aujourd'hui, Jamie était vêtu d'une chemise vert foncé dont il avait relevé les manches. Tenue décontractée et usage des prénoms, tel était son style lorsqu'il était en mission pour son association. À l'opposé de celui qu'adoptait le Dr Campbell-Clarke dans son hôpital londonien. Mais les deux personnages affichaient la même assurance qui dissuadait quiconque de les mettre en question. Quiconque, sauf Anna qui prenait toujours un malin plaisir à le provoquer.

Callum, les mains bandées à présent, se mit debout, mais ses jambes flageolaient. Aussi Jamie l'escorta-t-il jusqu'à la salle d'attente où se trouvait une femme d'une cinquantaine d'années, très soignée de sa personne. Quand Callum s'assit à côté d'elle, elle l'accueillit d'un simple mouvement de tête, mais lui posa affectueusement une main dans le dos.

— Mary, je vous présente le Dr Caulder, dit Jamie. Callum s'est montré très courageux, et le Dr Caulder est contente du résultat de l'intervention.

Ce n'est pas à lui de faire ce compte rendu ! songea Anna, agacée.

— Je n'ai traité que la main droite pour le moment, expliqua-t-elle avec un sourire, malgré son envie de punir Jamie d'un bon coup de coude. Les bandages que nous avons mis sur la gauche à la demande de Callum servent seulement à dissimuler ses tatouages. Je le revois dans un mois et demi. J'espère que nous réussirons à tout effacer en un minimum de séances.

— Merci, docteur Caulder. Je regrette que...

— Allons ! Ce qui est fait est fait et, à présent, nous regardons vers l'avenir, l'interrompit Jamie. Pas vrai, Callum ?

Celui-ci hocha la tête.

— Alors, à dans un mois et demi, Callum, dit Anna en souriant.

— Oui, merci, docteur Caulder, répliqua l'adolescent quand Mary le rappela à l'ordre d'un coup de coude.

Anna laissa Jamie raccompagner Mary et Callum et gagna son cabinet en songeant que la vie de Callum n'avait pas dû être un long fleuve tranquille, comme celle d'ailleurs de tous les jeunes que Jamie amenait.

Entendant qu'on frappait à sa porte ouverte, elle tourna la tête.

— Beau travail, dit Jamie du seuil de la pièce.

— Ça t'étonne ?

Leurs échanges à fleurets mouchetés ne fonctionnaient pas aussi bien que d'habitude. À cause de sa chemise verte qui rendait encore plus intense la couleur de ses yeux ?

— Vas-y ! reprit Jamie, provocateur. Pose ta question ! Elle te brûle les lèvres.

Ainsi, en plus de ses autres talents, il était capable de lire dans les pensées des gens ? Dans ce cas, elle ferait bien de le tenir davantage à distance encore. Mais sa curiosité l'emporta. Elle fit signe à Jamie d'entrer et de fermer la porte.

— Callum n'a pas l'air d'un rebelle, et Mary ne semble pas du genre à se laisser marcher sur les pieds. Alors, comment se fait-il qu'il ait ces tatouages ?

— Callum est effectivement un gamin très doux. Mary, sa

tante, l'a recueilli il y a deux ans. Avant, il était livré à lui-même, et sa mère le maltraitait.

— Pauvre gosse… Il a fait des siennes, c'est ça ?

— Oui. Il y a trois mois, son grand frère a débarqué, et Callum a disparu avec lui. Mary, qui était folle d'inquiétude, a remué ciel et terre pour le retrouver. C'est à cette occasion qu'elle a pris contact avec nous. Au bout d'une semaine, Callum est rentré, seul. Son frère était parti ailleurs en l'abandonnant.

— Et c'est pendant cette semaine-là qu'il s'est fait tatouer ?

— Oui. Callum a un besoin vital de se faire accepter et, comme beaucoup de jeunes avec son genre de passé, il agit impulsivement. Il veut plaire et il ne réfléchit pas aux conséquences de ses actes. La psychologue qui le suit essaye de lui faire prendre conscience du problème. Nous ne connaissons pas toute son histoire, mais il finira par nous la raconter. En attendant, je voulais… euh… m'excuser… de t'avoir mise en porte-à-faux.

— J'ai connu pire…

— En tout cas, ta façon d'aborder Callum sans le juger est exactement ce qu'il lui faut.

Devait-elle prendre cela pour un compliment ? Elle décida de ne pas approfondir.

— Je suis juste contente que les tatouages soient d'une seule couleur et relativement superficiels. Cela ne devrait pas être trop difficile de les effacer complètement. Heureusement, car ces décorations ne l'aideraient pas à trouver du travail, ou une place à la fac… ou même une petite amie.

— C'est sûr ! Il n'avait pas compris la signification de certains des dessins. Mary m'a demandé de lui expliquer…

— Eh bien ! Il ne reste plus qu'à lui souhaiter bonne chance…

Jamie fit la grimace.

— La chance n'a rien à voir là-dedans.

— Je sais. Toi, tu ne comptes que sur le travail, la ténacité et le savoir-faire, répliqua Anna.

Et sur beaucoup d'attention. L'association de Jamie pratiquait une politique de « fermeté bienveillante » très efficace.

— Moi-même, je ne suis pas très fière d'accepter un coup de pouce de la chance de temps à autre.

— En tout cas, merci pour ce que tu as fait aujourd'hui. Je vais te laisser à tes occupations.

Puis il tourna les talons pour quitter le bureau d'Anna.

Cette dernière s'affala sur sa chaise. Jamie n'avait-il pas raison de prétendre que la chance n'intervenait jamais ? Il n'empêche que la ténacité et le travail ne remédiaient pas à tout, conclut-elle, entraînée dans le souvenir d'un passé évidemment impossible à réparer.

Les faits étant malheureusement ce qu'ils étaient, elle ne s'autoriserait pas à se rapprocher davantage de Jamie.

De toute façon, tu ne l'intéresses probablement pas. Mets-toi bien ça dans le crâne.

Pourquoi se laisserait-elle subjuguer par les yeux de Jamie Campbell-Clarke, ou par son dévouement ou par leur rivalité professionnelle électrisante puisqu'elle ne cherchait pas à s'engager dans une relation sérieuse ? Ni avec lui ni avec qui que ce soit, d'ailleurs.

Elle était tombée dans le piège une fois, avec Daniel. Elle avait cru avoir trouvé l'âme sœur capable de l'accepter telle qu'elle était puisqu'il n'avait pas pris ses jambes à son cou lorsqu'elle lui avait avoué qu'elle ne pouvait pas avoir d'enfants. Mais après un an de mariage, il avait changé d'avis et l'avait quittée. Alors se risquer à avoir de nouveau le cœur brisé ? Non, merci.

Dans un bref mail, Jamie donna à Anna de bonnes nouvelles de Callum : il lui avait rendu visite chez lui la veille au soir, et l'adolescent attendait impatiemment de se débarrasser de ses autres tatouages dans six semaines. Anna accusa réception par un message tout aussi bref.

Ce matin, elle devait régler de nouveaux problèmes, et le premier n'était pas d'ordre médical. La clinique centrale de Londres, établissement privé, recevait souvent des patients dont la notoriété nécessitait la plus grande discrétion. Quasiment impossible avec l'interprète d'*Everywhere*, ce classique du rock, le client d'aujourd'hui. Anna avait même surpris son patron à fredonner quelques mesures de la chanson, et elle-même ressentait un frisson d'excitation à l'idée de rencontrer l'homme qui avait touché un million de cœurs, le sien compris, avec ce morceau.

— Comment est-il ? demanda-t-elle tout bas à la réceptionniste du service.

— Un peu plus grand que je ne le croyais.

— Non, je voulais savoir s'il allait bien.

— Oh oui ! On lui a apporté une tasse de thé et un petit gâteau sec.

— Quelqu'un l'accompagne ?

— Non. Il est venu avec son chauffeur qui l'a juste déposé.

La gloire ne garantissait donc pas contre la solitude...

Quand sa vie avait tangué, Anna, comme beaucoup d'autres certainement, s'était raccrochée au message d'espoir que délivrait *Everywhere* avec cette image d'une petite flamme brillant dans les ténèbres qui guidait vers la lumière.

— Très bien. Je vais aller le voir.

Jonny Campbell était seul dans sa chambre. Les yeux cachés derrière des lunettes noires, des écouteurs sur les oreilles, il dodelinait de la tête au rythme de la musique qu'il écoutait. Il avait posé son sac sur le lit sans l'ouvrir. Théoriquement, il venait à la clinique pour traiter de vilaines cicatrices de brûlures au bras et sur un côté du visage, mais son indifférence durant l'entretien préalable laissait supposer des troubles psychologiques. Le Dr Lewis, son médecin référent, en avait informé Anna quand il l'avait chargée de s'occuper des brûlures.

— Bonjour. Je suis le Dr Anna Caulder.

Il sursauta et retira ses écouteurs d'une main... qui tremblait !

— Bonjour. Jon Campbell.

— Désolée si je vous ai fait peur. Préférez-vous qu'on vous appelle Jon ou Jonny Campbell ?

Les lèvres de la vedette s'arquèrent en un sourire nonchalant.

— Appelez-moi Jon. Jonny Campbell, c'est mon nom de scène. Et vous-même que préférez-vous : Anna ou docteur Caulder ?

— Anna, c'est très bien.

Il donnait une impression très différente de celle de son personnage public. Et pourtant si familière qu'Anna en était troublée.

— Je crois que le Dr Lewis, lui, tient au « docteur ». Ou au moins au « monsieur ».

Anna pouffa. Jonny et Jon partageaient le même humour grinçant.

— Oui, c'est vrai. Il n'en reste pas moins un excellent médecin.

— Je n'en doute pas. Mais il n'a pas vos beaux yeux bleus.

Anna rougit, résistant à l'envie de lui dire qu'elle avait assisté à l'un de ses concerts et qu'elle adorait ses chansons.

— Bien... Je suis là pour m'occuper de vos brûlures.

— Ah oui ! dit Jon en pliant le bras. Je n'ai pas eu le temps de les faire examiner à l'époque de l'accident parce que j'étais en tournée. J'ai avalé une poignée d'antidouleurs et suis remonté sur scène le lendemain. Lorsqu'on est devant dix mille personnes venues vous écouter, on a tendance à oublier tout le reste.

— Et vous ne les avez jamais montrées à un médecin ?

— Je suis resté une semaine à l'hôpital aux États-Unis. Ils ont diagnostiqué une infection et m'ont mis sous antibiotiques.

— Ce séjour concernait vos brûlures ? Je ne l'ai vu mentionné nulle part dans votre dossier.

— Non, je... J'avais besoin de lever le pied.

Une hospitalisation d'une semaine juste pour « lever le pied » ? Peu probable. Quelque chose d'autre se cachait derrière.

— Verriez-vous un inconvénient à ce que nous demandions à l'hôpital de nous envoyer leurs conclusions ?

— Non, pas du tout. Faites-vous plaisir.

— Merci. Notre directeur va s'en occuper. Maintenant, expliquez-moi ce qui s'est passé, ajouta-t-elle en s'asseyant en face de son patient.

— J'ai donné un coup de pied dans un ampli qui ne marchait pas, et il a pris feu. Ça m'apprendra... Je pourrais peut-être en faire une chanson.

— Je serais ravie de l'écouter, répliqua Anna alors qu'elle s'était promis de ne pas aborder le sujet.

— Je la chanterai rien que pour vous, Anna.

Typique de Jonny Campbell, le charmeur. Mais son charme semblait aujourd'hui sans éclat, comme si Jon portait un masque pour s'éviter de regarder en face la réalité : le fait qu'il échouait seul dans une chambre d'hôpital.

— Vous attendez de la visite ?

Peut-être cela dépassait-il le cadre strict des attributions d'Anna, mais l'établissement encourageait ses médecins à prendre le temps de traiter les patients comme des êtres humains et non uniquement comme des cas médicaux.

— On ne vous a pas avertie que j'étais ici incognito ?

— Si, mais cela n'inclut quand même pas la famille et les amis ?

— Dans les tournées, on n'a ni famille ni amis. Il n'y a que les musiciens. D'ailleurs, j'ai eu des différends avec ces derniers, récemment.

Anna aurait aimé croiser son regard. Mais impossible avec ses lunettes noires ! Et nul doute qu'il les garderait encore un moment.

— Anna les yeux bleus, dit-il soudain d'un air rêveur. Ça ferait une super chanson. Ça vous brancherait ?

De nouveau il se repliait derrière son personnage de vedette en espérant la faire fondre. Rien de mieux que de rencontrer ses héros en chair et en os pour revenir sur terre.

— Pas particulièrement. En revanche, mon métier me branche, et tout ce qui m'intéresse pour le moment, c'est d'estomper vos cicatrices.

Jon éclata brusquement de rire, les mains levées en signe de reddition.

— D'accord. Je m'incline. Mon frère jumeau est exactement comme vous. Il est médecin lui aussi, et son boulot, c'est toute sa vie.

— Vous n'avez pas fait appel à lui pour vos brûlures ?

Anna ignora les soudains picotements dans sa nuque. Deux et deux ne faisaient pas toujours quatre, et l'impression qu'elle avait de connaître Jon Campbell n'était qu'une illusion due à sa notoriété.

— Non. Nous ne nous parlons plus. Il ignore que je suis ici et, de toute façon, il s'en fiche probablement. Le reste de la famille non plus ne me tient pas en haute estime...

— C'est à vous de voir, mais les familles réservent parfois de bonnes surprises...

Jon secoua la tête et retira ses lunettes. Et alors, tous les doutes d'Anna s'envolèrent, et la suite de sa phrase resta bloquée dans sa gorge. Ces yeux vert mousse dans le visage martyrisé de Jonny Campbell...

Il était le frère du Dr Jamie Campbell-Clarke !

2

La ressemblance saisissante entre les deux frères sautait maintenant aux yeux d'Anna : mêmes cheveux noirs – plus longs chez Jon que chez Jamie –, même mâchoire carrée, même forme de visage. Les yeux finissaient de lever tous les doutes, mais, étrangement, ceux de Jon ne possédaient pas, pour Anna, le pouvoir envoûtant de ceux de Jamie.

Jon Campbell avait-il interprété le soudain mutisme et la stupeur d'Anna comme la réaction normale de toute femme devant son idole ? Peu importe. Pour le moment, elle ne pouvait se permettre ni de réfléchir à la question ni de penser à Jamie Campbell-Clarke. Seules devaient compter ses obligations de chirurgienne : Jon était son patient, et elle devait agir au mieux de son intérêt, quitte à subir les foudres de Jamie s'il apprenait que son frère se trouvait dans l'établissement sans qu'il en ait été informé.

— La peau est dépigmentée et commence à se tendre et à se déformer, comme toujours lorsque les brûlures n'ont pas été correctement soignées, conclut-elle après avoir examiné Jon. Il est cependant tout à fait possible d'estomper considérablement ces marques, en particulier celles de votre front et de votre cou. Celles de votre bras sont un peu plus étendues, mais je peux améliorer sensiblement leur apparence.

— Très bien. Merci.

Anna prit une inspiration avant de se lancer :

— Votre pseudonyme est Jonny Campbell, n'est-ce pas ? Votre vrai nom serait-il Campbell-Clarke, par hasard ?

— Oui, répondit Jon, interloqué. Mais peu de gens me connaissent sous ce nom, à présent.

— Donc Jamie Campbell-Clarke est votre frère ?

— Oui, dit-il soudain sur la défensive. Nous ne sommes pas de vrais jumeaux, mais il me ressemble un peu. Vous le connaissez ?

— Oui. Il vient dans cet établissement de temps en temps.

— Je l'ignorais, dit Jon, lèvres pincées. Cela pose-t-il un problème ?

— Pour nous, aucun. Il faut simplement que nous sachions si vous souhaitez que nous l'informions de votre présence entre nos murs.

Auquel cas elle devrait préparer le terrain avec Jamie.

— Cette brouille entre nous… ce n'était pas à cause d'une broutille. Et tout est ma faute. Il a de bonnes raisons de m'en vouloir.

— Et n'aurait-il pas aussi de bonnes raisons de vous pardonner ?

— Pas vraiment. Nous avons été très proches à une époque et nous ne le sommes plus. Voilà… Personne ne peut changer le passé.

— Jamie contesterait probablement cette affirmation lui qui essaye de changer la donne pour les jeunes avec qui il travaille.

— Ce n'est pas pareil.

Un éclair de colère traversa le regard de Jon.

— Écoutez. Je suis désolé, mais je ne peux pas…

— Pas de soucis. Sachez seulement que je ne cherche qu'à aider et que je respecterai votre décision.

— OK. Eh bien… Faites comme bon vous semble. Mettez-le au courant si vous voulez, peu importe. Mais je sais d'avance ce qu'il dira et je ne souhaite pas que vous me le rapportiez. Sommes-nous d'accord ?

— Oui. Puis-je faire autre chose pour vous ?

— Je suppose qu'il n'y a pas de livres ici. Je ne parle pas de magazines, mais de vraies lectures.

— Si, nous en avons quelques-uns. Je vais demander à la responsable des activités de vous en apporter une sélection, et si aucun ne vous plaît, elle ira vous acheter ce que vous désirez.

— Merci. J'aimerais bien aller prendre l'air…

— Il y a un petit jardin à l'abri des regards sur le toit. L'air y est aussi peu pollué qu'il est possible en plein Londres.

— Ah ! super ! Jamie ne va pas m'y trouver, n'est-ce pas ?

— Non. A priori, il ne passe plus ici de la semaine. Quant à la suite... nous aviserons.

— Vous semblez penser qu'il est possible de nous réconcilier. Croyez-moi, c'est peine perdue. Contentez-vous de nous éviter des rencontres désagréables.

— Très bien. C'est noté.

À l'heure du déjeuner, une barre de céréales dans la poche de son manteau, Anna sortit à grands pas de la clinique avec en tête le millier de raisons pour lesquelles elle devrait renoncer à ce qu'elle s'apprêtait à faire...

La thérapie familiale n'entrait pas dans son domaine de compétences ni à titre médical ni à titre personnel. Elle était en effet la fille unique de deux parents eux-mêmes sans frères et sœurs et, depuis son divorce, elle avait perdu tout contact avec la grande famille dans laquelle elle était entrée avec enthousiasme en se mariant.

Dorénavant, sa famille, c'était la clinique. Dans sa pratique, elle insistait toujours pour inclure les proches de ses patients... Ce qu'était Jamie Campbell-Clarke. Même si cela impliquait de franchir la barrière qu'elle avait instaurée entre le professionnel et le privé dans ses rapports avec lui, elle ne pouvait se défiler et ne pas agir.

Jamie était seul dans le bureau qu'il partageait avec deux autres confrères. Dès qu'il aperçut Anna par la porte grande ouverte, un large sourire éclaira son visage.

— Tu voulais me voir ?

Comme d'habitude, il avait lancé la question comme un défi, et Anna ravala la réplique cinglante qui lui brûlait les lèvres. Ce n'était pas le moment.

— Oui.

Sans enlever son manteau, elle s'assit en face de lui de l'autre côté du bureau, les mains serrées sur son sac posé sur ses genoux.

— Pouvons-nous parler en privé ?

Une lueur éclaira les yeux de Jamie, ce qu'Anna ignora.

— Oui, bien sûr, répondit-il avant d'aller fermer la porte.

— Un nouveau patient est arrivé à la clinique avec de vilaines brûlures. En outre, les exigences et contraintes de son métier lui ont causé un gros stress psychologique récemment.

— Et qui est ce mystérieux personnage ? Encore une célébrité ?

— Oui.

— Si je comprends bien, tu ne me révéleras pas son identité.

— Il a été admis tôt ce matin, dit Anna qui voulait rassurer Jamie sur l'état de santé de Jon avant de satisfaire sa curiosité. On l'a examiné, et il n'y a aucun sujet d'inquiétude.

— C'est toujours bon à savoir, commenta Jamie, attendant patiemment qu'elle en vienne au fait.

— C'est ton frère, Jon.

L'expression de Jamie se durcit brusquement. Jamais Anna ne l'avait vu frémir de colère à ce point. Quelle qu'en soit la raison, la brouille entre les deux frères était profonde.

— Il t'a demandé de venir me trouver ?

— Non. Je… Il m'a raconté qu'il avait un frère jumeau avec qui il était fâché. Quand j'ai compris qu'il parlait de toi, je lui ai dit qu'il me semblait souhaitable de te signaler sa présence. Il paraît… très seul.

Anna se tut. Aurait-elle dû écouter Jon quand il l'avait prévenue de l'inutilité d'une tentative de réconciliation ? Mais Jamie ne tournait jamais le dos à personne. C'était une question de principe chez lui. La preuve ? Son association essayait d'aider tous les jeunes qui frappaient à sa porte.

— D'accord. Merci.

C'est tout ?

— Je suis désolée si… Je n'avais pas l'intention de franchir la ligne jaune.

Brusquement, elle se sentit oppressée par les limites qu'elle avait définies avec Jamie dans leurs rapports. Mieux valait partir maintenant en espérant qu'il oublierait cette discussion.

— Pas de souci. Jon sait-il que tu es venue me trouver ?

— Il m'a autorisée à te dire qu'il était à la clinique, mais il m'a interdit de lui rapporter ta réaction. Il pense que tu refuseras de le voir.

Et, apparemment, il avait vu juste.

— D'accord. Merci de m'avoir tenu au courant. Autre chose ?

Une façon claire et nette de la congédier. Elle aurait pourtant aimé lui demander ce qu'il comptait faire, peut-être même lui suggérer qu'il lui confie ce qu'il ressentait. Mais le visage fermé de Jamie ne laissait planer aucun doute : il lui répondrait de s'occuper de ses affaires.

— Bon. Je vais y aller. On m'attend à la clinique.

À sa grande surprise, elle rechignait à partir. Elle aurait tant aimé que Jamie lui ouvre son cœur et lui permette de l'aider. Mais il semblait avoir déjà oublié sa présence.

Quand elle ferma la porte, il fixait ses poings sur le bureau devant lui.

Jon ! C'était inévitable. Jamie était même étonné de ne pas avoir croisé son frère plus tôt. Mais les tournées de Jon ne l'amenaient que pour de courtes escales à Londres et jamais à Hastings. En outre, au cours des trois années écoulées depuis leur dispute, les membres de leur famille s'étaient arrangés pour qu'ils ne se rencontrent pas.

En dehors des articles de journaux, Anna était la première personne à lui donner des nouvelles de son frère. Son premier réflexe avait été de vouloir la protéger en l'enfermant à double tour dans son bureau jusqu'à ce qu'elle promette de ne plus accorder un seul regard à Jon.

Mais Anna était une grande fille capable de se prendre en charge. Elle le lui avait prouvé maintes fois en lui tenant tête lors de leurs discussions. Elle ne se laisserait pas abuser par le physique et le charme d'une vedette du rock.

Il n'empêche que toutes les femmes craquaient pour Jon.

Y compris ma fiancée.

Et Jon avait fait ce qu'il avait vraisemblablement considéré comme naturel en tant que star du rock et que n'importe quel frère digne de ce nom aurait jugé inconcevable : parmi toutes les femmes qu'il aurait pu séduire, il avait jeté son dévolu sur la seule que Jamie désirait.

Trois ans après, Jamie éprouvait la même colère, la même stupeur et la même douleur térébrante à l'idée que deux personnes qu'il avait aimées aient pu le trahir ainsi.

Cette trahison l'emportait-elle sur la trentaine d'années qui l'avait précédée ? La trentaine d'années où Jon et lui avaient grandi ensemble, inséparables, à veiller l'un sur l'autre ?

Leurs parents et leur sœur avaient clairement fait comprendre à Jamie qu'ils n'imposeraient pas de réconciliation et que s'il refusait de faire le premier pas, ils ne le lui reprocheraient pas. Eux aussi ignoraient probablement que Jon était soigné à la clinique.

Peut-être était-il sage de ne pas réveiller le chat qui dormait. Mais comment oublier ce « Qu'est-ce qui ne va pas, frérot ? », le leitmotiv de son enfance chaque fois que Jon se faisait mal ou avait un chagrin ?

Anna passait souvent des semaines entières sans voir Jamie Campbell-Clarke. Mais le lendemain matin, par chance – ou malchance elle n'aurait su le dire —, il l'attendait devant les urgences. Elle avait été hantée toute la nuit par la question de savoir si elle avait pris la bonne décision en allant lui parler de Jon.

— Bonjour. Merci d'être venue.

Elle avait déjà vu la fatigue tirer les traits de Jamie, mais jamais au point de lui donner cet air hagard. Lui non plus n'avait pas dû dormir beaucoup.

— De rien.

N'oublie pas que tu es seulement ici pour le travail.

— Je ne savais pas que tu t'intéressais à la syndactylie, commenta-t-il, visiblement désireux lui aussi de se cantonner au cadre professionnel.

— J'ai suivi les cours du Pr Max Barnes à Manchester.

— Ah ! Ça explique tout.

Aucune explication n'était nécessaire, en fait. En vertu d'un partenariat conclu avec les hôpitaux voisins, la clinique leur « prêtait » régulièrement ses médecins. Jamie avait appelé l'établissement pour savoir si Anna accepterait de donner un second avis sur un de ses patients, et Jon n'avait rien à voir dans ce rendez-vous. Cependant, Jamie se montrait inhabituellement gêné. Voire guindé.

Décidant de ne pas y prêter attention, Anna le suivit jusqu'à un box où une infirmière était assise à côté d'un bébé.

— On a amené ce petit bout de chou tôt ce matin. Il a été abandonné, et la police recherche sa mère.

Jamie demeura impassible, mais son regard exprimait la même compassion que celui de l'infirmière.

— Aussi surprenant que cela soit, son état général est très satisfaisant, poursuivit-il. Mais je voulais un autre avis sur ses mains. Tu as vu les radios que j'ai envoyées ?

— Oui. Apparemment, c'est une palmature simple de l'index, du majeur et de l'annulaire de chaque main. Les os ne sont pas fusionnés. Ils sont simplement reliés par une membrane. Vous permettez que je regarde ?

L'infirmière sortit l'enfant du berceau, et Anna l'examina avec soin. Les ongles étaient soudés, mais, a priori, la séparation des doigts ne présenterait pas de difficultés.

— Il faudra plus d'une opération à ton avis ? demanda Jamie sans la moindre trace de leur rivalité habituelle.

— Oui. Il n'est pas possible d'opérer sur plus d'un côté du doigt à la fois sous peine d'endommager la vascularisation. Il faut prévoir quatre interventions, je pense. Je ne vois pas de signes d'un syndrome plus complexe, mais les médecins doivent savoir que cette possibilité existe. Je vais ajouter mon compte rendu à son dossier.

— Merci. Je peux te le laisser un instant ? Je reviens tout de suite.

— Pas de problème. Va !

Après le départ de Jamie et de l'infirmière, le bébé commença à s'agiter dans son berceau, et Anna ne put résister : elle le prit dans ses bras.

Elle ne pouvait pas avoir d'enfants. Les nièces et les neveux qui lui avaient été donnés lorsqu'elle s'était mariée n'avaient pas été les siens et, comme leurs parents, avaient disparu de sa vie après son divorce. Pour un bref moment avant le retour de

Jamie ou de l'infirmière, ce petit bout n'était rien qu'à elle. Cela, le petit l'ignorait. Seul comptait pour lui le réconfort d'un câlin.

— Coucou, mon cœur, tout va bien, murmura-t-elle, et le nourrisson sembla réagir à sa voix.

En réalité, tout était loin d'aller bien. Pauvre bébé abandonné qui, par-dessus le marché, allait subir des actes médicaux douloureux ! Dire qu'elle aurait été prête à tout pour avoir son propre enfant ! songea Anna en refoulant ses larmes. Quelle ironie du sort !

Les paupières du bébé commencèrent à papillonner quand elle se mit à lui fredonner une berceuse. Il s'endormit paisiblement, inconscient de tout ce qui se passait autour de lui.

Au lieu de le reposer dans son berceau, elle le garda contre elle comme pour donner encore un peu d'amour à une vie qui en avait déjà si cruellement manqué. Au retour de Jamie, elle tenait toujours le petit bonhomme dans ses bras et n'avait pas rédigé la moindre ligne de son compte rendu.

— Ils sentent bon, n'est-ce pas ? dit Jamie en souriant. Ma sœur devait batailler pour que je lui rende son nouveau-né...

Il lui jeta un regard, s'attendant à une réaction, mais comme elle ne répondait pas, il décida d'enfoncer le clou.

— Ça serre le cœur.

Le cœur d'Anna était même serré à éclater.

— Comment s'appelle-t-il ?

Question idiote ! Comment le saurait—on ?

— Je pense qu'en attendant de lui trouver une famille d'accueil, les infirmières du service lui donneront un nom.

Quand il lui prit le bébé des bras pour le reposer dans son berceau, Anna s'efforça d'ignorer la façon dont les traits de Jamie s'adoucirent tandis qu'il caressait la joue du bébé et dont ses yeux verts pénétrèrent son cœur plus douloureusement que d'habitude.

— Merci de m'avoir consacré de ton temps.

— De rien. Je vais aller compléter le dossier au calme.

« Au calme », c'est-à-dire loin de Jamie et du bébé...

— Anna ! dit Jamie d'une voix brusquement tendue, au moment où elle sortait. Comment va-t-il ?

Nul besoin de demander de qui il s'inquiétait. Jamie n'était donc pas aussi indifférent à son frère qu'il le paraissait.

— Bien. Je l'ai vu ce matin, et il s'adapte parfaitement.

— Merci.

Rien d'autre. Aucune allusion à une éventuelle visite à Jon. Aucun message. Mais elle avait fait tout ce qui était en son pouvoir. Il ne lui restait plus qu'à se tenir en retrait et à laisser Jamie décider de la suite. De toute façon, elle devait absolument retourner à la clinique.

17 heures… L'heure de rentrer chez elle. Mais Jon n'ayant reçu aucune visite de la journée, elle passa le voir et trouva sa chambre vide. Elle le dénicha assis sur le toit, recroquevillé dans un gros blouson en cuir, une écharpe autour du cou. En l'apercevant, il retira ses écouteurs.

— Vous n'avez pas froid ? demanda-t-elle. On sent l'arrivée de l'automne.

— Non, ça va. Je me plais sur ce toit. Et j'ai toute la compagnie que je veux, ajouta-t-il en tapotant le livre qu'il tenait sur les genoux.

De la musique et des livres. De merveilleux compagnons certes, mais qui ne remplaçaient pas une famille.

— Vous l'avez appelé, n'est-ce pas ? demanda Jon, la transperçant du regard.

— Oui. Plus exactement, je suis allée à l'hôpital hier et je l'ai vu.

Anna se mordit la lèvre inférieure, consciente qu'elle venait de révéler que Jamie était au courant depuis plus de vingt-quatre heures de la présence de son frère, tout près de lui. Jon se contenta de hocher la tête.

— Je ne vous demanderai pas ce qu'il a dit.

Un silence s'installa.

— Vous trouvez que nous nous ressemblons ? demanda soudain Jon.

Une question délicate. Oui, les deux frères se ressemblaient, mais… Jamie, c'était Jamie. Il était unique.

— Oui… et non.

— Bonne réponse, commenta Jon dans un brusque éclat de

rire. Quand nous étions petits, nous détestions que les gens nous prennent pour deux versions de la même personne. Une de nos tantes nous achetait systématiquement des cadeaux de Noël identiques, y compris lorsque j'ai commencé mes tournées et Jamie ses études de médecine.

Anna lut de la mélancolie sur le visage de Jon. De toute évidence, son frère lui manquait, et elle s'interrogea une fois de plus sur la raison de leur brouille. Aucun des deux ne semblait vouloir en parler. Un point commun entre eux.

— C'est un risque lorsqu'on est jumeaux.

— Oui. Jamie était celui qui parlait le moins, mais qui en avait le plus dans le crâne.

Anna sourit.

— Je ne vois pas comment l'auteur d'*Everywhere* pourrait ne rien avoir dans le crâne.

— Vous aimez cette chanson ?

— Je l'adore ! Elle m'a aidée à traverser des mauvaises passes. Elle est si optimiste.

— C'est une très belle chanson..., dit Jon dont les lèvres s'étaient mises à trembler. C'est Jamie qui l'a écrite. Vous le saviez ? Non. Je suppose qu'il ne vous l'a jamais dit.

— Exact.

— Vous voyez que Jamie en a plus que moi dans le crâne. En général, moi, je composais la musique, et lui écrivait les paroles. Mais *Everywhere* est entièrement de lui.

Les deux frères avaient donc été très proches autrefois, songea Anna. Et si leur collaboration musicale ne suffisait pas à le prouver, les regrets qu'exprimait le visage de Jon parlaient d'eux-mêmes. Les paroles d'*Everywhere*, qui prenaient encore plus de sens maintenant qu'elle savait qu'elles venaient de Jamie, tournaient à présent en boucle dans la tête d'Anna avec l'espoir qu'elles insufflaient et le refus de baisser les bras qu'elles prônaient.

— Qu'est-ce que vous écoutez ? demanda-t-elle pour changer de sujet.

Jon lui tendit une des deux oreillettes

— Du Bach ! s'écria-t-elle d'un air tellement surpris que Jon pouffa.

— Jamie et moi fréquentions le conservatoire quand nous étions petits. Nous avons joué tous les classiques. J'ai toujours eu une attirance particulière pour Bach. On y retrouve une structure très voisine de celle de la chanson, vous ne trouvez pas ?

— Maintenant que vous le dites...

Anna remit son oreillette, et Jon commença à battre la mesure du doigt, comme un chef d'orchestre. À la conclusion du morceau, il exécuta un moulinet final qui provoqua l'hilarité d'Anna.

— Ah oui ! Vous avez raison, je...

Jon ne la regardait plus. Elle tourna la tête... Jamie, debout près de la porte de l'escalier d'accès au toit, les observait d'un air si blessé qu'Anna rendit aussitôt l'oreillette à Jon et s'écarta de lui.

Jamie croyait-il qu'elle prenait parti, alors qu'elle ne faisait rien d'autre que parler à un patient ?

— Je... J'ignorais qu'il allait venir, dit-elle, sur la défensive, en se tournant vers Jon dont le visage s'était figé en un masque de surprise.

Il ne répondit pas, comme hypnotisé par Jamie. Plus ce dernier approchait, plus Jon paraissait fiévreux. La situation tournait au cauchemar. Une explosion était imminente...

— On m'a dit que tu étais monté ici, dit Jamie calmement, le visage impassible.

Jamie s'assit, sans un seul regard à Anna, et les deux frères se mirent à se dévisager. Anna se serait volontiers éclipsée si elle avait été certaine qu'ils n'allaient pas se sauter à la gorge dès qu'elle aurait le dos tourné.

— Fais voir ton bras, frérot.

Jon, qui avait manifestement souvent entendu ce genre de phrase, eut un sourire un peu crispé et remonta la manche de sa veste pour découvrir la partie inférieure de la cicatrice laissée par la brûlure.

— Tu as dû en baver, commenta Jamie en grimaçant. Et tu continues probablement à avoir mal.

— Oui. Mais ta chirurgienne dit qu'elle peut régler le problème.

Jamie hocha la tête.

— Ça ne te dérange pas si je marche sur tes plates-bandes ? demanda-t-il à Anna en ébauchant un sourire.

C'était la première fois qu'il lui posait cette question. Mais c'était aussi la première fois qu'ils se trouvaient dans cette situation.

— Je t'en prie. À toi de jouer.

Puis, dans un grand sourire, elle ajouta à l'adresse de Jon :

— Si vous n'y voyez pas d'inconvénient.

Jon ayant donné son accord, Jamie reporta de nouveau son attention sur son frère.

Avant de s'engager dans l'escalier, Anna se retourna : Jamie examinait attentivement les brûlures de son frère.

Elle savait très bien qu'elle devait s'esquiver. Mais elle savait aussi qu'une petite étincelle suffirait pour que leur fragile réconciliation parte en fumée.

Elle resta donc là, le cœur battant, à observer les deux frères qui s'étaient mis à bavarder. Puis Jamie montra le livre sur les genoux de Jon. Ce dernier s'en saisit et commença à lire à voix haute tandis que Jamie se calait contre le dossier de sa chaise. Étrange !

Mais cela semblait faire partie d'un vieux rituel entre eux, car Anna vit Jamie se détendre et Jon sourire. Elle secoua la tête, sidérée. Finalement, tout ce qui fonctionnait était bon à prendre.

Rassurée, elle se décida enfin à partir sans qu'aucun des deux frères y prête attention.

3

Délicate ? Un euphémisme. Les adjectifs manquaient à Jamie pour décrire la situation. Lorsque, mû par le sens du devoir, il avait filé à la clinique, il ne lui était même pas venu à l'esprit de téléphoner pour prévenir de sa venue. Il n'avait pensé à rien d'autre qu'à voir Jon pour s'assurer qu'il allait bien.

La réceptionniste du service, qui le connaissait pourtant, avait marqué un temps d'arrêt quand il lui avait demandé le numéro de la chambre de Jon, comme si elle venait de remarquer la ressemblance et d'établir le rapprochement entre les deux noms. La première fois depuis que leurs vies s'étaient séparées que quelqu'un s'interrogeait sur son lien de parenté avec Jon.

Lorsqu'il avait atteint le haut de l'escalier, il s'était figé. Anna, tête contre tête avec Jon, écoutait avec lui un morceau de musique dans une indéniable intimité. Ses cheveux blonds habituellement attachés tombaient librement sur ses épaules à quelques centimètres de la main de Jon.

Il s'était retenu de la saisir par le col pour l'éloigner de son jumeau. Après tout, personne ne l'avait chargé de protéger Anna. En outre, n'avait-elle pas le droit de passer son temps avec Jon si elle le souhaitait ?

Alors que Jamie se raisonnait ainsi, Jon l'avait aperçu. Anna et lui avaient alors sursauté comme s'ils avaient été pris en faute. La rage, telle une coulée de lave en fusion, avait submergé Jamie, mais, miraculeusement, il avait réussi à se contrôler et à s'approcher d'eux calmement.

Après avoir ramené Jon dans sa chambre une heure plus tard et lui avoir souhaité bonne nuit, Jamie fut pris de vertiges. Il ne souhaitait pas voir Anna, mais ses jambes, comme animées d'une volonté propre, le conduisirent vers son bureau où il savait qu'il la trouverait.

— Tu es encore là ? demanda-t-il, faisant mine de s'étonner du pas de la porte.

— Oui. Je n'arrête pas de me demander si j'ai bien fait de t'informer de la présence de Jon, répondit-elle avec un sourire crispé. J'ai peur d'avoir allumé une mèche qui va provoquer une explosion.

— Pas d'explosion, et tu as bien fait.

— OK. Entre.

Jamie alla s'asseoir dans le fauteuil en face d'Anna.

— Je suis contente que vous vous soyez expliqués. Quelle que soit la raison pour laquelle vous vous êtes fâchés..., ajouta-t-elle d'un air faussement détaché.

Ainsi, elle ne savait pas. Ce qui rendait moins alarmante son intimité avec Jon tout à l'heure. Sans compter qu'Anna se montrait toujours très attentionnée avec ses malades. Alors, pourquoi aurait-elle fait une exception pour Jon ? Malgré tout, il ne pouvait chasser la vision de leurs deux têtes rapprochées.

— Nous ne nous sommes pas vraiment expliqués... Nous n'avons pas abordé le sujet.

— Du moment que vous avez trouvé un terrain d'entente et que ça fonctionne...

Comment savoir ce qui allait fonctionner ou pas ? Pour le moment, ils en resteraient là puisque Jamie était toujours incapable de parler calmement de ce qui s'était passé et qu'il devait se préoccuper de la santé de son frère.

— Mes parents et ma sœur sont-ils au courant que Jon est hospitalisé ici ?

Une des nombreuses questions qu'il n'avait pas posées à Jon et... qu'il avait réservée à Anna, songea Jamie.

— Pas que je sache. En attendant de savoir si tu viendrais le voir ou pas, Jon préférait ne rien dire pour leur éviter un dilemme.

— C'est chic de sa part. Mais inutile... J'appellerai ma sœur, ce soir. Mes parents, eux, sont en Australie pour trois mois. Je leur enverrai un mail.

— Bonne idée...

L'approbation d'Anna sembla déchirer le brouillard d'incertitude qui enveloppait Jamie et lui réchauffa le cœur.

— Tu comptes revenir ? demanda-t-elle.

— Oui, dès demain matin. Je vais m'installer dans mon studio de Londres pendant quelque temps.

Anna se cala dans son fauteuil et considéra Jamie d'un air rêveur.

— Et cette histoire de lecture ? demanda-t-elle.

Ainsi, cela aussi, elle l'ignorait.

— Je souffre d'une légère dyslexie. Quand nous étions gamins, Jon me faisait régulièrement la lecture. Des bandes dessinées essentiellement, à l'époque... Il prenait différentes voix et mimait l'action.

— Ah ! Voilà qui explique le planning sur le mur de ton bureau. Et ton agenda aussi. Je croyais que tu étais simplement un maniaque de l'organisation.

Son planning et son agenda comportaient un code couleur qui permettait à Jamie de voir d'un seul coup d'œil ses rendez-vous les plus importants. Il s'agissait là de l'une des nombreuses tactiques qu'il utilisait pour pallier son handicap et que les gens ne remarquaient pas en général, même s'ils étaient au courant de son problème.

— Oui. Ce système de couleurs me facilite la vie. Mais je ne voudrais pas que tu cesses pour autant de croire à mes talents d'organisateur.

— Promis, je resterai béate d'admiration..., répliqua-t-elle, amusée. D'après Jon, vous faisiez aussi de la musique ensemble quand vous étiez jeunes ?

Jamie n'était pas dupe de la manœuvre d'Anna. L'air de rien, elle l'amenait à parler, comme elle le faisait avec ses patients et leurs familles. Comme eux, il serait bientôt tenté de lui raconter ses peurs les plus secrètes.

Mais à chaque jour suffisait sa peine. Pour le moment, il se focalisait sur ce qu'il avait partagé avec son frère *avant* la brouille afin de renouer avec lui. Ce qu'Anna avait certainement pressenti.

— Oui. Mais c'est lui qui a toujours eu le sens du spectacle, lui qui aimait chanter devant les autres.

— C'est toi qui as écrit *Everywhere*, d'après ce qu'il m'a dit… C'est une de mes chansons favorites.

Devant le sourire d'Anna, le cœur de Jamie s'accéléra. Quand les paroles du morceau étaient-elles entrées dans la vie d'Anna ? Alors qu'elle écoutait la radio sous sa douche ? À cette pensée, il sentit ses mains trembler.

— Je… J'étais à un tournant de ma vie quand je l'ai écrite. J'avais été accepté à la fac de médecine malgré ma dyslexie. C'était la réalisation d'un rêve fou, mais en même temps je m'inquiétais. Je craignais de ne pas me montrer à la hauteur.

— C'est ce qui me plaît dans cette chanson. Pour moi, elle parle d'espoir et de rêves qui deviennent réalité, parfois sous une forme inattendue. Ton association prend tout à coup beaucoup plus de sens.

Plutôt que de continuer à s'interroger sur les circonstances dans lesquelles Anna avait entendu *Everywhere* pour la première fois, Jamie se força à se concentrer sur son association. Au moins, avait-il les idées claires sur ce sujet-là.

— L'association n'existe que grâce aux droits d'auteur d'*Everywhere*.

— Et c'est le résultat de votre collaboration, conclut Anna avec un hochement de tête approbateur qui, une nouvelle fois, fit chaud au cœur de Jamie.

Il ne se laisserait cependant pas entraîner sur ce terrain. Rétrospectivement, il réalisait qu'*Everywhere* avait marqué le début de la fin de sa relation avec Jon. En propulsant son frère vers la gloire, la chanson les avait lancés sur des trajectoires divergentes.

— Oui… Bon… J'aimerais consulter le dossier de Jon.

Anna fit une grimace.

Allait-elle lui rappeler sèchement qu'il ne devait pas empiéter sur son territoire et qu'il devait la laisser s'occuper de ses patients ? se demanda Jamie qui prit une mine contrite.

— En tant que médecin ou frère ?

Elle venait de mettre le doigt sur le nœud du problème. Jamie s'était toujours considéré comme un médecin avant tout.

— En tant que frère.

— Très bien. Merci pour ton honnêteté. Il faut quand même que je demande son accord à Jon. Attends-moi ici. J'en ai pour une minute.

Son absence dura en fait plus d'une minute, et Jamie en profita pour essayer de mettre de l'ordre dans ses idées, car tout se mélangeait dans sa tête comme les mots sur une page lorsque aucune de ses stratégies de lecture ne fonctionnait. Il perdait pied, et la vieille peur panique de ne pas réussir à comprendre quoi que ce soit était revenue. Aussi voyait-il Anna comme une bouée de sauvetage à laquelle il s'accrochait désespérément.

Comme lui, les familles des autres patients d'Anna avaient-elles l'impression qu'elle pouvait les guider dans le dédale de décisions à prendre, plus déconcertantes et lourdes de conséquences les unes que les autres ? Oui, probablement...

Le brusque retour d'Anna fit sursauter Jamie.

— Bien, j'ai parlé à Jon. Il est très content de voir que tu t'intéresses à son sort. Simplement, n'oublie pas qui tu es. C'est ma seule réserve.

— C'est toi, son chirurgien, Anna. Je suis seulement un parent qui s'inquiète et qui a la chance d'avoir quelques connaissances médicales.

— Parfait. Dans ce cas, nous pourrions aller boire un café et manger un morceau. J'ai sauté le déjeuner...

Lui non plus n'avait rien avalé. Pour les mêmes raisons qu'Anna ? Quoi qu'il en soit, il ne rentrerait pas à Hastings, ce soir, ni tant que Jon aurait besoin de lui. Alors...

— Excellente idée, dit-il en suivant Anna.

— Un italien, ça te va ?

— Oui. Tout me va.

Dès qu'ils furent installés à l'étage, à une table un peu à l'écart, un serveur leur apporta deux cartes. Jamie riva le regard sur la sienne.

— Euh... Les lasagnes semblent bonnes, dit Anna. Les tagliatelles aussi. Ils font aussi d'excellentes carbonara.

Était-elle en train de lui lire le menu ? Peut-être et tant mieux, car ce soir il était trop stressé pour mettre en pratique ses stratégies, et les mots imprimés semblaient danser devant ses yeux, indifférents à ses supplications muettes de se tenir tranquilles. Ce soir, ils avaient décidé de se libérer du carcan dans lequel il les enfermait d'habitude et de continuer à se trémousser joyeusement.

— Je vais prendre les carbonara, dit-il.

— Moi aussi. Du vin ?

— Ne te prive pas pour moi. Mais, personnellement, je vais me contenter d'eau.

— D'accord.

Elle referma la carte et appela le serveur.

De toute évidence, Jamie n'était pas bien. Nul doute que les deux frères autrefois si proches s'étaient fâchés pour un motif grave. Comme ni l'un ni l'autre ne semblait prêt à en parler, Anna devait espérer qu'ils résoudraient le conflit seuls, la façon dont Jamie avait réagi en apprenant que Jon était à la clinique autorisant un certain optimisme.

En outre, il avait écrit *Everywhere*, qui donnait de l'espoir aux gens. Dans les jours sombres qui avaient suivi la fin soudaine de son mariage, Anna l'avait chantée à tue-tête avec d'autres chansons qui l'avaient empêchée de sombrer. Et maintenant, c'était à elle de lui tendre la main.

Lorsque le serveur lui apporta son verre de vin blanc, elle en but une gorgée puis donna à Jamie le dossier médical de son frère sur lequel il lorgnait. Il l'ouvrit aussitôt et commença à le lire en suivant les lignes de son doigt comme elle l'avait déjà vu faire sans y prêter vraiment attention.

— Ça n'a aucun sens, dit-il enfin en se passant une main sur le visage. À moins que ce ne soit moi ?

— Non, ce n'est pas toi. À son arrivée à la clinique, Jon a pris rendez-vous en consultation externe avec le Dr Lewis. Il a commencé par parler de ses brûlures, mais s'est aussi plaint d'une flopée d'autres symptômes sans aucun rapport avec l'objet initial de son rendez-vous. Soupçonnant l'existence d'autres problèmes, le Dr Lewis a suggéré des investigations plus poussées, ce que Jon a accepté. Il a donc été admis dans le service du Dr Lewis, et on me l'a adressé pour traiter ses cicatrices.

— Il n'y a pas que ses brûlures. Il souffre d'autre chose aussi, c'est ce que tu es en train de me dire ?

— Oui. Nous avons découvert qu'il avait été hospitalisé aux États-Unis il y a six semaines. Tu trouveras le compte rendu que les Américains nous ont envoyé sur la page suivante.

Anna se rappela les recommandations du Dr Lewis ce matin. « Agissez avec circonspection. Contentez-vous de répondre aux questions et laissez aussi bien Jamie que Jon avancer à leur rythme. »

Jamie tourna la page et s'arrêta à la liste des médicaments prescrits à Jon.

— Ce sont des antidépresseurs puissants. Que lui arrive-t-il ? Et pourquoi diable ne m'en as-tu pas parlé plus tôt ?

Aucun doute, Jamie se comportait comme n'importe quel parent inquiet.

— Commençons par la seconde question, dit Anna après avoir bu une autre gorgée de vin. Je ne t'en ai pas parlé plus tôt parce que je n'y étais pas autorisée. C'est à Jon de décider s'il veut ou non que tu lises son dossier médical. Alors, quand tu le verras demain, remercie-le de m'avoir permis de te le montrer.

— D'accord. C'est ce qu'on appelle remettre quelqu'un à sa place.

La tension nerveuse se lisait sur le visage de Jamie, et Anna devait lutter contre son envie de le réconforter par un contact physique.

— J'ai dû tout faire selon les règles, Jamie.

Il hocha la tête et but un peu d'eau.

— Et ma première question ?

— Je n'ai pas encore de réponse définitive à celle-là. Nous avons abordé avec Jon le sujet de sa précédente hospitalisation, et il dit seulement qu'il a perdu les pédales pendant un moment. Apparemment, il s'était enfermé dans sa chambre d'hôtel et refusait d'en sortir. On n'est venu le chercher qu'au bout de deux jours quand le personnel de l'hôtel a donné l'alerte. Il est épuisé et très probablement déprimé, mais, malgré tout, il faut d'abord exclure toute cause physique à ces symptômes.

— Vous en êtes donc encore au stade du diagnostic, commenta Jamie en parcourant le reste du dossier. Qu'en dit Jon ?

— Nous lui avons expliqué la situation, et il nous a juste dit qu'il s'en remettait à nous, répondit Anna en haussant les épaules. Il semble se moquer de ce que nous déciderons. Il prétend vouloir rester uniquement pour régler le problème de ses brûlures, mais d'après moi la clinique lui offre un refuge où il se sent en sécurité.

Jamie poussa un soupir, et la douleur qu'Anna lut dans ses yeux lui déchira le cœur.

— Il ne voulait pas que je l'apprenne, n'est-ce pas ? Il s'effondrait et il ne voulait pas que je le sache.

Anna était arrivée à la même conclusion, mais elle s'abstint de le mentionner.

— Peut-être pensait-il que tu ne viendrais pas. À tort...

— Oui, mais j'ai mis le temps !

— Tu es venu, c'est tout ce qui compte. Cela ne sert à rien de culpabiliser. Tu as beaucoup mieux à faire pour le moment.

Il se pinça le haut du nez en secouant la tête comme pour s'éclaircir les idées.

— C'est ton conseil habituel, n'est-ce pas ?

Il y avait une trace de l'affrontement qui pimentait toujours leurs discussions autour d'un patient. Mais aujourd'hui, le ton était amer, sans l'ombre d'un sourire.

— Il est possible que je l'aie déjà donné parfois. Ce qui ne remet pas en cause son bien-fondé, Jamie. Je prends toujours en considération les familles de mes patients. As-tu vraiment cru que je ne te dirais pas la même chose qu'à elles parce que tu es médecin ?

Elle se perdit alors dans son regard, dans ses yeux pénétrants qui semblaient attendre tellement d'elle en ce moment. Il finit par se détendre.

— Décidément, tu cherches vraiment à me remettre à ma place.

— Il n'est pas mauvais de connaître les limites à ne pas dépasser dans une situation donnée. Dans les circonstances actuelles, ton statut de grand médecin ne te sera d'aucun secours. Jon a besoin de son frère. Je sais que c'est difficile pour toi sur bien des plans.

— Oui. Il a besoin de moi. De savoir que je suis là. En ne prenant en compte que l'aspect médical, je tiens délibérément à distance l'affectif.

— Voilà. Tu commences à comprendre.

Jamie avait toujours eu conscience de l'épreuve psychologique que les patients et leurs familles vivaient. Il ne lui restait plus à présent qu'à mettre en pratique ce qu'il avait appris en les observant.

Il sourit. Du sourire de beau joueur qu'il affichait toujours lorsqu'elle l'avait emporté lors de l'un de leurs duels verbaux.

— Merci pour ce que tu viens de faire, Anna.

Elle se mit à rougir, comme chaque fois que Jamie la complimentait. Elle but un peu de vin, espérant ainsi dissimuler son plaisir ou au moins justifier la couleur de ses joues.

— De rien. Ça fait partie du métier.

Encore une tentative pour brouiller les pistes. Car, en fait, elle cherchait avant tout à consolider la réconciliation fragile entre les deux frères, elle qui souffrait tant de ne pas avoir grandi au milieu d'une fratrie et d'avoir perdu celle d'adoption qu'elle avait brièvement connue le temps de son mariage.

4

— Je ne veux plus dormir ici, déclara, la mine butée, le jeune Darren, âgé de neuf ans, en guise de salutation à Anna et Jamie venus le voir à la clinique.

Le gamin s'était ébouillanté deux ans plus tôt et, depuis, Jamie s'occupait de lui. Les longs traitements médicaux et le suivi psychologique avaient porté leurs fruits. Malheureusement, la greffe de peau de la jambe n'avait pas pris, et Jamie s'était arrangé pour qu'Anna procède à une nouvelle tentative ici, à la clinique, ce qu'elle avait fait la veille.

— Et pourquoi ça ? demanda Jamie en s'asseyant au chevet du garçonnet.

— Ça pue. Et j'ai mal. Je veux rentrer chez moi.

— D'accord, mais je ne crois pas que tu auras moins mal chez toi.

Darren leva les yeux au ciel.

— Je ne me plais pas ici. Ça craint.

— Ta mère ne va pas tarder. Est-ce que ça ira mieux quand elle sera là ?

— Non. Elle va repartir et me laisser seul.

Jamie réfléchit, songeant qu'Anna appréciait le sérieux avec lequel il prenait toujours les problèmes des jeunes qu'on lui confiait.

— C'est vrai. Alors, si je te promets de trouver une solution, laisseras-tu Anna regarder ta greffe ? Tu as ma parole..., ajouta Jamie devant l'air hésitant de Darren.

Ce fut suffisant pour calmer le petit. *Quel travail pour établir une telle confiance !* songea Anna, admirative, en observant Jamie tendre son téléphone au gamin dont le visage s'éclaira aussitôt.

— Tu as le nouveau jeu ?

— Oui, j'ai pensé que ça te ferait plaisir. Tu vas pouvoir me montrer comment y jouer.

Darren tapotait déjà frénétiquement les touches du téléphone quand Anna commença à enlever les pansements de sa jambe.

— Arrête de bouger, Darren, s'il te plaît.

Il obéit sans quitter l'écran des yeux.

— Parfait ! Tout est pour le mieux, bonhomme. Et maintenant, j'aimerais que tu fasses quelque chose pour moi.

Darren détourna momentanément son attention du téléphone.

— Je dois m'absenter un instant et, pendant ce temps-là, je souhaiterais que tu trouves, avec Jamie, un moyen de rendre ton séjour à la clinique plus agréable. Je tiens vraiment à ce que tu te sentes bien ici.

Quand Darren hocha la tête, Anna jeta un coup d'œil à Jamie. Toute trace de leur antagonisme habituel avait disparu. De leur échange de regards n'émanait que de la chaleur. Anna sentit son cœur s'accélérer tandis qu'un frisson lui parcourait le dos.

— Et Anna va s'occuper de tout, ajouta Jamie avec un délicieux sourire à cette dernière.

— Tu veux bien m'écrire une liste de tes souhaits et de tes récriminations ? demanda-t-elle en arrachant une feuille de son bloc-notes. Avec différentes couleurs...

— Bonne idée ! s'écria Jamie. Nous allons mettre en rouge ce que tu n'aimes vraiment pas et commencer par-là, d'accord ?

Quand Anna revint dans la chambre, Darren affichait une réelle bonne humeur. Jamie, lui, se leva en tapotant sa poche de poitrine avec un air de conspirateur. Laissant Darren à son jeu, il entraîna Anna dans le couloir puis lui tendit la liste. La feuille était divisée en trois. En haut et en rouge, avec l'écriture soignée de Jamie, ce qui gênait le plus Darren.

— La crème anglaise ? Ça, on peut y remédier facilement.

Alors qu'elle poursuivait sa lecture, Anna fronça les sourcils.

— Quoi ? Il y a un fantôme dans sa chambre ?

— C'est ce qu'il prétend.

Et ce que Jamie avait écrit, puisqu'il ne traitait jamais par le mépris les dires de ses jeunes protégés. Anna décida de jouer le jeu.

— Quel genre de fantôme exactement ?

— Une femme vêtue de blanc qui scintille. Elle est apparue près de la télévision à minuit, il a regardé l'heure.

— Et la télévision n'était pas allumée ?

— Non, je le lui ai demandé, et la femme n'était pas à l'écran, mais devant l'écran.

— Minuit... Ça pouvait être une des infirmières. Darren était peut-être encore groggy après l'anesthésie.

— Ça aussi, je l'ai suggéré, mais il a rétorqué qu'il savait faire la différence entre une infirmière et un fantôme.

— Écoute, nous avons une chambre libre. Darren peut y aller si ça le rassure. J'y ferai installer un lit d'appoint pour sa mère.

— Bonne idée... Sa mère est seule et elle a d'autres enfants plus jeunes, mais sa sœur vient l'aider.

— Voilà qui est réglé. Autre chose ? Sa jambe lui fait-elle mal ?

— Un peu, mais il ne s'en plaint pas. J'ai pris la liberté d'y jeter un coup d'œil...

Pour une fois, Anna ne s'indigna pas de cette ingérence qu'elle considéra même comme une aide.

— Tu as bien fait. Merci.

Puis elle parcourut le reste de la liste où elle ne trouva rien d'autre que les griefs habituels des malades dans les hôpitaux.

— Pourquoi n'emmènerais-tu pas Darren prendre l'air sur le toit cet après-midi ? suggéra-t-elle. Nous avons une paire de jumelles quelque part, et je vais essayer de la dégoter. Cela l'intéressera peut-être de s'en servir pour regarder le paysage.

— Sûrement, oui.

Jamie se tut. Il semblait hésiter, ce qui ne lui ressemblait guère lorsqu'il s'agissait de ses patients.

— Est-ce que tu... Est-ce que la chambre actuelle de Darren va être occupée la nuit prochaine ?

— A priori non. Mais n'espère pas que nous accrochions des gousses d'ail et que nous murions la porte.

— L'ail, c'est contre les vampires, rien à voir. Les jeux de

Darren m'ont appris qu'il est essentiel de bien choisir son arme en fonction de l'adversaire.

— OK. Mais quelle que soit l'arme adéquate dans ce cas, nous ne l'utiliserons pas. Darren est un petit garçon qui se trouve dans un cadre qui ne lui est pas familier et il a cru voir quelque chose.

— Il m'a décrit très précisément l'apparition, et plusieurs fois.

Anna poussa un soupir. Comme d'habitude, Jamie écoutait en priorité la personne la plus vulnérable, prenant ses propos en compte, et il avait raison.

— Bon. Va lui montrer sa nouvelle chambre, car il est important de le tranquilliser. Cela dit, je ne crois pas aux fantômes. C'est très bien de ne pas prendre ses dires à la légère, mais il ne faut pas exagérer non plus.

Jamie lui adressa un regard lourd de reproches, et ses yeux vert mousse la touchèrent infiniment.

— Je suis d'accord. Mais il a vu quelque chose, et je ne comprends pas ce que c'est.

Sur ces entrefaites, la mère de Darren arriva, et Jamie l'emmena à la cafétéria pour lui exposer la situation. Une fois qu'elle eut donné son accord et que la chambre fut prête à accueillir Darren, Jamie porta le gamin jusqu'à son nouveau lit, suivi sur les talons par la mère.

Anna avait la gorge serrée. Jamie donnait à Darren ce dont il avait le plus besoin : de l'amour et de l'attention. Il ferait un père génial. Et quel plaisir indicible ce serait de concevoir un enfant avec lui ! Un plaisir qu'elle ne connaîtrait jamais, hélas !

Elle tourna les talons et partit en courant.

— Tout va bien ? demanda Anna.

Elle avait passé la soirée dans son bureau à régler quelques dossiers qui auraient pu attendre. Le service était à présent quasiment désert et plongé dans le noir.

— Oui, répondit l'infirmière. Darren est couché, et sa mère est restée avec lui.

Hochant la tête, Anna tourna les yeux vers la porte entrouverte de son ancienne chambre. Jamie s'y trouvait... Elle se leva pour aller se glisser dans la pièce non éclairée.

— Alors tu as décidé de te livrer à une chasse aux fantômes ? Tu n'as rien de mieux à faire un vendredi soir ?

Elle apercevait le sourire de Jamie dans la pénombre. Un sourire intime, comme celui d'un amant.

— Je pourrais te retourner ces deux questions, Anna.

Mais elle ne répondrait à aucune des deux, et en tout cas pas à la seconde, car elle n'avait en effet rien de mieux à faire un vendredi soir. Elle passait ici beaucoup plus de soirées qu'elle ne voulait bien l'admettre et se sentait plus chez elle à la clinique que dans son appartement.

— Tu ne vas quand même pas rester ici toute la nuit !

Elle l'en croyait pourtant capable. Sa conviction inébranlable que Darren avait réellement vu quelque chose et sa volonté tout aussi inébranlable d'en découvrir la nature possédaient un pouvoir quasi magnétique plus fort que n'importe quelle attirance physique.

— Il est plus de 23 h 30. J'attends encore une heure et, ensuite, je m'en vais.

— Tu es absolument certain que Darren n'a pas vu une des infirmières ?

L'explication la plus vraisemblable selon Anna.

— Il m'a dit que l'apparition s'est manifestée à minuit. Les infirmières font leur ronde à la demie de chaque heure, et j'ai vérifié le livre de bord de la nuit dernière. Celle qui était de service a noté l'heure à laquelle elle était passée le voir.

— Ça ne tient pas debout, Jamie.

— Si tu le dis... À demain, alors !

Il la défiait, songea-t-elle en l'observant tirer le banc qui se trouvait sous la fenêtre pour le positionner aussi près que possible le long du lit afin d'avoir le même angle de vue que Darren la veille.

Anna prit place à côté de lui, et ils restèrent là, paisibles, sans parler. La tentation de se perdre avec lui dans l'obscurité devenant quasiment intenable, elle décida de rompre le silence.

— Il paraît qu'il y a eu un concert improvisé sur le toit cet après-midi. Avec un certain Jonny Campbell.

Elle l'entendit étouffer un rire.

— Oui, je lui ai apporté une guitare que j'avais chez moi. Il a joué à guichets fermés, car nous avions plus d'une douzaine de spectateurs.

— Pas exactement ce à quoi Jon est habitué.

— C'était un public beaucoup plus nombreux que celui qu'il a eu récemment. Il parle d'un retour aux sources et a pris autant de plaisir à jouer que Darren à l'écouter. Il était ravi de le voir sourire grâce à lui.

— Excellente thérapie... Pour tous les deux.

Et une que la clinique n'offrait pas.

— La maman de Darren était emballée, elle aussi. Jon a chanté *Everywhere* rien que pour elle. J'ai pris des photos.

— Tu n'as pas participé ?

— Non. Nous n'en sommes pas encore arrivés à ce stade.

Leur nouvelle relation était-elle trop fragile pour qu'ils espèrent renouer le lien extrêmement fort qu'avait créé entre eux leur collaboration musicale ?

— La prochaine fois peut-être ?

— Peut-être.

Elle aurait tant voulu le toucher, le réconforter ! Jamie avait mis de côté ses propres sentiments pour se consacrer entièrement à Jon et à Darren. Mais il ne pourrait éternellement faire l'impasse sur ses émotions. Le moment viendrait où il lui faudrait les affronter.

Anna posa la main sur le bras de Jamie en espérant qu'il l'interpréterait comme un geste amical montrant l'intérêt qu'elle lui portait. Elle sentit les muscles de Jamie se tendre sous ses doigts. Devait-elle retirer sa main ? Alors qu'elle hésitait, Jamie se pencha vers elle et couvrit sa main de la sienne, lui rendant la respiration difficile.

— Il est presque minuit, lui murmura-t-il à l'oreille. Tu as peur ?

Oh oui ! Peur de ce qui arriverait si elle restait un instant de plus assise à côté de lui dans le noir. Beaucoup plus effrayant que le monde paranormal, pensa-t-elle... jusqu'à ce qu'une silhouette blafarde se mette à scintiller de l'autre côté de la pièce ! Elle eut un hoquet, et le bras protecteur de Jamie lui entoura les épaules.

Dans un mouvement réflexe, elle s'accrocha à lui tandis que les battements de son cœur s'accéléraient ...

Soudain, il eut un petit rire.

— C'était donc ça !

Jamie n'était pas un expert en chasse aux fantômes, une activité qui n'avait représenté pour lui qu'un prétexte pour serrer les filles dans ses bras. En l'occurrence, et contre toute attente, cela avait fonctionné, ce soir.

Il savait à présent avec certitude ce que Darren avait vu. Mais l'« apparition » l'avait pris au dépourvu, et il avait instinctivement voulu protéger Anna.

— C'est un simple effet d'optique.

— Oui, je vois ! dit Anna sans s'écarter pour autant.

Jamie aussi éprouvait la plus grande peine du monde à la lâcher. Son parfum, son corps contre le sien... Il en devenait fou, au point de regretter presque que quelque chose de réellement effrayant ne se soit pas manifesté devant eux, qui lui aurait donné une excuse pour l'attirer un peu plus contre lui. De toute évidence, Anna appréciait autant que lui leur étreinte. Une découverte qui le troubla plus qu'il n'aurait su le dire.

Il s'imprégna d'elle, conscient que ce moment ne durerait pas éternellement.

— J'ai bien failli me laisser avoir, murmura-t-il en la libérant.

— Moi aussi.

Il se leva pour se diriger vers la porte du couloir... Et tout s'expliqua.

— C'est l'infirmière de nuit. Pour lire les dossiers avant de faire sa ronde, elle se tient au bout du comptoir devant la lampe...

— Et elle se reflète dans le miroir fixé sur la porte de la salle de bains, poursuivit Anna.

— Et ensuite sur l'écran de la télévision...

Jamie avança vers le grand écran accroché au mur en face du lit.

— ... en 3D sous l'effet de la réfraction de la lumière.

— Mais pourquoi personne n'a rien remarqué jusque-là ? Cette chambre est rarement vide.

— Je ne sais pas, dit Jamie. Peut-être la lampe a-t-elle été changée de place. Ou bien, contrairement à d'habitude, la porte est restée ouverte hier soir pour pouvoir surveiller Darren.

La silhouette disparut soudain, et la porte s'ouvrit en grand... sur le fantôme.

— Katya, venez vous asseoir ici, dit Anna en se levant. Nous avons débusqué notre visiteur nocturne.

La mine perplexe, l'infirmière de nuit s'exécuta pendant qu'Anna se positionnait près de la lampe à la même place exactement que Katya. Jamie entendit cette dernière s'arrêter de respirer derrière lui.

— Alors il a réellement vu quelque chose !

— Oui, dit Jamie. Vous avez déplacé la lampe récemment ?

— Oui. Nous en avons reçu une neuve, et le cordon n'était pas assez long pour la mettre sur le bureau. Nous avons demandé une rallonge, mais en attendant je lis les dossiers debout à l'extrémité du comptoir. Pauvre petit Darren, pas étonnant qu'il se soit mis dans tous ses états !

— En tout cas, nous avons élucidé le mystère.

Jamie fit signe à Anna de revenir et, aussitôt, la forme disparut devant l'écran de la télévision.

— Je suis vraiment désolée, dit Katya. Je vais tout de suite mettre la lampe ailleurs.

— Vous ne pouviez pas le prévoir, et nous non plus. Et laissez la lampe à sa place pour le moment. J'aimerais montrer ce qui s'est passé à Darren demain matin si cela ne vous dérange pas.

— Je pourrais venir jouer le rôle du gentil fantôme, dit Anna du seuil de la chambre, où le jeu d'ombres et de lumière rendait son sourire encore plus lumineux.

Darren le remarquerait-il lui aussi ?

En tout cas, Jamie, lui, voyait un fantôme d'une grande beauté, décidé à recoudre les morceaux de son cœur brisé. Un acte chirurgical si complexe que même Anna risquait d'échouer, car il était trop fracassé. Une petite fissure demeurerait toujours, qui laisserait entrer doutes et méfiance.

Cela ne l'empêcha pas de raccompagner Anna à son bureau pour respirer son parfum qui, maintenant qu'il l'avait remarqué, était plus enivrant qu'il ne l'aurait jamais cru possible. Et quand elle se jeta brusquement à son cou, avant de s'écarter aussi vite, son cœur se mit à battre frénétiquement dans sa poitrine.

— C'était en quel honneur ?

— Parce que tu as cru Darren. Nous avons tous pensé qu'il avait imaginé voir quelque chose. Certes, nous l'avons pris au sérieux, mais toi, tu l'as vraiment cru et tu as trouvé l'explication.

En entendant cet éloge, Jamie sentit une onde de chaleur l'envahir. Si elle atteignait son cœur, il ne jurait plus de rien. Il ne pourrait pas se retenir d'embrasser Anna.

— Je n'ai pas exclu la possibilité qu'il ait été le jouet de son imagination.

— Mais tu as malgré tout monté la garde.

— Ah ! Toi, tu n'étais pas vraiment là, alors ?

Elle se lança dans une imitation drolatique d'un fantôme avant de répondre :

— Peut-être que si, peut-être que non...

— Bien. Comment rentres-tu ?

— En taxi. Veux-tu qu'il te dépose ? demanda-t-elle.

— Je te remercie, mais je n'en ai que pour vingt minutes à pied. J'ai besoin de respirer un peu.

Anna commanda un taxi, et lorsqu'il arriva, Jamie descendit dans le hall avec elle pour l'escorter jusque dans la rue. Il lui ouvrit la portière, se retint de dire au chauffeur qu'il transportait un trésor, puis recula jusqu'au trottoir d'où il regarda la voiture s'éloigner.

Une petite marche lui ferait du bien. Il avait passé les quelques derniers jours à essayer de trouver quoi dire à Jon pour lui remonter le moral tout en cachant la poussière sous le tapis. Mais Anna avait bouleversé ses certitudes et rendu tout possible... A priori.

5

Anna tendit l'oreille. Des éclats de voix s'échappaient de la chambre de Jon. Inévitable ! Jamie et Jon ne pourraient éternellement esquiver la raison de leur brouille. Mais lorsqu'elle s'approcha de la porte, elle s'aperçut qu'ils ne se disputaient pas pour le motif qu'elle avait imaginé.

— Coucou... Je vous dérange ? demanda-t-elle du pas de la porte.

Tous deux levèrent les yeux de la grille de mots croisés qu'ils remplissaient ensemble, et elle crut voir une lueur de soulagement dans le regard de Jamie.

— Bonjour. Que fabriques-tu ici un samedi matin ? s'étonna Jamie.

— Je devais t'aider à montrer le fantôme à Darren, tu te rappelles ?

— Oui, mais après le déjeuner, car la surveillante aimerait assister à l'expérience. Ça l'intéresse.

— Moi aussi, intervint Jon. Pauvre gamin, il a dû avoir une peur bleue. Heureusement que tu as réussi à trouver l'explication.

La note de tristesse dans la voix de Jon interpella Anna. Que lui avaient donc réservé les heures silencieuses de la nuit ? Des démons nés de l'épuisement et de la dépression ?

— Comment vous sentez-vous aujourd'hui ? s'enquit-elle en s'asseyant en face de lui.

Jon s'arracha à sa rêverie.

— Ça va.

Jamie se leva.

— Je vais vous laisser tous les deux…

— Non, reste, dit Jon, presque suppliant. On ne sait jamais, tu pourrais enrichir tes connaissances, ajouta-t-il sur un ton plus léger.

Sans relever la taquinerie, Jamie se rassit.

— Si tu n'y vois pas d'inconvénient, Anna.

— Non, aucun, répondit-elle avec toute l'assurance dont elle était capable. Alors, Jon, où en est la brûlure ce matin ?

— Ça va. Les démangeaisons ont diminué.

— Tant mieux ! C'est la preuve que la pommade hydratante fait son effet et réduit l'inflammation.

— Vous allez pouvoir opérer bientôt, alors ? demanda Jon d'un ton angoissé.

— C'est de cela que je veux discuter avec vous. Étant donné votre état de fatigue et le fait que vous prenez des antidépresseurs, le Dr Lewis et moi pensons qu'il est préférable de poursuivre vos séances avec votre psychologue pour régler ces deux problèmes avant d'entreprendre une intervention chirurgicale.

— Qui ne serait pas déprimé avec un bras dans l'état du mien ? répliqua Jon, sur la défensive.

Anna opta pour la franchise afin de vaincre ses résistances.

— Il est normal qu'une blessure ait des répercussions sur l'humeur, mais pas au point de provoquer une dépression.

— Je veux être opéré, dit Jon, buté. Je veux être débarrassé de ces marques.

— À court terme, les interventions augmenteront la douleur.

— Je me fiche de la douleur ! De toute façon, tout n'est pas rose en ce moment.

Précisément le point qu'Anna et Dr Lewis avaient évoqué la veille. Jon vivait dans un monde chaotique et tourmenté dont il devait se préoccuper en priorité. La douleur engendrée par un acte médical lui ferait peut-être oublier ses autres problèmes, mais ne les résoudrait certainement pas. Ce qu'elle lui expliqua avec douceur.

— Nous allons continuer la pommade et les massages, conclut-elle. Cela augmentera les chances de réussite de l'intervention.

Jon secoua la tête en jurant entre ses dents. Puis il se leva et se mit à faire les cent pas.

— C'est complètement... Pourquoi ne faites-vous pas ce que je vous dis ? marmonna-t-il.

Malgré le regard d'avertissement d'Anna, Jamie ne put s'empêcher d'intervenir.

— Hé ! Pour qui te prends-tu ? Anna est ta chirurgienne. Tu dois l'écouter et suivre ses conseils.

Le ton calme mais ferme de Jamie fonctionna. Jon se calma d'un coup.

— Excusez-moi, dit Jon, personnification de la contrition, à présent.

De brusques sautes d'humeur qui confortaient le diagnostic de dépression.

— Vous n'avez pas à vous excuser. Je sais que c'est frustrant, mais le Dr Lewis et moi-même pensons que c'est la meilleure façon de procéder. Le Dr Lewis va vous prendre en charge le temps que vous surmontiez vos difficultés actuelles, et vous reviendrez vers moi ensuite.

— Comme vous voulez, dit Jon en haussant les épaules. Mais les visites de ma belle Anna vont me manquer.

Remarquant la soudaine crispation de Jamie, Anna se sentit rougir. Jon lui avait adressé un simple compliment qui ne représentait rien pour elle... mais qui, venu de Jamie, aurait représenté beaucoup.

— Ce n'est pas un concours de beauté, frérot, dit Jamie avec un sourire qui masquait difficilement son irritation. Anna est ici pour exercer son métier.

Il avait raison, bien sûr, mais pourquoi le préciser ? Les propos de Jon ne portaient pas à conséquence.

— Je ne refuse jamais un compliment, intervint-elle pour essayer de dissiper la soudaine tension qui était apparue.

Jon pouffa, mais Jamie, lui, semblait aussi indigné que si elle l'avait giflé. De toute évidence, la relation que Jamie et elle entretenaient n'était pas aussi claire qu'il y paraissait.

À cet instant, on frappa à la porte, et elle se leva pour aller ouvrir.

Une femme de son âge, chargée d'un bébé et d'un énorme sac, se tenait là. Sa ressemblance avec Jon et Jamie sautait aux yeux.

— Regarde qui voilà ! s'écria Jon. C'est Joshua ?

Il avait recouvré sa bonne humeur, et Jamie lui-même avait perdu sa mine bougonne.

— Oui, j'ai pensé que tu aimerais faire la connaissance de ton neveu.

Puis elle se tourna vers Anna.

— Je m'appelle Caroline. Je suis la sœur de Jamie et Jon.

— Anna Caulder. Il y a cinq minutes, j'étais encore la chirurgienne de Jon.

— Jamie m'a parlé de vous. Merci de vous occuper de mes grands frères.

Ainsi, Caroline pensait que ses frères avaient besoin qu'on s'occupe d'eux...

— Et ça, c'est Joshua.

— Coucou, Joshua, dit Jon d'une voix enrouée d'émotion.

— Mais je ne veux pas vous déranger, reprit Caroline à l'intention d'Anna.

— Non, nous avons terminé, répondit cette dernière, certaine que la visite de sa sœur était une excellente thérapie pour Jon.

Devant le regard appuyé d'Anna, Jamie se leva. Malgré son exaspération évidente, il comprenait que Caroline et Jon avaient besoin de passer un moment seul à seul et que le bébé était un visiteur très précieux. Il quitta la chambre avec Anna et s'arrêta dans le couloir, l'air pensif.

— Et toi, Jamie, y a-t-il quelque chose dont tu souhaites parler ?

Elle outrepassait ses droits et aurait dû laisser au Dr Lewis le soin de poser la question. Mais Jamie était un ami.

— Eh bien, oui, je l'avoue.

Elle vit une ombre d'agacement dans ses yeux.

— Très bien. Allons dans mon bureau.

Anna, bras croisés sur la poitrine, se jucha sur le rebord de la fenêtre.

— Alors, que t'arrive-t-il ?

— Rien...

— Oh ! arrête, Jamie ! Quelque chose te reste en travers de la gorge depuis quelques jours, et c'est en rapport avec mon attitude vis-à-vis de ton frère, alors, j'écoute.

— Tu as été parfaite, dit Jamie plus adepte de la diplomatie que de l'affrontement. Très bonne idée de confier Jon au Dr Lewis.

— Et... ?

— Euh... Jon a un charme fou... Beaucoup de charisme...

— Et ?

Dans un soupir, Jamie finit par répondre :

— Ne t'y laisse pas prendre. Il adore qu'on s'intéresse à lui et a brisé plus d'un cœur.

Dont le mien, songea-t-il avec amertume avant de chasser ce souvenir.

Voyant les joues d'Anna rosir, Jamie sentit son ventre se nouer. Non ! Pas elle ! Elle ne s'était quand même pas laissé ensorceler par Jon !

— Tu trouves que je n'ai pas agi en professionnelle ?

— Ce n'est pas ça. De toute façon, maintenant que tu ne le soignes plus, la question ne se pose plus. Je te donne juste... un conseil d'ami.

— Un conseil d'ami ? Tu crois vraiment que je ne peux pas me retenir de sauter sur mes patients ? marmonna-t-elle.

Bon sang ! Elle faisait exprès de ne pas comprendre ce qu'il voulait dire ! songea Jamie qui commençait à bouillir de colère lui aussi.

— Bien sûr que non ! Mais j'ai vu comment tu le regardais. Je vous ai vus tête contre tête écouter de la musique sur le toit, l'autre soir...

Une image insupportable pour Jamie.

— Comment *oses*-tu ? rétorqua-t-elle d'une voix blanche de rage en venant se planter à quelques centimètres de lui.

— Anna, je ne t'accuse de rien. Simplement, je ne veux pas que tu souffres.

— Si, Jamie. Tu m'accuses d'avoir eu un comportement déplacé avec un patient. Je l'ai trouvé sur le toit. Il était tout seul, et j'ai passé un peu de temps à bavarder avec lui. À *bavarder*, tu comprends le sens de ce mot ? Si j'ai réagi bizarrement quand tu as débarqué, c'est uniquement à cause du regard furibond que tu m'as lancé.

La véhémence de l'indignation d'Anna ne laissait pas place au doute. Jamie avait laissé ses sentiments pour elle brouiller son jugement et sa propre relation avec Jon l'amener à tirer des conclusions hâtives. Il fut alors submergé de honte.

— Je peux m'excuser ? demanda-t-il timidement.

— Un peu, oui ! Mais je ne suis pas certaine que cela servira à quelque chose.

Malgré la dureté de sa réponse, l'expression d'Anna s'était un peu adoucie.

Jamie prit une inspiration. Il n'avait pas le droit à l'erreur.

— Je te présente mes sincères excuses. J'ai dit n'importe quoi en insinuant que tu étais guidée par autre chose que la bienveillance et la générosité. Et tu as raison, ma réaction n'avait rien à voir avec toi et avait tout à voir avec moi. En essayant de m'en prendre à Jon, c'est à toi que je m'en suis pris. Je suis désolé.

Il sentit l'atmosphère s'alléger. S'il avait osé, il aurait serré Anna dans ses bras, et il en tremblait d'émotion.

— Ce sont de très belles excuses, et je les accepte.

Elle lui caressa la main. Une vague de désir déferla en Jamie qui se le reprocha aussitôt. Elle agissait en amie, se dit-il. Après son impardonnable bévue, il n'allait pas en plus se méprendre sur la nature de son geste !

— Merci. Je ne le mérite pas vraiment... Je... euh... crois que je vais aller prendre l'air.

— Où ? demanda-t-elle, un peu inquiète.

Il avait pensé aller lui acheter des fleurs. Quelque chose de coloré et de gai, davantage dans le registre amical que romantique.

— Tu ne dois pas avoir très envie que je reste. Ce que je peux comprendre...

— Et tu files pendant qu'il en est encore temps ?

— Oui, on peut dire ça.

Anna sourit. Au grand soulagement de Jamie, car plus que les paroles ce sourire lui assurait qu'elle l'avait excusé.

— Tu ne files nulle part. Tu t'assois là maintenant.

Elle désignait le siège devant le bureau où Jamie avait installé son ordinateur portable pour travailler.

Il avala sa salive. Ce tête-à-tête allait lui coûter davantage qu'un bouquet de fleurs, mais il le devait à Anna. Il obéit donc et, à sa surprise, la vit tirer une chaise à côté de lui au lieu de s'asseoir derrière son bureau.

— Jon n'est pas le seul à avoir besoin d'aide, je crois.

— Je gère.

— Je vois ça, dit-elle, ironique. Et où en es-tu sur une échelle de 1 à 10 ?

De l'incident précédent, il avait appris, d'une part, qu'il ne pouvait toujours pas oublier la conduite passée de Jon et, d'autre part, qu'il tenait à Anna. Le niveau de douleur et de désarroi qu'il en éprouva, aucune échelle ne pouvait le mesurer.

— Je n'ai pas vraiment commencé. Je n'en suis même pas à 0 sur 10.

— Tu es là et tu aides ton frère. C'est déjà énorme, Jamie, et ça te donne le droit au moins à un 5.

— C'est très indulgent de ta part.

Anna le dévisagea un moment. Jamie aurait préféré ne pas savoir ce qu'elle avait en tête. Hélas ! dans les circonstances présentes, impossible de se soustraire à quoi que ce soit.

— Pourquoi vous êtes-vous brouillés Jon et toi ?

— C'est... Je parie que tu ne vas pas te contenter d'un « c'est du passé ».

Jamie savait d'expérience par ses adolescents que les événements du passé continuaient à exercer leur emprise.

— Gagné ! Et à mon avis, tu sais très bien pourquoi. Quel que soit le motif de votre différend, il vous mine, et il est nécessaire que tu en parles à moi, ou à quelqu'un d'autre. Mais sache que je cherche uniquement à t'aider.

Jamie prit une profonde inspiration et se lança.

— Lorsque c'est arrivé, la plupart des membres de ma famille se sont rangés de mon côté. Caroline était si furieuse contre Jon qu'elle ne lui adressait plus la parole. Je trouvais ça insupportable et je me suis dit que si je n'évoquais plus le sujet, ils finiraient par revenir sur leur position. Je voulais éviter que notre conflit déchire la famille. Hélas ! j'ai échoué.

— Caroline est venue.

— Oui, mais j'ai mis du temps à la convaincre. Je t'en prie, n'imite pas ma famille. Ne rejette pas Jon. Tu es sa chirurgienne, il a besoin de toi.

— Notre déontologie veut que nous exercions la médecine sans crainte ni parti pris, tu le sais, Jamie. Et de toute façon, je ne suis plus sa chirurgienne.

— Je ne veux pas que tu te sentes tiraillée.

— Je ne le suis pas. Je sais exactement quel est mon rôle. C'est toi qui m'importes, et si tu me demandes de ne pas porter de jugement, je m'efforcerai de te satisfaire. Il me sera difficile de ne pas avoir un avis, mais je ne le laisserai pas influencer mon comportement.

Jamie suffoqua presque sous la soudaine chaleur qui envahit sa poitrine. Ainsi il comptait pour Anna. Serait-ce en pensant à lui qu'elle s'était intéressée de plus près à Jon ? À cette idée, il se sentit encore plus honteux d'avoir douté d'elle.

— Ça restera entre nous ?

— Oui, naturellement. Cela restera strictement confidentiel, entre deux amis.

Jamie s'adossa à sa chaise. Il allait enfin pourvoir s'épancher en toute sécurité, sans craindre d'aggraver la situation.

— Merci, Anna.

6

Décidément, la brouille entre les deux frères n'avait pas été causée par une broutille. Mais comme Anna avait promis à Jamie de ne pas porter de jugement, elle se prépara à accepter son récit comme il choisirait de le présenter.

— C'était à Noël, il y a presque trois ans. Jon était revenu en Angleterre la semaine précédente et avait pris une chambre dans un hôtel à cinq minutes de chez mes parents. Moi, j'y étais arrivé le 23 avec ma fiancée, et Caroline devait nous y rejoindre avec son mari et ses enfants le 25. Le but était d'être proches de mes parents sans trop fatiguer ma mère.

Une fiancée ?

Anna dut se faire violence pour ne pas bloquer sur cet unique mot.

— J'étais content de le revoir. Nous nous étions éloignés l'un de l'autre depuis que je m'étais engagé dans mes études et lui dans sa carrière de chanteur. Gill ne l'avait jamais rencontré et elle était très excitée à l'idée de voir cette célébrité en chair et en os.

— Gill, ta... euh... Ta... euh...

— Fiancée, oui. Elle a tout de suite accroché avec Jon. Moi, j'accusais le coup après un mois de décembre chargé, donc je suis allé me coucher en les laissant bavarder tous les deux. Quand je me suis réveillé, le lendemain matin, Gill n'était pas là.

— N'était pas... où ? demanda Anna, la bouche soudain sèche.

— Au lit, à côté de moi. Elle était restée dans la chambre de Jon toute la nuit.

— À parler ? demanda Anna plutôt que d'envisager tout de suite le pire.

— Non. Le 23 décembre, mon jumeau a couché avec ma fiancée, alors qu'il ne la connaissait que depuis quelques heures. Pendant que je dormais dans une chambre voisine de la sienne...

— Oh ! mon pauvre Jamie ! murmura Anna tandis que Jamie s'efforçait de contrôler ses émotions.

— Je l'ai cherchée un peu partout et j'ai fini par frapper chez Jon pour lui demander s'il l'avait vue... Et je l'ai trouvée là, avec lui. Tous deux étaient enveloppés dans des peignoirs fournis par l'hôtel.

— Et... Il n'y avait aucun doute ? Ils avaient... ?

Elle ne concevait pas qu'une femme ait préféré Jon à Jamie, d'où sa difficulté à formuler sa question.

— Comme un imbécile, j'ai continué à faire l'autruche en me persuadant que, pour une raison quelconque, Gill avait préféré utiliser la douche de Jon plutôt que la nôtre. Mais quand elle est revenue avec moi dans notre chambre, elle m'a avoué la vérité : elle était tombée follement amoureuse de Jon, « un être exceptionnel », et elle devait écouter son cœur.

— Je sais que tu dis la vérité, mais je n'arrive tout simplement pas à y croire.

— Moi non plus, je n'y arrivais pas. Plutôt que de prononcer des paroles que je risquais de regretter, je suis parti. J'ai marché pendant des kilomètres avant de décider de retourner à l'hôtel pour leur parler. Ils avaient fait leurs bagages. Jon a eu la décence de faire profil bas, mais moi, j'étais hors de moi.

— À juste titre !

— J'ai essayé de me dominer, mais sans résultat. J'ai craqué. Je me suis mis à hurler en demandant à Gill pourquoi elle n'avait pas pris le temps de réfléchir avant de se jeter bêtement dans les bras de mon frère. Elle a éclaté en sanglots et s'est tournée... vers lui ! Alors, j'ai compris qu'il n'y avait plus rien à dire. Plutôt que d'échanger des insultes, j'ai quitté la pièce et regagné ma chambre où je suis resté jusqu'à ce qu'ils soient partis.

— Où est-elle maintenant ?

Vivait-elle avec Jon et s'était-elle abstenue de l'accompagner ici à cause de Jamie ?

— Je ne sais pas. Ils se sont séparés au bout de deux mois. J'ai entendu dire qu'elle était revenue en Angleterre, mais elle n'a jamais pris contact avec moi. Et franchement, tant mieux ! Ce qui m'a le plus blessé...

Soudain Jamie se décomposa, et Anna lui prit les mains. Il avait raconté son histoire avec beaucoup de retenue, et maintenant qu'il avait trouvé le chemin de ses émotions, il devait les laisser sortir.

— Qu'est-ce qui t'a le plus blessé, Jamie ?

Il leva vers elle des yeux emplis de larmes. Anna resserra les doigts sur sa main.

— Dis-le-moi. Qu'est-ce qui t'a le plus blessé ?

Il dégagea une de ses mains pour s'essuyer les yeux, mais l'autre s'agrippait à celle d'Anna.

— Le peu de temps qu'a duré leur histoire. S'ils avaient vraiment trouvé le grand amour, j'aurais peut-être pu accepter. Mais ils m'ont brisé le cœur pour une aventure de deux mois. Deux mois !

— Et aujourd'hui, tu essayes de lui pardonner.

— C'est mon frère. Je suis obligé. Non, je *veux* lui pardonner...

— Sais-tu pourquoi il a agi de la sorte ?

— Nous n'en avons jamais parlé, mais je suppose que c'est parce qu'il en avait la possibilité, répondit Jamie avec un haussement d'épaules.

— Je suis vraiment désolée, Jamie.

Que dire d'autre ? Peut-être sa présence à ses côtés suffisait-elle. Ce qui semblait être le cas, pour le moment du moins, car ils restèrent assis en silence, main dans la main. Un baume apaisant certes, mais dont Jamie ne pourrait se contenter s'il voulait un jour tourner définitivement la page.

— J'ai une suggestion...

— Vas-y, insista Jamie avec un sourire. Moi, je suis à court d'idées.

— Tu n'as quasiment jamais parlé de cette affaire, n'est-ce pas ?

Jamie comprit immédiatement où elle voulait en venir.

— Je n'ai jamais pris le temps d'aller consulter un des psychologues de l'association.

— Comme tu les connais personnellement, ils ne sont pas les mieux placés pour t'aider. Les séances que Jon a suivies ici, à la clinique, se sont révélées bénéfiques.

— Tu penses que je devrais y participer ? Non. Je suis certain que ni l'un ni l'autre nous n'y sommes prêts.

— Vraisemblablement. Mais peut-être que si tu parles à un collègue du psychologue qui suit ton frère, cela pourrait créer un terrain d'entente qui vous permettrait de vous réconcilier le moment venu.

— Ce n'est pas bête, commenta Jamie après un temps de réflexion. Ça pourrait marcher. Après tout, je ne risque rien.

— Et vous avez tous les deux beaucoup à y gagner. Même si tu ne lui pardonnes pas entièrement, au moins, tu analyseras ton ressenti par rapport à cette histoire. Et puis, tu auras essayé et tu ne pourras rien te reprocher. Tu auras fait de ton mieux pour aller de l'avant, ajouta-t-elle avec un sourire.

— Tu m'as volé la devise que je serine à mes ados ! Tu n'as vraiment pas de scrupule ?

— Non, aucun, s'amusa Anna.

Et surtout pas quand il s'agissait de Jamie. À ce moment précis, elle aurait tout donné pour l'aider à se sentir mieux.

— C'est une bonne idée, et je vais y réfléchir. Y réfléchir sérieusement..., ajouta-t-il en lui pressant les doigts, un geste auquel elle répondit. Et tu te situes où dans tout ça ?

Une question qui méritait effectivement d'être examinée.

— Concrètement, comme l'infirmière spécialisée dans la viabilité des tissus s'occupe des soins aux brûlures de Jon et que nous avons reporté l'intervention chirurgicale, je resterai à l'écart. Je vais officialiser la situation avec le Dr Lewis.

Jamie savait ce que cela signifiait : tout en continuant à veiller sur Jon parce qu'il était accueilli dans la clinique, elle aurait davantage de liberté pour définir la nature de sa relation avec lui, Jamie. Mais il avait besoin de l'entendre de sa bouche.

— Je n'interviens donc pas dans le suivi psychologique de Jon ou le tien. Je suis juste ton amie.

Le vert mousse des yeux de Jamie devint soudain lumineux.

Il leva lentement la main d'Anna jusqu'à sa bouche, et bien qu'il ne l'ait qu'effleurée de ses lèvres, l'effet fut électrisant.

— Pourquoi « juste ton amie » ? Pourquoi pas « ton amie » tout court ? demanda-t-il.

Jamie était assis dans la cafétéria et buvait du thé dans une tasse en porcelaine avec une fillette d'une dizaine d'années qui jouait les grandes dames. Ses cheveux noirs étaient soigneusement tressés en une grosse natte, et elle portait un haut de survêtement rose, des chaussures de base-ball assorties et un jean. Un joli petit sac à dos bleu était accroché à sa chaise, et un livre à la couverture rose pailletée était posé entre Jamie et elle.

Jugeant d'après leur attitude qu'il aurait été inopportun d'interrompre leur conversation, Anna décida d'emporter son café dans son bureau. Mais Jamie l'aperçut et la héla.

— Anna, je te présente Jessica, l'aînée de Caroline. Tu t'assieds avec nous ?

Convaincue qu'il ne l'invitait pas par politesse, elle approcha une chaise pour se joindre à eux.

— Anna est mon amie, Jessica, dit Jamie, provoquant un tressaillement dans le cœur d'Anna.

— Nous prenons le thé, précisa Jessica d'un ton qui indiquait que c'était un rituel bien établi entre son oncle et elle. Ça fait du bien une conversation d'adulte de temps en temps.

— N'est-ce pas ? dit Jamie avec un petit rire. Jess a des petits frères, et il leur arrive de se disputer.

— Tu en as combien ?

— Trois. Les jumeaux ont cinq ans et Joshua onze mois.

— Ça doit faire du bruit !

— Oui, parfois. Ils n'ont pas le droit de venir dans ma chambre. C'est maman qui l'a dit. Je les aime bien, quand même. La plupart du temps...

Sur cette déclaration, Jessica finit sa tasse de thé puis rangea avec précaution son livre dans son sac à dos.

— Tu remontes voir ta mère et oncle Jon ? demanda Jamie.

— Oui. N'oublie pas ce que je t'ai dit, oncle Jamie.

— Pour qui me prends-tu ? répliqua Jamie, une main sur le cœur, avec cette expression d'innocence qui amusait toujours Anna. Tu te rappelles le chemin ?

Jessica leva les yeux au ciel.

— Ce n'est pas la peine que tu viennes avec moi, oncle Jamie. Je peux y aller toute seule.

— Je sais ! Je vais t'accompagner jusqu'à la porte et j'en profiterai pour prendre un autre thé, dit-il tout en adressant un discret clin d'œil à Anna.

Cette dernière l'observa traîner à l'entrée de la cafétéria, s'assurant, de toute évidence, que sa nièce ne s'égarait pas. Une fois rassuré, il passa un bref appel sur son portable, probablement pour prévenir Caroline de l'arrivée imminente de sa fille, et alla commander… du café.

— C'est adorable de ta part, dit Anna avec un sourire alors qu'il reprenait sa place à la table.

— Tu trouves ? demanda-t-il avec ce satané air innocent. Moi aussi, j'aime bien les conversations entre adultes. Jess a décidé de me prendre en main.

Il écarta sa tasse de thé encore à moitié pleine et but une gorgée de café.

— Elle est au courant pour Jon et toi ?

— Quand c'est arrivé, elle avait l'âge de comprendre que quelque chose de grave se passait. Mais elle était trop jeune pour cerner exactement l'affaire. Ce n'est pas facile pour elle.

— Mais tu lui as expliqué la situation.

— Elle sait que ses deux frères, les jumeaux, se disputent, se réconcilient et deviennent de nouveau les meilleurs amis du monde. Je lui ai dit que, pour les adultes, les choses sont parfois un peu plus compliquées, mais que je l'aimerais toujours et son oncle Jon aussi. Elle m'a donné une liste de cinq résolutions à prendre pour me réconcilier avec Jon.

Jamie avait bâti une formidable relation avec sa nièce. Oncle protecteur, il veillait à ce que rien de fâcheux ne lui arrive tout en discutant avec elle d'égal à égal. Anna avait été fascinée par les relations complexes à l'œuvre dans la grande famille de son ex-mari, et cette atmosphère lui manquait. Elle ne la trouvait plus à présent qu'à la clinique et se sentait investie de la même mission que Jessica : instaurer la paix dans la mesure du possible.

— Euh... Ton nom est venu sur le tapis pendant ma séance avec la psychologue, murmura Jamie, les yeux à présent rivés sur son café.

— Ah bon ? Rien ne t'oblige à en parler. Ce que tu dis pendant ces séances reste entre ta thérapeute et toi.

Mais Anna sentit ses oreilles devenir écarlates.

— Rien non plus ne m'interdit d'en parler, répliqua Jamie en lui jetant un regard pensif.

— C'est vrai.

Anna retint son souffle... et s'en voulut. Ce qui se passait pendant ces séances ne la regardait pas, mais elle était malgré tout dévorée par la curiosité. Qu'avait-il dit sur elle ?

— Je parlais avec elle du prochain week-end. Samedi, j'emmène Jon chez moi, à Hastings, et Caroline viendra aussi avec les enfants.

— Oui, Caroline l'a mentionné l'autre jour. C'est une bonne idée. Jon va beaucoup mieux depuis quelques jours, et cette escapade lui fera du bien...

Anna acheva sa phrase dans un murmure. Que lui prenait-il de tout ramener à Jon alors qu'elle était là pour parler de Jamie ?

— J'ai mentionné que tu nous avais aidés tous les deux à apaiser notre relation et que tu nous étais devenue indispensable. Caroline est géniale, mais elle est trop impliquée et se met dans tous ses états dès qu'il y a le moindre risque que nous nous disputions Jon et moi.

— Il t'asticote, n'est-ce pas ?

Anna avait remarqué les piques que Jon lançait à son frère. Jamie, l'être le plus placide qu'elle ait connu, les ignorait, mais il bouillait intérieurement de colère.

— Jon s'est toujours montré plus impatient que moi. Il a beau faire bonne figure et assurer qu'il se sent plus en forme, il est encore fragile. Mon rôle est de maintenir la paix et de l'aider au mieux.

C'était une façon d'aborder la situation, mais qui prenait davantage en compte Jon que Jamie.

— Tu as peut-être raison, Jamie. Qu'attends-tu de moi ?

— Quelque chose d'énorme… et que tu dois décider au débotté. Tu es probablement très prise…

— Merci. Tu m'as fourni une excuse pour refuser. Maintenant donne-moi une raison de l'utiliser.

Jamie eut un petit rire avant de répondre :

— Je me demandais si tu accepterais de venir avec nous. Pas pour jouer les arbitres entre Jon et moi, mais pour que nous passions une journée à la campagne ensemble. Oh ! bien sûr, ta présence me rappellera aussi de me dominer.

Le seul fait qu'il ait osé lui lancer cette invitation prouvait qu'il attachait beaucoup d'importance à sa venue.

— C'est un week-end en famille, Jamie. Caroline risque de penser que je m'incruste, non ?

— Non. Je lui en ai parlé, et elle trouve que c'est une très bonne idée. Comme des contraintes professionnelles empêchent son mari, Harry, de se joindre à nous, elle espère probablement ne pas être la seule adulte là-bas.

— Et toi, qu'espères-tu ?

— Me montrer un hôte parfait. D'après Caroline, si tu es là, Jon et moi veillerons à bien nous tenir. Elle pense que tu nous mènes par le bout du nez.

Il lui adressa son sourire innocent le plus irrésistible, et Anna se sentit fondre.

— Je ne sais vraiment pas où elle est allée chercher ça, dit-elle, les joues en feu.

Anna n'en revenait pas. Non seulement on la soupçonnait de mener les deux frères par le bout du nez – ce qui la troublait surtout en ce qui concernait Jamie —, mais ce dernier lui proposait de participer à une réunion familiale !

— Je t'ai mise mal à l'aise. C'est une mauvaise idée. Je n'aurais pas dû demander…

Visiblement gêné, Jamie faisait machine arrière à toute allure.

D'un simple mouvement de tête, elle arrêterait tout. Ils boiraient leur café, et elle s'inventerait un projet pour samedi. Cela aurait été la meilleure solution… si Jamie n'avait pas eu besoin d'elle. Elle se rappelait son regard quand il les avait présentés comme amis. L'amitié semblait être pour lui la chose la plus importante au monde.

— Si, tu as bien fait de demander. Parce que j'ai très envie de venir.

— C'est vrai ? dit-il sans cacher sa surprise.

— Nous pourrions parler entre adultes, si tu veux. De sujets sans conséquence… Comme la météo, par exemple.

— Ce serait génial ! dit Jamie en riant.

7

La sortie de la clinique de Jon et son frère, le samedi matin, se fit sous le crachin. En galant homme, Jon laissa Anna s'installer à l'avant de la voiture et lui tint la portière ouverte avant de prendre lui-même place à l'arrière. Une courtoisie que Jamie feignit de ne pas remarquer.

Alors qu'ils quittaient Londres, le ciel se dégagea un peu, et à leur arrivée chez Jamie, dans le Sussex, le soleil brillait. Le SUV gris métallisé de Caroline était déjà garé dans l'allée du vieux bâtiment de ferme construit à l'écart de la route. La porte de la maison s'ouvrit d'un coup.

— Oncle Jamie ! s'écrièrent les jumeaux en se précipitant vers lui.

Il les prit chacun avec un bras et se mit à tournoyer avec eux.

— Que faisiez-vous, petits monstres ?

— Des bonshommes en pain d'épice.

— Super ! Vous en avez préparé un pour oncle Jon ?

— Oui !

Jon, encore sur la réserve avec les enfants, observait la scène.

— Pourquoi n'allez-vous pas le lui montrer ? reprit Jamie en reposant les enfants par terre.

Ben, le plus timide des deux, ne bougea pas, mais Thomas prit Jon par la main et l'entraîna dans la maison.

Jamie, un sourire béat aux lèvres, entra à son tour, suivi par Anna.

Jon fut propulsé à travers le vestibule jusque dans la cuisine où régnait une vraie pagaille. Mais Jon n'y prêta aucune attention.

Caroline s'évertuait à enlever du glaçage des cheveux de Joshua tandis que Jessica répartissait les bonshommes en pain d'épice dans des assiettes en porcelaine désassorties.

— Celui-là, c'est le tien, oncle Jon, annonça Thomas, le doigt pointé vers un personnage à la poitrine maculée d'un gros pâté jaune de glaçage. Avec une guitare.

— Waouh ! Génial ! commenta Jon, tout sourire à présent.

— Vous en avez fait un pour Anna aussi ? demanda Jamie.

Ben hocha la tête en guise de réponse.

— Bien sûr ! intervint Caroline. Tu as un gros paquet de jaune sur la tête, Anna.

— Allez vous asseoir tous pendant que je prépare le café et que Jess termine sa répartition, dit Jamie en échangeant un sourire avec sa nièce.

— Non, il faut que je range un peu, protesta Caroline.

Mais Jamie ne voulut rien savoir et chassa tout le monde de la cuisine en disant :

— Je m'en charge. C'est plus facile quand on n'a personne dans les pattes.

Jon, fatigué par le voyage, se laissa tomber dans un fauteuil. Les enfants s'installèrent devant la cheminée pour jouer, et Anna profita de ce moment de calme pour regarder autour d'elle.

Le salon était... spécial. Le papier avait été enlevé, et on s'était contenté de colmater les fissures dans les briques au-dessus de la cheminée sans les enduire. Le vieux parquet, usé par les années, était piqué par les vers et constellé de taches. Quant à l'âtre, il avait lui aussi subi les outrages du temps. En revanche, la longue table en bois, avec une lampe en verre à chaque extrémité, était immaculée et impeccablement cirée tout comme les bibliothèques et les meubles. Les canapés et les fauteuils étaient d'une propreté parfaite. Une alliance harmonieuse et pleine de caractère de vieux et de neuf...

— C'est sympa, n'est-ce pas ? demanda Caroline qui avait observé Anna.

— Oui, très. Si j'avais su que l'absence de décoration produisait un tel effet, je ne me serais pas cassé la tête chez moi. Cela dit, je suis sûre que rien n'a été laissé au hasard dans l'aménagement de cette maison.

— Exact. Quand Jamie l'a achetée, elle était très délabrée. Il a décrété que tout le mobilier serait neuf et que le reste demeurerait en l'état. Au départ, j'étais sceptique, mais mon mari, Harry, qui est architecte, a tout de suite compris le concept. À présent, moi aussi je trouve que ça fonctionne très bien.

À condition d'avoir l'œil pour choisir des meubles dépareillés, mais qui vont bien ensemble. Des fauteuils et des canapés tous différents, mais tapissés dans des tons complémentaires bordeaux et rouille. Simple à première vue, l'ensemble cachait une cohérence étudiée.

Jessica apparut alors, portant avec précaution deux assiettes avec un bonhomme en pain d'épice dans chacune, l'une pour Jon et l'autre – la plus belle – pour Anna. Puis elle repartit en courant vers la cuisine chercher les deux suivantes tandis que Jamie apportait le café.

— Pourquoi m'avez-vous fait des cheveux verts ? demanda Jamie, amusé.

— Le glaçage vert était censé être pour tes yeux, expliqua Caroline. Considère ça comme une licence artistique.

— En tout cas, il est délicieux, Jessica, déclara-t-il après avoir goûté une jambe de son bonhomme.

Jessica lui adressa un sourire discret, visiblement contente que son oncle ait remarqué son rôle dans la préparation.

— Tu as fait un sacré boulot depuis la dernière fois que je suis venu ici, dit Jon en parcourant le salon du regard. Et du bon boulot !

— Tu veux visiter le reste ? demanda Jamie, un peu hésitant.

— Oui, avec plaisir. Merci.

Bien sûr, les échanges d'une politesse un peu guindée entre les deux frères manquaient de chaleur. Cela dit, ils se parlaient et, de toute évidence, cette invitation à Hastings avait touché Jon.

D'un regard, Jamie proposa à Anna de les suivre, et elle ne se fit pas prier, car elle était curieuse elle aussi de voir comment il avait arrangé les autres pièces.

Le même style éclectique régnait partout. Dans la salle à manger, une grande table cirée trônait au milieu de bibliothèques et de vaisseliers. Jamie traversa un couloir qui menait de l'autre côté de la maison – où devaient se trouver les chambres, supposa Anna – et les conduisit jusqu'à la cuisine et la véranda attenante.

— Ce doit être bien agréable en été, dit Anna en admirant la vue sur la campagne.

— Oui, et en hiver aussi. Avec mes deux radiateurs d'appoint, c'est très confortable. L'année dernière, je me suis installé ici et j'ai regardé la neige tomber.

Le calme du lieu fut brusquement troublé par l'irruption des jumeaux.

— Pourquoi tu ne montres pas nos voitures à oncle Jon ? demanda Thomas en tirant sur la main de Jamie.

Jamie s'accroupit devant les deux petits.

— Quelles voitures ?

— Tu sais bien ! Celles que nous construisons. Hein ! que tu veux les voir, oncle Jon !

Jon était visiblement tiraillé. D'un côté, il se sentait incapable de dire non à son neveu, de l'autre, il voulait montrer à quel point il était sensible à l'hospitalité de son frère.

— Oui, mais plus tard, Thomas. Pour le moment, oncle Jamie me montre sa maison.

En un parfait ensemble, les jumeaux manifestèrent leur déception.

— Écoutez... Emmenez donc oncle Jon voir vos petites voitures, intervint Jamie, soucieux de briser la réserve que les deux petits manifestaient encore à l'égard de leur oncle.

Puis il ajouta à l'adresse de Jon :

— Le jardin ne va pas se sauver. On pourra y aller plus tard.

— Merci, dit Jon en tendant les mains aux deux gamins qui l'entraînèrent dans la maison.

— Voilà qui nous laisse quelques minutes pour parler entre adultes comme tu l'as promis, Anna. Cela t'intéresse-t-il de voir comment j'ai arrangé le jardin ?

— Oui ! Mais il faut d'abord que j'aille mettre mes baskets.

— Je t'attends ici.

Le jardin ressemblait beaucoup à la maison : quelques éléments attiraient l'œil dans un environnement apparemment sauvage. Ici, nichée dans le feuillage, une petite vasque en pierre pour les oiseaux, polie par les années. Là encore, une dépendance en brique dont le jaune pâle des vieux murs contrastait avec le gris des ardoises neuves du toit. L'ensemble était façonné par la nature, mais la main de Jamie lui avait donné une touche magique.

— Cela fait combien de temps que tu habites ici ? demanda Anna alors qu'ils s'éloignaient de la maison par une allée tortueuse.

— Six ans. Le jardin n'est pas terminé. Et il ne le sera peut-être jamais...

— Je m'attendais à quelque chose de plus discipliné, de plus domestiqué.

— Tu me prends pour un maniaque, c'est ça ?

— Tu ne laisses jamais rien au hasard, il me semble.

— C'est différent, répondit Jamie avec un petit rire. Je sais quel objectif je veux atteindre, mais je n'ai pas d'idée préconçue sur la façon de l'atteindre.

— D'après Caroline, la propriété était passablement délabrée quand tu l'as achetée. Cela a dû demander beaucoup de travail pour la remettre en état.

— C'est comme un violon d'Ingres pour moi. Je travaille beaucoup pendant la semaine, alors ici je me détends et je me laisse porter par l'environnement.

Les mains enfoncées dans les poches, Jamie se tourna vers la maison.

— J'ai eu l'intuition de son potentiel lorsque je l'ai achetée, mais mon projet n'a vraiment pris forme qu'une fois que j'ai eu jeté tout ce qui avait appartenu à l'ancien propriétaire et mis les murs à nu.

Anna comprit qu'il s'agissait là de sa version d'une thérapie : un moment pour lui dans un travail prenant. À moins qu'il ne s'agisse d'une autre version de son travail : savoir où il voulait aller en laissant l'itinéraire se définir tout seul.

— Il ne t'arrive pas de te sentir seul ici ?

— Au départ, je ne devais pas y vivre seul.

— Pardon... Je ne voulais pas remuer le couteau dans la plaie.

— Ce n'est pas grave. C'est la vie. Les choses n'ont pas tourné comme je l'avais prévu, mais j'ai quand même beaucoup de chance. Quand j'ai envie de voir des enfants courir dans la maison, j'appelle Caroline. Elle en a toujours quelques-uns à me prêter.

Il voulait donc avoir des enfants. Rien d'étonnant étant donné la façon dont il s'y prenait avec ses neveux et sa nièce et en quelle estime ceux-ci le tenaient. Un rappel à point nommé qu'en s'approchant trop près de Jamie elle se préparait à une douloureuse déconvenue.

— Et toi, Anna, tu n'as jamais voulu te ranger ?

— Mais je le suis. J'ai un appartement, un métier...

— Ouais..., dit-il en reprenant sa marche dans l'allée.

Anna se reprocha sa sécheresse tandis qu'elle lui emboîtait le pas. Après tout, pourquoi ne lui révèlerait-elle pas les faits importants de sa vie ?

— Je me suis mariée il y a six ans, mais nous nous sommes séparés au bout d'un an.

— Je suis désolé.

— Oh ! pas de souci ! En réalité, nous n'aurions jamais dû nous mettre ensemble, car nous n'aspirions pas aux mêmes choses.

Ce qui était faux. Tous deux avaient voulu des enfants, et quand il s'était révélé qu'elle ne pourrait pas en avoir, Daniel était revenu sur sa promesse de se satisfaire de leur vie à deux.

— Ça fait un coup, quand même, dit Jamie en la regardant d'un air pensif. On croit aller dans une direction et, tout à coup, on doit en changer.

— C'est vrai. Mais c'est du passé maintenant. J'adore mon métier et j'y consacre toute mon énergie.

Il ne répondit pas. Parce qu'il ne la croyait pas ? Aurait-elle manqué de conviction en invoquant son sacerdoce professionnel ? Quoi qu'il en soit, elle n'en dirait pas davantage et, heureusement, il n'insista pas.

— Tu veux voir les ruches ? proposa-t-il alors qu'ils s'éloignaient de plus en plus de la maison.

— Des ruches ? Combien de terrain possèdes-tu donc ?

— Il va jusqu'aux arbres, là-bas. Nous avons aussi une prairie de fleurs sauvages pour les abeilles et un verger. Je vais avoir des pommes, cette année.

— Où trouves-tu le temps de t'occuper de tout ?

Jamie avait beau être un bourreau de travail, cela ne suffisait pas à expliquer tout ce qui avait été réalisé ici.

— J'ai de l'aide. Au club de jeunes organisé par mon association, deux garçons qui n'avaient pas trouvé de travail à la sortie de l'école ont décidé de se prendre en main et de monter une entreprise de jardinage. Je leur ai donné quelques conseils pratiques, je les ai inscrits à une formation et, ensuite, je suis devenu leur premier client.

Du Jamie tout craché d'inclure ses jeunes protégés dans son projet !

— Ils ont fait du bon boulot.

— Leur enthousiasme a compensé leur manque d'expérience. Au prix de quelques déboires, ils ont appris de leurs erreurs et, maintenant, ils sont à la tête d'une petite affaire qui marche bien. Ils passent une journée par semaine ici et feignent de considérer mes suggestions avec intérêt. Alors, je n'ai pas à me plaindre.

— J'aimerais bien voir le verger.

— Tant pis pour les abeilles, alors.

Il la conduisit jusqu'à un champ de jeunes arbres suffisamment espacés pour leur permettre de se développer. Jamie lui nomma les différentes variétés, précisant s'il s'agissait de pommes à cuire ou à couteau.

— Celle-ci paraît mûre à point, dit-il en montrant une pomme rouge dans les branches au-dessus de la tête d'Anna. Tu veux la goûter ?

— Ah ! volontiers ! Tu peux la cueillir ?

— Elle sera meilleure si tu le fais toi-même. Veux-tu que je t'aide ? ajouta-t-il après une brève hésitation.

— Euh... Oui, d'accord.

Elle sentit les mains de Jamie se poser sur sa taille et la soulever. Elle mit les bras sur sa poitrine en sentant son corps se raidir, car les couches de vêtements chauds n'atténuaient pas les effets de cette proximité physique avec Jamie.

— Euh… Tu pourrais me soulager en t'accrochant à moi, s'il te plaît ?

La voix de Jamie était tendue par l'effort.

— Oh ! Pardon !

Elle enroula les jambes autour de la taille de Jamie et s'agrippa d'une main à son épaule.

— Parfait ! Tu es plus légère comme ça !

Jamie se stabilisa sur ses jambes, et Anna se sentit soudain en sécurité. Elle leva un bras et fit tourner la pomme pour la décrocher.

— Oh ! zut ! Elle est véreuse.

— Prends-la quand même. On l'utilisera pour la cuisine. Et l'autre, un peu plus haut ? La rouge rubis, elle a l'air intacte.

Quand Anna la saisit, la queue se sépara aussitôt de la branche, signe que le fruit était bon à cueillir. Jamie laissa alors Anna glisser avec précaution jusqu'au sol, et elle dut à regret s'écarter de lui.

— Maintenant, ferme les yeux, Anna.

Les lèvres de Jamie s'étirèrent en un sourire dont aucune femme saine d'esprit n'aurait voulu manquer une seconde. Anna obéit cependant avant de planter les dents dans la chair fraîche et sucrée de la pomme. Rien à voir avec celles du supermarché.

— Elle est délicieuse. Tu veux goûter ? ajouta-t-elle après avoir rouvert les paupières.

— Oui, je veux bien, répondit-il en avançant d'un pas, une main posée sur la taille d'Anna.

Ses yeux verts avaient soudain foncé, brillant d'un désir qui affola instantanément le cœur d'Anna. Et, d'un coup, elle oublia la pomme. Elle n'aspirait plus qu'à se serrer contre lui.

Elle leva une main pour lui caresser la joue du bout des doigts, avec une extrême douceur, une extrême délicatesse. Comme il accentuait la pression sur sa taille, elle mit une main sur son épaule. Ils ne se quittaient pas des yeux, chacun épiant les réactions de l'autre à chaque nouvelle initiative. Ils étaient à présent presque enlacés…

Se hissant sur la pointe des pieds, elle lui effleura la joue des lèvres, et il l'attira un peu plus près.

— J'ai envie de t'embrasser, dit-elle.

— Et je t'embrasserais volontiers en retour…

Toujours sur la pointe des pieds, elle approcha les lèvres des siennes, et il s'empara de sa bouche.

Elle avait un goût de pomme et de rosée.

Jamie sentit les bras d'Anna se resserrer autour de son cou, le tirer vers elle… Dans un moment de pure jubilation, il comprit qu'ils étaient animés du même désir dévorant.

— Aurais-je oublié de te dire à quel point tu es belle ? murmura-t-il contre sa bouche.

— Oui, tu as oublié. Tu m'as seulement fait remarquer que j'avais mal attaché mes cheveux, l'autre jour.

— Je suis un mufle.

Un mufle à qui rien de ce qui concernait Anna n'échappait. Un mufle qui rêvait de ce moment depuis très longtemps… tout en le redoutant.

— Tu es pardonné pour cette fois. Après tout, cet épisode n'était pas vraiment prévu dans notre feuille de route.

Jamie fut ainsi brutalement ramené sur terre.

— Non, c'est vrai.

— Ce n'est pas grave. Nous traînons tous les deux notre passé.

Comme il s'en était douté, elle ne lui avait pas tout dit. Personne ne divorçait au bout d'un an de mariage sans en être profondément marqué.

— Tous les deux ?

— Il n'y a rien à raconter, si c'est ce que tu cherches à savoir.

— Tout le monde a quelque chose à raconter. Mais si tu préfères te taire, pas de problème.

— Tu as bien deviné. Je préfère me taire.

Elle leva la tête vers lui, et plus rien n'eut d'importance que les yeux bleu clair d'Anna.

— Puisque nous nous sommes fixé la même ligne d'arrivée, nous pouvons nous autoriser une petite diversion en chemin.

— Tu n'es pas du tout une diversion.

Il lui importait qu'Anna sache que ce qui venait de se passer comptait pour lui.

— Merci, dit-elle en souriant. Dans ce cas, tu peux encore m'embrasser.

Elle n'eut pas à le lui répéter…

Il venait de découvrir une Anna passionnée et, en même temps, qui gardait les pieds sur terre. Elle lui avait fait comprendre que cet épisode n'était pas un moment d'égarement à oublier rapidement et qui aurait réclamé des excuses et des remords, mais simplement qu'ils devaient s'arrêter avant d'être entraînés sur un terrain où ni l'un ni l'autre n'était prêt à aller.

Intellectuellement, cela ne posait pas de problème à Jamie, et il finirait par convaincre son cœur aussi. Pour le moment, cependant, il ne pouvait l'empêcher de battre au rythme de celui d'Anna, de s'affoler devant son sourire tandis qu'ils emplissaient leurs poches avec les pommes à cuire tombées à terre.

— Que dirais-tu de mûres avec les pommes ? demanda Anna en s'arrêtant devant des buissons sur le chemin du retour.

— Bonne idée, répondit Jamie, les mains prêtes à recevoir les baies. Nous les donnerons à Caroline. Elle pourra en faire une tourte, demain.

Il serait bien resté toute la journée à cueillir des fruits avec Anna. Ensuite, ils auraient passé la soirée devant la cheminée, par exemple, à faire griller des châtaignes en se laissant peu à peu envelopper par la nuit. Mais il avait des invités et devait enfourner les lasagnes qu'il avait préparées puis sortir la salade du réfrigérateur.

— Nous ferions bien de rentrer, dit Anna gentiment, comme si elle avait lu dans ses pensées. Une mission importante t'attend.

— Tu as raison. Mais, honnêtement, je préférerais rester…

— Je sais. Mais tu ne peux pas rater cette occasion.

C'était vrai. Jamie souhaitait de toutes ses forces voir sa famille de nouveau réunie, et Anna semblait en avoir conscience.

Sans rien ajouter, elle prit le chemin de la maison, et Jamie la suivit.

8

La journée se passait agréablement. Après le déjeuner, les jumeaux et Jessica étaient sortis dans le jardin. Jamie avait allumé le feu dans la cheminée du salon et laissé Jon s'assoupir devant puis, chassé de la cuisine par Caroline, il était allé dans le jardin surveiller ses neveux et sa nièce.

— Il est génial avec les enfants, commenta Caroline qui essuyait l'abondante vaisselle avec Anna. C'est dommage...

— ... qu'il n'en ait pas ? dit Anna la gorge nouée.

— Oui. Remarque, je comprends sa prudence après son histoire avec Gill. Malgré tout, ce serait bien qu'il tourne la page.

— Il va peut-être réussir. Jon et lui semblent sur la voie de la réconciliation.

— Tu crois ? demanda Caroline, visiblement sceptique.

— C'est l'impression qu'ils donnent, en tout cas.

— Oui, ils sont polis l'un envers l'autre. On voit quand même que Jamie ronge son frein lorsque Jon l'asticote.

— C'est vrai, mais c'est un début, dit Anna en soupirant.

Comme Joshua commençait à s'agiter dans son trotteur, Caroline demanda à Anna de s'en occuper le temps qu'elle range.

Celle-ci le prit donc dans les bras et s'assit avec lui à la table de la cuisine. Aussitôt, Joshua, la mine réjouie, lui attrapa une mèche de cheveux.

— Il a les yeux verts ! s'écria-t-elle, abasourdie par la ressemblance avec Jamie.

Caroline éclata de rire.

— Ce n'est pas juste, hein ? Personnellement, j'ai tiré des yeux d'un brun terne à la loterie génétique, et mon fils, lui, de magnifiques yeux verts.

Anna embrassa le bébé qui, agrippé à son pull, se mit à gazouiller. Des câlins dont elle devrait se contenter, car jamais elle ne tiendrait dans ses bras l'enfant de Jamie, songea-t-elle en essuyant prestement une larme avant que Caroline la remarque.

— Il est tellement mignon...

Sentant sa voix trembler, elle se tut.

— Et toi, tu comptes en avoir ? demanda Caroline en poursuivant son rangement.

Si seulement ! Si elle avait eu le moindre espoir de donner à Jamie un beau bébé aux yeux verts comme Joshua, elle aurait laissé les choses aller plus loin avec lui. Elle lui aurait montré que la déception amoureuse dont ils avaient tous les deux souffert appartenait au passé. Un rêve irréalisable, bien sûr.

— Je ne sais pas. Mon travail m'occupe beaucoup.

— Carrière et enfants ne s'excluent pas nécessairement. J'ai levé le pied pour ma vie professionnelle, mais je continue quand même à travailler deux jours par semaine. C'est essentiel pour ma santé mentale !

— Qu'est-ce que tu fais comme métier ? demanda Anna pour changer de sujet.

— Je suis sage-femme. Avec Harry, nous avons décidé de nous arrêter après Joshua. J'en aurais bien eu d'autres, seulement les enfants, ce n'est pas tout de les mettre au monde, il faut les élever. Or, nous ne savons déjà plus où donner de la tête...

Anna, absorbée par ses propres pensées, n'écoutait plus vraiment.

Le choc du divorce digéré, elle s'était reprise en main, s'était fait une raison à propos de sa stérilité et avait remis sa vie sur les rails. Au lieu d'être obnubilée par ce qui lui était interdit, elle se concentrait désormais sur les possibilités qui lui étaient ouvertes. Plus facile à dire qu'à faire avec un bébé sur les genoux !

— Les enfants s'amusent bien au jardin, dit Caroline. Profitons-en pour boire un café, qu'en dis-tu ?

— Avec plaisir.

Elle aurait aimé rendre son fils à Caroline. Le petit lui rappelait trop douloureusement qu'elle ne connaîtrait jamais les joies de la maternité.

— Je me demande où est passé Jamie. Il voudrait peut-être...

Caroline s'arrêta net en entendant des voix en provenance du salon. Des voix de plus en plus fortes.

« Tu es parti, Jamie ! »

« Ah ! d'accord ! Du coup, tu avais tous les droits, c'est ça ? Tu n'as rien trouvé de mieux pour te venger de mes choix professionnels que de coucher avec ma fiancée. »

— Oh non ! Juste au moment où j'espérais qu'ils allaient se rabibocher ! marmonna Caroline.

Ignorant le babil de Joshua, les deux femmes tendirent l'oreille pour écouter la suite.

« J'avais besoin de toi, Jamie. Nous avions un rêve, et tu l'as abandonné. »

« Non. Toi, tu avais un rêve, Jon. Tout tournait autour de toi. Et c'est toujours le cas. »

Le bruit sourd de la chute d'un objet parvint du salon, et Caroline sursauta, en pleurs. Nul doute qu'elle avait redouté cette scène entre les deux frères.

Anna se leva et rendit Joshua à sa mère.

— Je vais arrêter ça.

— Comment ?

— Je n'en ai pas la moindre idée...

Elle ne savait qu'une chose : elle devait intervenir. Pour Jamie.

Elle entra résolument dans le salon. Les deux frères étaient debout, engagés dans un duel de regards, chacun essayant de faire baisser les yeux à l'autre. Le livre qui avait été posé sur la table basse à côté du fauteuil de Jon gisait à l'envers dans la cheminée.

— Ça suffit !

Jamie tressaillit au son de la voix d'Anna et recula d'un pas, mais Jon continua à brandir un doigt en direction de son frère.

— Allez ! Vas-y ! Joue les victimes ! Pourquoi ne...

— Ça suffit, j'ai dit !

Anna s'interposa entre eux et sentit la main de Jamie se

poser doucement sur son épaule pour essayer de l'écarter. Elle se dégagea et se planta devant Jon.

— Assieds-toi, Jon.

C'était la première fois qu'elle le tutoyait.

— Pourquoi moi ? marmonna-t-il tandis que Jamie essayait de nouveau d'éloigner Anna.

— Tous les deux. Reculez et asseyez-vous.

Il y eut un moment de silence... Jon finit par obéir, bientôt imité par Jamie qui s'installa dans le fauteuil de l'autre côté de la cheminée. Anna prit une profonde inspiration.

— Vous devriez avoir honte. Tous les deux... Si vous voulez vous disputer, faites-le là où Caroline et les enfants ne vous entendront pas. Vous ne croyez pas qu'ils en ont assez bavé ?

Le visage de Jamie, jusque-là figé par la colère et la tension, s'adoucit un peu.

— Je suis désolé. Je vais aller voir s'ils vont bien...

— Tu ne vas nulle part, Jamie. Je n'en ai pas fini, ni avec toi ni avec Jon. Alors, de quoi s'agit-il ?

— Il...

D'un geste, Anna arrêta Jon.

— Non. Cessez de vous accuser mutuellement. Il est temps que vous assumiez la responsabilité de vos actes.

Jon la regarda bouche bée, visiblement sans comprendre ce qu'elle voulait dire. Mais Jamie, lui, savait. Elle le lisait sur son visage. Si seulement il voulait bien montrer le chemin, peut-être que Jon le suivrait, et ils pourraient alors progresser !

Jamie était passé par tout un éventail d'émotions. Par la rage d'abord, quand Jon l'avait provoqué et qu'il avait perdu son sang-froid. Puis par la stupeur quand Anna s'était interposée entre Jon et lui. Et par la honte, à présent, d'avoir détruit la paix fragile qui avait été patiemment tissée entre son frère et lui.

Mais de sa honte, Anna s'en moquait. Tout autant que de ses excuses ou de ses promesses de garder son calme à l'avenir. Elle attendait davantage, et il était impossible de s'opposer à elle.

Campée là, les bras croisés sur la poitrine, – comme elle était belle ! —, elle attendait que l'un des deux prenne la parole. Jamie n'avait pas le choix.

— Quand nous étions enfants… Tu te rappelles, Jon, comment tu m'aidais pour mes devoirs ?

— Oui, je me rappelle, marmonna Jon de mauvaise grâce.

— Tu m'as donné la confiance en moi dont j'avais besoin pour me lancer dans des études de médecine alors que je m'en croyais incapable. Tu m'as dit que je pouvais faire tout ce qui me plaisait.

— Je voulais dire que *nous* pouvions faire tout ce qui nous plaisait. Nous pouvions écrire des chansons et les chanter. Nous allions conquérir le monde…

— D'accord, l'interrompit Anna avec un regard d'avertissement en entendant que Jon commençait à s'énerver. Vous étiez bons ?

— Ils étaient très bons.

L'atmosphère était tellement tendue que Jamie sursauta en entendant Caroline. Elle se tenait sur le seuil de la pièce, Joshua dans les bras.

— Comment le sais-tu ? rétorqua Jon. Tu n'étais qu'une gamine.

Malgré un reste d'agressivité, sa voix était plus calme, plus posée.

— Elle a raison, Jon. Nous formions un bon duo.

Jamie prit soudain conscience que c'était la première fois qu'il le reconnaissait. Il avait été tellement obsédé par l'idée de devenir médecin, qu'il ne s'était même pas autorisé à le penser.

— Alors pourquoi as-tu mis un terme à votre collaboration ? demanda Anna. Tu aurais pu être célèbre. La belle vie, non ? ajouta-t-elle avec un sourire.

— J'avais juste l'impression… Disons que la musique était quelque chose que je pratiquais. Médecin, c'est ce que je suis.

— Et tu l'as expliqué à Jon qui t'avait tellement aidé ?

Jamie sentit le feu lui monter aux joues.

— Non, je ne crois pas. C'est un tort.

Anna tourna la tête vers Jon, et Jamie se surprit à plaindre son frère de devoir affronter le même regard implacable auquel il venait lui-même d'être soumis.

— La musique, c'est ce que moi je suis. Et je voulais qu'elle soit aussi ce que tu étais toi, mais… C'est la vie…, soupira-t-il. On ne choisit pas toujours.

— En fait, vous n'admettiez pas que vos désirs à chacun vous entraînent dans des directions différentes, dit Anna avec douceur.

Jon émit un petit rire sans joie.

— J'ai monté un groupe, et nous avons chanté *Everywhere* ensemble... C'était sa chanson à lui, mais, la moitié du temps, il était trop accaparé par ses livres pour le remarquer.

— C'est faux. J'étais très fier de toi. Vraiment... Cela dit, j'ai quand même trouvé que ça te montait un peu à la tête.

— Un peu ? Crois-moi quand, à dix-neuf ans, on se trouve devant des milliers de gens en train de crier votre nom, ça monte carrément à la tête. Et puis le charme finit par s'user. Tout le monde te veut pour lui.

Jamais Jon n'avait abordé ce sujet. À moins que Jamie ne l'ait jamais écouté.

— J'aurais dû être plus présent pour toi toutes ces années.

— Tu avais ton propre boulot. Tes études et, ensuite, cette association... J'ai entendu dire qu'elle faisait des merveilles.

— Tu m'as aidé à surmonter ma dyslexie, Jon, et tu m'as donné la confiance en moi qui m'a permis de réaliser mon rêve. L'association est seulement un moyen de faire profiter d'autres de cette expérience.

Il lui restait une chose à faire. Se levant lentement, il lança un coup d'œil à Anna qui l'encouragea d'un hochement de tête. Alors, il tendit la main à son frère, en un geste réellement sincère cette fois. La poignée de main se termina en étreinte. Caroline poussa un cri ravi et se précipita pour les embrasser tous les deux. Anna, quant à elle, s'était affalée sur le canapé, vidée mais souriante.

— Je vous ai apporté quelque chose à tous les deux, dit Caroline en déposant Joshua dans les bras de Jon avant de courir vers le couloir.

Elle revint peu après avec une boîte cabossée pleine des souvenirs qui avaient semblé à jamais perdus quelques minutes plus tôt.

— Les jeux ! s'exclama Jon, le visage soudain radieux.

— Ça fait longtemps que nous n'avons pas joué tous ensemble, dit Caroline en commençant à vider la boîte sur la table. Je pensais que nous pourrions remédier à ça.

— Excellente idée…, commenta Jamie. Je vais préparer du thé et faire rentrer les enfants, d'accord ?

Mais avant…

Il croisa délibérément le regard d'Anna qui se leva et le suivit dans la cuisine.

— Merci !

Il lui prit la main, et elle lui sourit.

— Tu te sens mieux ? demanda-t-elle.

Elle ne s'était pas laissé abuser. Elle avait compris que, jusqu'à aujourd'hui, il avait fait semblant de se réconcilier, par devoir plus que parce que son cœur le lui dictait.

— Oui, pour de bon, cette fois. Tout ce que tu as dit sur la nécessité d'assumer la responsabilité de ses actes, d'exprimer son ressenti, je le savais, ajouta-t-il avec un soupir. C'est exactement ce que je préconise aux familles que je suis.

— C'est facile de donner des conseils, mais plus difficile de les appliquer quand on est en train de se débattre avec ses émotions.

— Tu me laisses quitte aussi aisément ? Cela ne te ressemble pas.

— Oh ! détrompe-toi ! Je ne lâche rien. Il reste encore beaucoup de travail.

Ce qui était vrai. Jon et lui étaient loin d'être arrivés au stade où ils pourraient vraiment discuter de ce qui s'était passé à Noël trois ans auparavant. Ils avaient malgré tout avancé puisque Jamie commençait à comprendre que leur rancœur datait de bien avant « l'affaire ».

Soudain, elle lui tendit les bras, et il accepta sans hésiter l'invitation. Elle le serra contre lui dans une étreinte à la fois réconfortante et sensuelle, précisément ce dont il avait besoin à cet instant.

— Tu sais que tu fais un peu peur par moments, Anna.

Il l'entendit rire contre sa poitrine.

— Je peux même faire *très* peur. Ne l'oublie jamais.

— Bien, madame.

— Sur ce, je ne refuserais pas une tasse de thé. Alors, trêve de parlote et va m'en préparer une, ajouta-t-elle avec un regard espiègle.

Les jeux de plateau de Caroline emportèrent l'adhésion de tous. Les « vieux » jumeaux, Jamie et Jon, chacun associé à un des « jeunes », étaient assis face à face à la table et faisaient mine de se défier du regard. Jessica, sans se départir de son attitude mondaine habituelle, s'assit à côté d'Anna et commença à discuter avec elle à voix basse de leur prochain coup en se cachant la bouche derrière la main. Joshua, sur les genoux de sa mère, ne partageait sa stratégie avec personne, mais levait les bras au ciel en gazouillant de joie devant les cris des joueurs lorsque l'un d'eux avait réussi un coup de maître.

Bref, une famille. Qui essuyait une tempête, mais dont les membres suivaient le même cap. L'amour qui avait empêché qu'elle éclate finirait peut-être par ramener tout ce petit monde à bon port. Anna faisait partie du voyage, mais temporairement, hélas ! Elle ne devait pas se laisser endormir par l'atmosphère et encore moins penser aux yeux verts du petit Joshua ou de son oncle Jamie.

Quand Caroline partit dans son SUV avec Jon et tous les enfants, un grand calme s'abattit sur la maison.

Au lieu d'aller prendre leurs manteaux pour accompagner comme prévu Anna au train qui la ramènerait à Londres dans la soirée, Jamie fila dans le salon où elle fixait d'un air rêveur les braises dans la cheminée.

— La journée a été longue, n'est-ce pas ? dit-elle comme désireuse de rompre le silence.

— Oui.

— Quel est ton programme pour demain ?

— Je rejoins les Hastings Hustlers à la première heure demain. C'est un club pluridisciplinaire, mais nous nous focalisons actuellement sur le basket. Nous avons une super équipe.

— Et à part le basket ?

— Tout ce qui nous tente. Foot, tennis… Deux des filles font de la gymnastique, et nous avons un joueur d'échecs.

Jamie se tut, et un nouveau silence s'installa entre eux, qu'il finit par briser.

— Ça te dirait de venir avec moi ? Cela te donnerait une idée de ce que nous faisons.

— Oui, mais une autre fois. Je ne suis pas sûre de pouvoir revenir ici à temps demain matin.

— Pourquoi ne passerais-tu pas la nuit dans la chambre d'amis ? Avec ton jean et tes tennis, tu es équipée pour les Hastings Hustlers. En prime, tu auras droit à un maillot de l'équipe, mais seulement si tu joues.

Il lui lança un coup d'œil… quasiment irrésistible.

— Quelle couleur, le maillot ? demanda-t-elle, retardant par bienséance le moment où elle accepterait la proposition.

Il eut un petit sourire, comme s'il savait qu'elle n'allait pas tarder à dire « oui ».

— Tu pourras choisir toi-même. Il y en a un assortiment. Et après, je t'invite à déjeuner. Tu peux faire une lessive si tu veux, car j'ai un lave-linge.

— Tu sais parler aux filles, toi !

Tout semblait brusquement si simple. Comme Jamie avait marqué nettement les frontières en lui proposant une chambre à part, Anna savait exactement comment se situer. En dépit des baisers qu'ils avaient échangés, aussi fougueux qu'ils aient été, ils restaient de simples amis.

Il la conduisit dans un bureau spacieux, baigné par le soleil de la fin de journée. Elle y retrouva l'éclectisme de la décoration du salon, à la différence près qu'un grand planning, avec code de couleurs, donnait à la pièce un caractère plus fonctionnel. Le plateau rouge laqué d'une table de travail aux pieds chromés style années 1950 mettait une touche de couleur. L'aspect lisse de l'équipement informatique et des étagères contrastait avec les murs en brique et la porte en bois pleine de nœuds et meurtrie par le temps. Se dirigeant vers une pile de cartons le long du mur, Jamie en prit deux qu'il posa par terre et ouvrit.

— Tiens. Choisis celui que tu veux.

Anna inspecta les maillots violets à la recherche de sa taille.

— Celui-là.

— Tu ne pourras le sortir de son emballage que lorsque tu auras promis de jouer, dit Jamie d'un air faussement sévère.

Anna déchira le plastique, déplia le vêtement et l'appliqua contre elle en souriant.

9

Le lendemain, Anna se réveilla au petit matin dans une chambre déjà inondée de soleil. Dehors, les chants des oiseaux remplaçaient agréablement le vacarme de la ville auquel elle était habituée. La maison n'ayant pas de vis-à-vis – contrairement à son appartement londonien —, Anna n'avait pas tiré les rideaux, et les murs crème miroitaient à la lumière.

La veille au soir, comme Jamie ne possédait pas de télévision, ils avaient fait griller des châtaignes dans la cheminée tout en bavardant. Si Jamie était intellectuellement stimulé par Londres, son cœur, lui, appartenait à Hastings.

Anna se leva et fila dans la salle de bains attenante à la chambre. Après sa douche, elle s'habilla puis rejoignit Jamie dans la cuisine. Il était vêtu d'un maillot vert foncé des Hastings Hustlers dont les inscriptions blanches au dos se craquelaient à force d'avoir été lavées.

— Bonjour, Anna. As-tu bien dormi ?

— Oui, merci.

Elle se revit en chien de fusil dans le grand lit, dans un pantalon de survêtement et un T-shirt empruntés à Jamie et encore imprégnés de son odeur. À moins qu'elle ne l'ait imaginé...

Une seule chose manquait à son bonheur présent : qu'ils n'aient pas fait voler en éclats les frontières qu'ils avaient établies.

— J'ai des œufs, du bacon, du pain. Euh... Du café, des bananes, du beurre de cacahuètes, du miel. Le pain vient de la boulangerie voisine, les œufs et le bacon de la ferme.

— Hum ! dit-elle avec un air gourmand qui ravit Jamie. Je me régale d'avance.

Une heure plus tard, après un copieux petit déjeuner campagnard, ils se mirent en route pour Hastings. Jamie se gara le long d'un petit parc du centre-ville où des garçons et des filles de tous âges en maillot des Hastings Hustlers occupaient le terrain de basket. Deux garçons plus âgés étaient déjà en train de s'entraîner, se contestant avec ardeur la possession du ballon. Tout ce petit monde se pressa autour de Jamie et Anna à leur arrivée.

— Je vous présente, Anna.

Aussitôt des « Salut ! » l'accueillirent, auxquels elle répondit par un geste de la main et un sourire.

— Bien. On fait les équipes ?

Les deux garçons plus âgés furent nommés d'office capitaines, et les autres joueurs se rangèrent en ligne du plus petit au plus grand. Après avoir calmé deux filles qui se disputaient au sujet de leur taille, Jamie remonta la file en la divisant en deux groupes. Puis il commença à noter sur sa feuille de match le poste de chacun.

Soudain, Callum sortit du rang et enleva un de ses gants sans doigts pour montrer le dos de sa main à Anna. Il restait quelques traces noires, et la peau était encore un peu rouge, mais les lettres et les dessins ne représentaient plus rien de compréhensible.

— C'est en bonne voie, Callum. Tu as bien suivi le traitement. Bravo !

— On peut effacer le reste maintenant ?

— Pas avant que l'inflammation ait totalement disparu, mais nous allons fixer un rendez-vous bientôt.

— Super !

Puis, se tournant vers Jamie, il ajouta :

— Je vais avec Freddie ?

— Oui, s'il te plaît.

Jamie reprit sa feuille de match tandis que Callum rejoignait au bord du terrain un jeune garçon en fauteuil roulant qu'il poussa au milieu des autres joueurs lorsqu'ils se furent salués en se tapant dans la main.

— Il y a deux *l* à « Callum », Jamie, dit une jeune fille de dix-sept ans environ, aux cheveux orange et maillot assorti, qui regardait par-dessus l'épaule de Jamie.

— Ah oui ! Rends-moi service Jen...

Sans le laisser terminer sa phrase, la jeune fille lui prit la feuille des mains et nota le nom de chacun au poste attribué par Jamie. Encore un exemple de l'esprit de solidarité que Jamie insufflait à ce groupe, songea Anna.

— Tu m'as dit que je pourrais jouer, Jamie, dit-elle en tirant sa manche.

— Je n'ai pas oublié, répondit-il avec un sourire. Mais d'abord, nous allons procéder à quelques lancers. Tu veux aller t'asseoir et regarder, histoire de te faire une idée des règles ?

Qui n'étaient probablement pas orthodoxes, songea Anna en gagnant le banc de touche.

Un garçon à lunettes, pas très grand, lança le jeu par un coup de sifflet. Anna ne comprit pas grand-chose : les capitaines se bagarraient le ballon dans leur coin, mais quand il atterrissait près d'un joueur plus jeune, ils n'essayaient pas de le récupérer.

— Bonjour. Je m'appelle Jen.

L'adolescente aux cheveux orange s'assit à la gauche d'Anna et fut bientôt rejointe à droite par une autre jeune fille, toute en noir elle, de ses yeux charbonnés jusqu'à son T-shirt en passant par ses cheveux teints.

— Bonjour. Je m'appelle Anna.

— Oui, on sait, dit Jen. Elle, c'est Spark.

Les deux jeunes filles la serraient de si près qu'Anna avait l'impression d'être tombée dans un guet-apens.

— Tu es venue avec Jamie ? demanda Spark, adoptant spontanément le tutoiement, mais en lui lançant un regard peu engageant.

— Oui. Je travaille avec lui.

— À Londres ?

La question venait de Jen, cette fois.

— Oui.

Les deux copines échangèrent un regard, qui confirma à Anna qu'elles lui avaient réellement tendu un traquenard.

— Tu sors avec lui ? demanda Jen.

— Si elle est ici un dimanche matin, c'est qu'ils sortent ensemble, déclara Spark d'un ton catégorique.

— Non, nous sommes juste amis.

— Ben voyons ! ironisa Jen. Mais si ça t'amuse de nous le faire croire, pas de souci.

Comment expliquer la différence entre jouer à n'être que des amis et n'être réellement que des amis ? De toute évidence, Jen et Spark avaient tranché la question, et Anna devait reconnaître que cette dernière n'avait pas tort : sa présence ici si tôt un dimanche matin soulevait quelques interrogations sur la nature de sa relation avec Jamie.

Comme il le lui aurait certainement conseillé, elle opta pour la franchise.

— Vous connaissez le « juste des amis » qui signifie qu'on sort ensemble, mais qu'on ne veut pas que ça se sache ?

— Oui, on connaît ! répliqua Jen avec un large sourire.

— Eh bien, Jamie et moi n'appartenons pas à cette catégorie. Nous sommes réellement juste des amis.

Anna soutint le regard scrutateur de Jen, et cette dernière, visiblement convaincue, hocha la tête.

— Nous pensions que...

— Et vous avez décidé de venir me tester.

Anna avait parlé sans la moindre agressivité, n'en tenant pas rigueur aux deux jeunes filles. Elle trouvait même touchante leur démarche, aussi déstabilisante soit-elle, car elle montrait à quel point elles se souciaient de Jamie.

— On n'aimait pas trop la précédente, hein, Jen ? dit Spark avec une grimace.

— Non. Et on a eu du nez. C'était bel et bien une sale bonne femme.

— Il ne lui a jamais donné de maillot à elle.

— Ben, tant mieux ! Elle ne jouait pas... Et puis après ce qu'elle a fait, je le lui aurais arraché, marmonna Jen avec un rictus malveillant.

— Ah oui ? Avec quelle armée ? demanda Spark, moqueuse. Tu allais louer un avion pour te lancer à sa recherche, c'est ça ?

— Vous savez ce qui s'est passé ? intervint Anna dont la

curiosité l'avait emporté sur la raison qui lui dictait de ne pas se mêler de leur dispute.

— Bien sûr ! répondit Spark en levant les yeux au ciel. Elle est partie avec son frère. Jamie n'était pas beau à voir après.

— C'est lui qui vous en a parlé ?

— Non, nous avons vu des photos d'eux sur Internet, répondit Jen. Nous lui avons fait des gâteaux, à Jamie.

— C'est sympa !

— En fait, nous en avons acheté et nous les avons décorés, précisa Spark. J'ai glacé les miens en noir avec une tête de mort et des os en croix dessinés dessus. Il n'a rien dit, mais je crois qu'il a compris le message.

— Oui, probablement, et ça lui a sûrement remonté le moral, déclara Anna pour ne pas briser les illusions de ces deux jeunes filles pleines de bonnes intentions.

Un coup de sifflet de l'arbitre les interrompit, et Anna leva la tête. Jamie s'était tourné vers le banc de touche, les sourcils froncés.

— Hé ! les filles ! Vous ne jouez pas ?

Il avait de toute évidence flairé le guet-apens

— Non, nous expliquons les règles à ton amie ! cria Jen. Mais il ne parut pas être rassuré pour autant.

— Nous arrivons dans une minute, répondit Anna au regard interrogateur de Jamie. Je crois que je commence à comprendre en quoi consiste le jeu.

Hochant la tête, il reporta son attention sur les joueurs.

— Alors, c'est quoi, les règles ?

Au sourire complice de Jen, Anna comprit qu'elle s'était mis les deux adolescentes dans la poche.

— Tu ne peux pas prendre le ballon à quelqu'un de plus petit que toi, mais tu peux le lancer à n'importe qui, et pour empêcher que des joueurs le monopolisent, tu es obligée de le passer. Tu obtiens des points supplémentaires en fonction de la taille de la personne à qui tu le lances. Mais t'embête pas avec ça. C'est l'arbitre qui gère le score. Évite Jamie et les capitaines, et tout ira bien. Tous les autres joueurs sont plus petits que toi.

— Ah ! d'accord ! Je commence à y voir un peu plus clair.

— Tu veux essayer ? demanda Jen en se levant.

— Oui ! répondit Anna avec enthousiasme.

Si elle avait survécu aux techniques d'interrogatoire de Jen et Spark, nul doute que les règles du basket-ball des Hastings Hustlers ne lui poseraient pas de problèmes.

Jamie avait de nouveau interrogé Anna du regard lorsqu'elle était entrée sur le terrain avec Jen et Spark, et elle l'avait ignoré. Elle commençait à s'amuser maintenant qu'elle avait compris le principe de base : s'assurer que les gamins plus petits jouent eux aussi. Fastoche !

Un hurlement s'éleva soudain. Un petit garçon traversait le terrain en courant et lançait dans la direction de Jamie le ballon qu'il avait jusque-là tenu serré contre sa poitrine.

— Non-on-on ! hurla Jen.

En se retournant, Anna la vit lui faire de grands signes avec Spark.

— Chope-le !

OK ! Anna se précipita vers Jamie qui l'évita adroitement. Elle se baissa pour passer sous son bras et se retourna pour lui bloquer le passage... et le vit sourire. Il était vif et avait des bras plus longs que les siens, mais elle se montra plus vive encore et réussit à lui subtiliser le ballon. Malheureusement, il le récupéra très vite. Entendant Jen et Spark manifester bruyamment leur déception, elle redoubla d'efforts et finit par lui reprendre, le contourner et courir comme une dératée vers le panier en dribblant. Au moment où elle ralentissait pour viser, il la souleva de terre et l'emporta sur son épaule vers l'autre extrémité du terrain sans prêter la moindre attention aux coups de sifflet frénétiques de l'arbitre.

— Tricheur ! lança-t-elle, les dents serrées, tentée de le bourrer de coups de pied.

Mais Jamie la maintenait fermement, dans une prise virile et excitante. D'une seconde à l'autre, elle allait lâcher le ballon et s'abandonner entre ses bras... Non ! Impossible ! Surtout après s'être donné tant de mal à expliquer quel genre d'amis ils étaient. Elle recommença à se débattre.

Arrivé à destination, il la posa par terre, et ses yeux verts lui lancèrent un regard espiègle. L'arbitre accourut vers lui et il recula, un sourire aux lèvres, tandis que le gamin agitait les bras en tous sens.

— Pénalité pour toi, Jamie. Dix minutes d'exclusion.

Le garçon prenait son rôle très au sérieux, et Jamie accepta la sanction sans protester.

— Ça valait la peine..., murmura-t-il en passant près d'Anna.

— Tu n'as pas tout vu, chuchota-t-elle en lui adressant une grimace avant de regagner l'endroit où il l'avait attrapée.

S'arrêtant derrière la ligne des paniers à trois points, elle évalua attentivement la distance. *Réalisable*, jugea-t-elle.

Jamie, assis sur un banc dans le parc, secouait la tête en l'observant. Tout le monde avait les yeux rivés sur elle. Du coin de l'œil, elle vit Spark l'encourager d'un geste.

Dans un silence total, le ballon décrivit un arc de cercle dans les airs, rebondit sur la planche... et entra dans le panier déclenchant un tonnerre d'applaudissements et des hurlements de joie. Jen et Spark vinrent l'embrasser... et la gratifier de chaleureuses bourrades.

— Tu l'as cassé ! dit Jen, admirative, en désignant Jamie qui s'était levé et applaudissait avec les autres, apparemment inconscient de l'humiliation qu'il venait de subir.

D'un coup de sifflet, l'arbitre demanda aux joueurs de reprendre leur place.

Anna faisait partie de l'équipe, à présent.

— Alors, que te racontaient Jen et Spark ? s'enquit Jamie qui soupçonnait qu'elles ne s'étaient pas contentées d'expliquer les règles du jeu à Anna.

— Oh ! Juste des trucs de filles, répondit-elle, tout sourire, en montant en voiture.

Toute seule, Anna était déjà redoutable, songea Jamie avec inquiétude. Alors si elle s'alliait avec Jen et Spark...

— C'était un sacré lancer. Bravo...

— Ce n'était pas exactement ce que tu attendais de moi, j'ai l'impression, dit Anna, amusée.

Peut-être pas « exactement » en effet. Les Hastings Hustlers se serraient les coudes, et s'ils acceptaient facilement d'autres jeunes en leur sein, ils pouvaient se montrer méfiants vis-à-vis des adultes qu'ils considéraient comme des représentants de l'autorité. Il avait triché de façon éhontée dans l'espoir de briser la glace et de les ranger du côté d'Anna. Et il avait réussi... au-delà de ses espérances.

— Il ne m'est pas venu à l'esprit que tu étais une mordue de basket.

— J'ai beaucoup joué au netball, au lycée, et ce n'est pas très différent. En tout cas, l'arbitre t'a remis à ta place comme il faut.

— C'est vrai ! Qu'est-ce qui te ferait plaisir pour le déjeuner ? demanda-t-il en démarrant. Il y a un bon *fish and chips* sur le front de mer.

— Parfait ! Je meurs de faim.

Une atmosphère années 1950 régnait dans le restaurant : chromes étincelants, murs carrelés et banquettes en cuir rouge. Dès qu'ils se furent assis, une serveuse avec un tablier à carreaux vint prendre leur commande et déposer devant eux un petit panier avec deux sortes de ketchup, une poivrière, une salière, du vinaigre et des couverts.

Anna avait le regard perdu sur le ciel gris acier qui se fondait dans le gris de la mer. Il commençait à pleuvoir, et les piétons passaient devant elle à grands pas, pressés de s'abriter du vent glacial.

— Tu t'es bien entendue avec Jen et Spark, on dirait, reprit Jamie qui, à son grand dam, n'avait toujours pas réussi à découvrir ce que les deux adolescentes avaient raconté à Anna.

Elle eut un petit sourire moqueur.

— C'est plus fort que toi, hein ?

— Je...

« Je cherche seulement à te protéger », aurait-il voulu dire, mais il ne s'y risqua pas de crainte qu'Anna n'en prenne ombrage.

— ... suis juste curieux. Elles ont parfois des arrière-pensées.

— Oh ! elles en avaient indiscutablement ! Elles avaient décidé que j'étais ta petite amie et voulaient donc s'assurer que j'étais assez bien pour toi.

— Ouille ouille ouille ! Désolé.

— Non, c'est bon. J'ai trouvé que c'était plutôt gentil de leur part.

Elle se tut un instant.

— Savais-tu qu'elles connaissent les raisons de ta rupture avec ta fiancée ?

— Quoi ? Ce n'est pas possible !

Jamie sentit ses cheveux se dresser sur sa tête.

— Je n'en ai jamais parlé à personne. Je ne voulais pas que ça se sache.

— Ce sont des jeunes, que veux-tu... Elles surfent sur la Toile où il est facile de trouver des photos et des articles sur tout ce qui concerne Jon. Et puis, elles avaient remarqué que quelque chose te perturbait.

— Et moi qui me croyais tellement malin !

Il se sentit fondre devant le bref regard qu'elle lui lança. S'il avait connu Anna alors, il n'aurait jamais réussi à tenir sa langue.

— Personne ne peut cacher un échec sentimental, et encore moins à des gamins. Ils sont beaucoup plus observateurs que les adultes.

— Oui, tu as sans doute raison. En particulier ces gamins-là. Nombre d'entre eux ont de bonnes raisons d'être sur leurs gardes, car les gens autour d'eux les ont trop souvent laissés tomber.

Il n'osa pas demander ce que Jen et Spark avaient pensé de l'affaire. Quant à ce qu'Anna en avait pensé, il le comprit quand elle lui caressa le dos de la main : elle le soutenait. Plus qu'il ne l'aurait cru.

— Elles t'ont acheté des gâteaux pour te remonter le moral, m'ont-elles raconté.

— Des gâteaux ? Ah oui ! Exact. Elles en avaient apporté pour toute l'équipe et m'en ont donné un sac à emporter chez moi. Ils avaient un glaçage noir...

Sa gorge se noua brusquement. Il s'était senti si seul à l'époque. À tort !

— Quoi de mieux pour dire : « Courage ! On est là pour toi ! »

que du glaçage noir avec un dessin de tête de mort et des tibias en croix ? J'espère que tu avais compris le message.

— Je crois, oui, grosso modo... Mais dis-moi, elles t'ont raconté tout ça ?

— J'ai remarqué que lorsque les gens te coincent pour te soutirer des informations, c'est souvent que quelque chose les inquiète. Si je leur dis avec franchise et simplicité ce qu'ils veulent savoir, ils m'expliquent en retour ce qui les tracasse. Jen et Spark ont une très haute opinion de toi, et elles ne veulent pas que tu souffres de nouveau.

Comment avait-il pu passer à côté de tant de choses ? songea Jamie, bouleversé. Comment avait-il pu se fourvoyer à ce point ?

— Je me suis comporté comme un imbécile, n'est-ce pas ?

— Non, je ne trouve pas.

À cet instant, la serveuse leur apporta leurs assiettes. Jamie regarda Anna verser de la sauce tomate dans son assiette avant d'y plonger une de ses frites. Le moindre de ses gestes était adorable, et elle était sa seule bouée de sauvetage.

— Délicieuses, ces frites...

Elle lui adressa un sourire d'une intimité presque insupportable. Comme si elle connaissait tous ses secrets et ne le jugeait pas pour autant. Elle se satisfaisait de manger des frites avec lui devant la mer par une journée pluvieuse et venteuse.

— J'aurais pu agir différemment sur certains points, dit-il.

— Bienvenue au club, répondit-elle avec un détachement que démentait l'intensité de son regard.

— Je pourrais reconsidérer ma façon de faire sur certains points, à l'avenir, alors.

— Ah ! voilà qui est mieux ! dit-elle avec un sourire. Sur l'avenir, on peut intervenir.

— Je pensais que cette histoire avec Jon et Gill était un événement isolé et imprévisible, que je pouvais cacher et contrôler.

— Et la suite t'a prouvé le contraire.

— De toute évidence, le feu couvait depuis longtemps. Les problèmes remontent beaucoup plus loin, et je ne contrôlais rien. Je ne pouvais pas continuer à faire comme si de rien n'était sans que personne remarque quoi que ce soit. Il faudrait peut-être que j'en parle à ma psy, conclut-il après un moment de réflexion.

— De quoi ? Du fait que tu ne contrôles pas tout ?

— La semaine dernière, je lui ai exposé mes problèmes et la façon dont je comptais les résoudre, dit-il avec un sourire triste.

— Elle doit être ravie, commenta Anna, gentiment ironique. Quelle satisfaction professionnelle peut-elle tirer à conseiller quelqu'un qui a déjà trouvé toutes les solutions ?

— OK ! Surtout, ne me facilite pas la tâche !

— Compte sur moi ! Les amis ne servent-ils pas à ça ?

Jamie hocha la tête, songeant que son amitié avec Anna dépassait tout ce qu'il avait osé espérer. Il prit son couteau et sa fourchette, et se mit à manger avec un appétit retrouvé.

10

Lorsque son téléphone avait vibré la veille, Anna avait deviné que Jamie lui envoyait un message pour lui souhaiter une bonne reprise après un week-end si riche en émotions. Mais il l'avait aussi contactée pour un tout autre motif. Quelque chose qu'elle appréhendait depuis un moment.

Jamie s'était intéressé de près au bébé abandonné qui avait été amené à l'hôpital deux semaines plus tôt. Au point que les infirmières du service pédiatrique avaient appelé le petit « James ». Sachant que le jour redouté viendrait, Anna n'était allée le voir qu'une seule fois.

Ce n'est qu'en arrivant à la clinique, le mardi matin, qu'elle s'aperçut qu'inconsciemment elle avait opté pour une tenue stricte aujourd'hui. Pour se réfugier derrière une armure de solennité, sans aucun doute.

— Bonjour. Ça va ?

Elle trouva le même Jamie que d'habitude : un grand gaillard solide, délicieusement séduisant et attentif à tout ce qui la concernait. Mais elle ne voulait surtout pas laisser ses pensées l'entraîner sur ce terrain.

— Oui, très bien, répliqua-t-elle. Mon emploi du temps est chargé aujourd'hui, alors...

Je n'ai pas le temps de bavarder. Dis ce que tu as à dire et laisse-moi tranquille.

— Ne t'inquiète pas, nous allons faire vite. Ils sont dans une des chambres familiales.

— A-t-on trouvé la mère ? demanda-t-elle en suivant Jamie vers l'ascenseur du service pédiatrique.

— Oui. Elle est très jeune. D'après l'assistante sociale, elle veut poursuivre la procédure d'adoption, et c'est tant mieux autant pour elle que pour le bébé.

Anna avala sa salive.

— Donc, le couple que nous allons voir...

— Ils ne sont que famille d'accueil, pour le moment. Mais ils ont reçu leur agrément à présent et attendent qu'on leur trouve un enfant. A priori, ils vont adopter James.

— Est-ce que ce prénom leur plaît ? demanda Anna, se souvenant de la fierté de Jamie lorsqu'il avait appris comment les infirmières avaient baptisé le petit.

— Qu'est-ce qui pourrait ne pas leur plaire dans ce prénom ? répliqua-t-il avec un détachement feint au moment où la porte de l'ascenseur s'ouvrait.

Après les présentations, Anna s'assit en s'efforçant d'ignorer les visages radieux des deux parents candidats – Marianne et Neil – penchés sur le bébé que la femme tenait dans ses bras.

— Vous aimeriez obtenir des précisions sur les opérations de la syndactylie, c'est bien cela ?

Marianne s'obligea à quitter le bébé des yeux.

— Oui, répondit-elle. De toute façon, nous serons là pour lui, mais nous voulons être sûrs de ne pas faire de bêtises.

— Bien. Soyez rassurés, dans son cas, nous avons toutes les chances de réussir à séparer ses doigts. Cela prendra du temps, et je vous invite à discuter de toutes les options possibles avec le chirurgien. Il existe plusieurs excellents établissements spécialisés dans cette pathologie.

— Oui, nous avons reçu la liste, merci, dit Neil en caressant la petite tête de James.

Anna sortit de son sac le dossier contenant tous les renseignements utiles qu'elle avait rassemblés et le tendit à Neil.

— Je vais l'étudier avec vous et, après, je répondrai aux questions que vous vous posez...

À la fin de l'entretien, Jamie accompagna Marianne et Neil jusqu'à la porte du service puis rejoignit Anna qui ne les avait pas suivi.

— Des gens bien, commenta-t-il. Le petit a trouvé une bonne famille. Tout va bien se passer pour lui.

Anna aurait volontiers répliqué qu'il n'avait aucun moyen de le savoir. Mais Marianne et Neil avaient obtenu l'agrément pour devenir parents adoptifs après un long et exigeant parcours, et toutes les précautions avaient été prises pour s'assurer que le petit James bénéficierait de l'attention qu'il méritait.

— Oui, tu as raison. Tout va bien se passer.

— Il faut que tu retournes travailler maintenant, non ?

C'était en effet ce qu'elle avait dit. Pourtant, elle restait là, les yeux bêtement fixés sur la porte, comme si elle attendait que Marianne et Neil reviennent pour lui permettre de faire un dernier câlin à James. Celui qu'elle n'avait pas osé lui faire.

— Oui, répondit-elle avec un bref sourire. Je te vois jeudi ?

— Ça marche.

Sans rien ajouter, elle prit son sac et partit.

Alors qu'elle traversait le hall de l'hôpital, elle aperçut Marianne et Neil en compagnie d'un couple plus âgé. Probablement les nouveaux grands-parents, impatients de faire la connaissance de leur petit-fils.

Marianne et Neil s'embarquaient pour un voyage dans lequel Anna aurait adoré se lancer. Elle avait supplié Daniel de franchir le pas avec elle, mais il avait refusé, arguant qu'il voulait être le père biologique de ses enfants. Lui qui avait pourtant déclaré avant leur mariage que la paternité ne l'intéressait pas outre mesure... Anna n'avait plus insisté, et peu après il l'avait quittée. À la différence de Neil, Daniel n'aurait jamais été capable d'aimer un enfant adopté. Le petit James, lui, allait être choyé.

Elle devait oublier ce bébé. Le vide qu'il laissait dans sa vie existait avant lui et ne serait jamais comblé. Par personne et certainement pas par Jamie.

Anna s'était attachée au petit James, si vivant et si joyeux en dépit de ses débuts difficiles dans la vie. D'ailleurs, il avait conquis tout le monde à l'hôpital, y compris Jamie qui était attendri plus que de raison par ce petit bout de chou.

Pourtant, la réaction d'Anna l'avait laissé perplexe. Il aurait compris qu'elle l'embrasse et verse une larme, à l'instar des infirmières du service. Mais la façon dont elle s'était employée à afficher de l'indifférence, voire de la froideur, avait piqué sa curiosité.

Regretterait-elle leur baiser ? Dans ce cas, elle ne l'aurait pas accueilli avec un grand sourire à la clinique ce matin. Sans compter que la façon dont elle lui avait effleuré le bras attestait du contraire. Et tant mieux, car lui non plus ne le regrettait pas.

Assis l'un en face de l'autre dans le bureau d'Anna, ils travaillaient en silence depuis un moment, chacun de leur côté. Plus exactement, Anna faisait mine de se concentrer sur ses dossiers, et Jamie réfléchissait à la meilleure manière de formuler son invitation.

— Les Hastings Hustlers font un match de basket dimanche matin, dit-il enfin.

Elle leva les yeux vers lui.

— Ah oui ? D'après la météo, il va pleuvoir, ce week-end.

Si la perspective d'être trempé et frigorifié avec Anna paraissait à Jamie un avant-goût du paradis, il comprenait qu'elle-même ne la trouve pas alléchante.

— Je devrais peut-être réserver un terrain couvert.

— Oui, peut-être, répondit-elle en baissant de nouveau les yeux vers ses dossiers.

La conversation ne prenait pas tout à fait la tournure qu'il avait espérée. Anna avait deviné qu'il avait une idée en tête et refusait de saisir la perche. Très mauvaise idée de prendre des chemins détournés avec elle.

— Jon passe le week-end chez Caroline. Alors, si tu es libre, je me demandais...

Jamie se tut en voyant les oreilles d'Anna rougir. Une seule explication à sa gêne : elle s'apprêtait à refuser. Ils aimaient tous les deux passer du temps ensemble, mais ils avaient l'un et l'autre besoin de se trouver une raison de le faire. Le simple désir de partager des moments avec l'autre ne suffisait pas.

Toujours sans le regarder, Anna prit son stylo et commença à écrire. Ses oreilles étaient écarlates, et Jamie se sentait écrasé par ce silence pesant.

De longues minutes s'écoulèrent. Anna allait être obligée de s'en aller d'un instant à l'autre ou bien lui-même devrait partir déjeuner avec Jon dans sa chambre sans que la question de savoir quand ils se reverraient soit abordée.

— Écoute, Anna, aucun de nous deux n'a l'intention de s'engager dans une relation sérieuse pour le moment. Alors, pouvons-nous éliminer le sujet, s'il te plaît ?

Jamie avait parlé d'une traite. Anna leva la tête vers lui… et lui sourit. Un sourire un peu pâle certes, mais un sourire malgré tout.

— Oui, tu as raison.

— Sans perdre cela de vue… j'aimerais être ton ami et passer du temps avec toi.

— Moi aussi, je suis libre ce week-end.

Jamie se sentit soudain léger, libéré du poids qui l'oppressait.

— Super ! Alors nous pourrions peut-être prévoir quelque chose ensemble.

À présent que l'éventualité d'une relation sérieuse avait été écartée, tout le reste s'ouvrait à eux. Jamie ayant mentionné que les arbres du verger croulaient sous les fruits, Anna avait proposé qu'ils aillent les récolter. Ils s'étaient donc mis en route pour Hastings tard le vendredi soir et avaient juste bu un verre avant de se rendre chacun dans leur chambre.

Le seul fait de savoir Anna dans la maison avait permis à Jamie de dormir du sommeil du juste pour la première fois depuis des semaines. Le matin, il avait préparé le petit déjeuner, et ils avaient ensuite pris le chemin du verger où ils s'étaient aussitôt mis à l'œuvre, ramassant aussi les fruits tombés.

— Voilà, je crois que nous sommes arrivés au bout.

— Que vas-tu faire de tout ça ?

— Eh bien... Caroline va en prendre, et je mettrai les sains dans la remise pour les garder un moment.

— Très bien. Et pourquoi ne pas cueillir des mûres et les ajouter aux pommes talées pour faire des tourtes que tu congèleras ?

— Bonne idée !

L'année précédente ayant été moins productive, Jamie avait donné toute la récolte à Caroline. Il n'avait pas eu le cœur à faire des tourtes quand il n'avait eu personne avec qui les manger. Aujourd'hui, en revanche...

Il transporta les fruits jusqu'à la maison. Il en mit deux caisses de sains de côté pour Caroline et celles de meurtris sur la table de la cuisine. Anna le rejoignit bientôt avec les mûres.

— Il y en a assez ? demanda-t-elle, provoquant l'hilarité de Jamie.

— Je parlais du beurre et de la farine pour la pâte !

— Non, je ne crois pas. Il y a juste une demi-plaquettte de beurre dans le réfrigérateur.

— Il faut aller en acheter, dans ce cas.

Jamie vécut la virée au supermarché comme un voyage au paradis. Faire du slalom entre les clients avec le chariot, attendre patiemment qu'Anna se décide sur le nombre de paquets de farine nécessaire, charger les courses dans la voiture, s'arrêter prendre un café et un sandwich sur le chemin du retour pour ne pas perdre de temps à préparer le déjeuner. Cette routine incontournable mais sans intérêt jusque-là lui paraissait pleine d'attraits aujourd'hui, et le plaisir évident d'Anna contribuait à la perfection de cette journée.

— Tu es bon pâtissier ? demanda-t-elle, le visage lumineux, quand ils entrèrent dans la cuisine.

— Pas vraiment, mais je peux tenter le coup. J'ai déjà vu Caroline faire, et ça n'a pas l'air trop compliqué.

— Je vais m'occuper de la première boule de pâte, et toi, tu pourras éplucher les pommes.

Lorsque vint le tour de Jamie de s'attaquer à la pâte, force fut pour lui de constater que la tâche n'était pas aussi facile qu'il l'avait cru en regardant Caroline ou Anna à l'œuvre. Mais il ne se découragea pas et, après quelques échecs, Anna jugea qu'elle pouvait garnir de pâte quelques-unes des barquettes en papier d'aluminium qu'ils avaient achetées.

— Les séances avec ma psy se passent bien, déclara Jamie à brûle-pourpoint.

En abordant de front un sujet personnel, voire intime, il espérait encourager Anna à s'ouvrir elle aussi et à parler de ce qu'elle cachait.

— Ah ! Tant mieux !

— Nous avons mieux délimité le terrain et nous sommes tombés d'accord sur le fait que ces séances sont un processus d'apprentissage pour *moi* et non l'inverse. Elle était soulagée de savoir que je n'allais pas lui présenter la facture.

Anna éclata de rire.

— C'est vrai que, d'habitude, c'est toi qui joues les psychologues avec les gamins dont tu t'occupes !

— Je crois que mon problème vient de ce que je pensais que Gill avait tous les torts et que, moi, je n'étais coupable de rien.

— Je suis sûre que la psy n'a pas utilisé le terme de « coupable ».

— Tu as raison. Elle a dit « responsable ». J'ajoute de la farine ?

— Juste un peu sur la planche pour empêcher la pâte de coller quand tu l'étaleras. Alors, dis-moi, quelles sont les responsabilités que tu as reconnues ? Tu n'es pas obligé de répondre si la question te dérange.

— Non, elle ne me dérange pas du tout.

Jamie essaya de reconstituer la chaîne des événements qui avait conduit à ce fameux Noël.

— Gill et moi, nous nous sommes rencontrés dans un train. Elle était assise en face de moi et elle me fixait. Elle a fini par me demander si j'étais Jonny Campbell, car nous nous ressemblions davantage à l'époque. C'est assez ironique, je sais. Mais... En fait, ça résume tout si on réfléchit bien. Nous avons commencé à parler, nous avons beaucoup ri, et j'ai exclu l'idée qu'elle aurait préféré que je sois Jon. Mais en y repensant je crois qu'elle se demandait si Jon n'avait pas plus d'atouts que moi dans son jeu.

— N'importe quoi ! commenta Anna avec une véhémence douce aux oreilles de Jamie.

— De son point de vue, en tout cas. Gill aimait sortir. Plus l'endroit était branché, mieux c'était. Elle ne s'intéressait pas à mon association, la considérant même comme un obstacle entre nous. Elle me reprochait d'en parler beaucoup trop. D'être assommant.

— Elle ne s'est pas regardée ! Oh ! pardon ! Je ne voulais pas être insultante. Je ne la connais même pas.

— Merci de ta confiance, Anna. Gill et moi étions différents. J'avais trouvé ma vocation, et quand Gill entrait en concurrence avec l'association dans mon emploi du temps, je ne lui donnais jamais la priorité. Elle a eu raison de me quitter.

— Pas de cette façon, Jamie.

— Non, c'est vrai, dit-il avec un haussement d'épaules, comme si tout cela ne comptait plus guère aujourd'hui. Et toi, alors ?

— Moi ? répondit-elle, feignant de ne pas comprendre, visiblement mal à l'aise.

— Tu m'as beaucoup aidé en m'encourageant à parler, Anna. Tu ne veux pas que je te renvoie l'ascenseur ?

Anna secoua la tête.

— C'est comme ça. Je n'ai rien à raconter... Alors je ne raconte rien.

— Sache que je suis là si tu changes d'avis.

— Merci.

Elle avait parlé avec tant de fermeté qu'il renonça à insister.

— Nous devrions marquer les trois gâteaux faits avec ta pâte, dit Anna, sautant sur l'occasion de changer de sujet. Ce sont les premières de ta fabrication, alors il faut que tu les reconnaisses quand tu les mangeras.

Elle découpa dans des restes de pâte trois J majuscules qu'elle posa sur le dessus des gâteaux.

— On les met au four maintenant ? demanda-t-il, impatient de sentir l'odeur de pâtisserie emplir la maison, tel le signal d'un nouveau départ dans une nouvelle demeure.

— Non, il vaut mieux les congeler crus. Mais nous pouvons en garder un pour ce soir.

— Bonne idée ! Je fais la vaisselle et, ensuite, j'allumerai un feu dans le salon.

11

Impossible d'imaginer journée plus merveilleuse que celle d'aujourd'hui, passée à cueillir des fruits et à cuire des tourtes, songea Anna. En réalité, elle ne devait ce bonheur qu'à la seule présence de Jamie.

Assis de chaque côté de la cheminée, ils dégustaient leur tourte fourrée de pommes qui se trouvaient sur l'arbre le matin encore.

— Je n'ai plus de place pour une troisième part, dit Jamie en posant son assiette vide.

— Moi non plus.

Elle était repue et détendue après une journée bien remplie, par des activités certes futiles par rapport aux défis qu'ils devaient relever à l'hôpital, mais qu'ils avaient menées jusqu'au bout, sans stress, sans laisser de problèmes en suspens contrairement à ce qui se produisait dans leur pratique médicale.

Et à présent... Jamie était si beau à la lumière des flammes ! Anna se mordit la lèvre inférieure. Attention ! Ces pensées dépassaient le cadre de l'accord qu'elle avait conclu avec lui en acceptant de venir à Hastings : les moments qu'ils passaient ensemble étaient uniquement des moments d'amitié partagée qui excluaient toute relation que ni l'un ni l'autre ne pouvait envisager.

— Nous pourrions nous lancer dans la fabrication de cidre l'année prochaine, suggéra Jamie.

« Nous »... « L'année prochaine »... Peut-être, à condition qu'ils ne franchissent pas les limites qu'ils s'étaient fixées, se dit Anna.

— Oui, pourquoi pas ? Tu sais comment procéder ?

— Non, je n'en ai pas la moindre idée. Mais il y a une première fois à tout.

Elle se leva et prit les assiettes vides sur la table dans l'espoir qu'un brin de vaisselle réussirait à rompre le charme qui semblait les envoûter.

— Laisse ça, dit Jamie en lui attrapant la main.

À la lumière du feu, elle ne pouvait discerner la couleur de ses yeux, mais rien de ce qui était important ne lui échappait.

— J'ai passé une très bonne journée, merci, ajouta-t-elle d'une voix qu'elle entendit trembler.

Un geste de plus de Jamie, et elle oublierait tout ce qu'elle s'était promis.

— Moi aussi. Merci à toi, Anna.

Il se pencha et porta lentement la main d'Anna à ses lèvres. Chaque seconde semblait remplie de magie.

Elle aurait pu facilement se dégager. Mais elle était tout aussi incapable de résister à Jamie qu'à son propre désir. Aussi accueillit-elle les bras qui l'enlacèrent et s'assit-elle sur les genoux de Jamie.

— On est bien, murmura ce dernier.

— Oui, mais ce n'est pas ce dont nous étions convenus.

Elle entrelaça les doigts à ceux de Jamie.

— Nous sommes tombés d'accord pour ne pas nous engager dans une vraie relation. Mais je ne me rappelle pas que nous ayons édicté des règles concernant notre amitié.

— Ah ! Tu as trouvé la faille ! commenta-t-elle avec un petit rire en lui plantant gentiment les doigts dans les côtes.

— Non, seulement un point resté dans le flou.

— Une faille ou un vide juridique, tu ne vas pas jouer sur les mots quand même. Cela dit, tu as raison. Nous n'avons jamais défini les termes de notre amitié.

— Peut-être devrions-nous nous y mettre, murmura-t-il. De toute évidence, nous manquons d'arguments rigoureux pour négocier.

Jamie venait de fournir à Anna l'ouverture parfaite. Elle se tourna entre ses bras pour lui faire face, ne laissant que quelques centimètres entre leurs bouches.

— Interdit de parler de l'avenir, Jamie.

— D'accord. Veux-tu qu'on couche cet article sur le papier ?

— Non, ta parole suffira, répondit-elle en effleurant ses lèvres des siennes.

Elle l'entendit s'arrêter de respirer.

— Autre chose ?

— Nous sommes avant tout des amis. Nous ne sommes pas obligés d'être toujours fourrés ensemble comme des inséparables et nous devons respecter la vie de l'autre.

— Ça me paraît très raisonnable.

Sur ce verdict, il lui attrapa la main dont il pressa les doigts contre sa bouche. Puis il déposa un baiser dans sa paume, remonta jusqu'à la base de son pouce... Anna tressaillit.

— Tout ce qui se passera d'autre est...

— ... strictement entre nous ? acheva-t-elle.

Le vert des yeux de Jamie fonça brusquement. Une illusion d'optique ? Son corps contre le sien était en tout cas bien réel.

— Oui.

Il se tut un instant, les yeux plantés dans les siens. Elle l'embrassa, et il répondit à son baiser avec une tendresse empreinte de fièvre.

— Arrête-moi si tu trouves que je vais trop loin...

— Tu n'iras jamais trop loin, Jamie.

Il posa une main sur sa nuque et, de l'autre, commença son exploration, à l'affût du plaisir qu'il pouvait lui procurer. Quand il caressa son sein du pouce à travers le tissu de son chemisier, elle retint sa respiration et ne supporta la frustration que parce qu'elle la savait temporaire.

— Tu es belle !

Méthodiquement, avec une lenteur insoutenable, il lui déboutonna son chemisier. Du bout des doigts, il suivit le contour de son soutien-gorge puis s'égara sur son sein. Les yeux rivés sur le visage d'Anna, il buvait son plaisir.

Elle se tortilla pour se libérer de son étreinte et se débarrassa de son chemisier. Elle sentit alors le feu du corps et du regard de Jamie sur sa peau.

— Viens, dit-elle, avide de lui donner du plaisir à lui aussi.

En un clin d'œil, il se redressa. Lui rendant la monnaie de

sa pièce, elle prit tout son temps pour défaire les boutons de sa chemise, glisser les mains sur ses épaules, puis sur son torse où elle sentit son cœur battre la chamade. Brusquement elle commença à mordiller son tétin.

— Anna ! gémit-il.

Malgré sa force, il était entièrement en son pouvoir.

Ils étaient nus, à présent, et engagés dans un rapport plus que sexuel : ils étaient des amis intimes qui voulaient tout voir, tout sentir avant que l'inévitable conclusion les prive des délices de ces moments d'impatience.

Tout en la plaquant d'une main contre son corps raidi, il glissa son autre main entre ses cuisses. Dans un cri, elle s'agrippa à ses épaules.

Il l'allongea alors sur le petit tapis chauffé par le feu et là, tout en l'inondant de caresses et de baisers, il lui écarta les jambes et la couvrit de son corps.

— Jamie ! Je t'en prie ! Ne t'arrête pas là ! murmura-t-elle en lui martelant les épaules des poings.

Renonçant à la faire languir davantage, il fit courir les doigts sur sa nuque, sa poitrine, son ventre, jusqu'à l'endroit qui les attendait fiévreusement. Il semblait savoir d'instinct comment lui donner le maximum de plaisir, et quand il posa les lèvres sur le bout d'un de ses seins, elle explosa en un puissant orgasme.

Avait-elle crié ? Peut-être. Peut-être pas.

Quand elle eut recouvré un semblant de calme, elle enlaça Jamie et le sentit secoué par un long tremblement.

— Tu es formidable..., déclara-t-il en roulant sur le dos avec elle.

— Moi ? C'est toi qui as fait tout le travail. Mais n'espère pas être arrivé au bout de tes peines. Tu as des préservatifs ?

— Oui. Mais tu ne veux pas te reposer un peu ? demanda-t-il en l'embrassant tendrement sur la joue.

Non. Pas maintenant. Oh ! Bien sûr, la chaleur douillette du feu invitait à se prélasser, mais Jamie avait éveillé en elle un désir qui n'avait pas été totalement assouvi et qui enflait de seconde en seconde.

— Je veux te sentir en moi.

Sans se faire prier, il la souleva et la porta jusqu'à son lit.

— Attends... Je reviens tout de suite.

Elle le vit s'éloigner puis l'entendit qui ouvrait et fermait des tiroirs. Elle tira la couette sur elle pour se protéger du froid. Quelques instants plus tard, Jamie, toujours dans la pénombre, revint, avança vers le pied du lit, s'accroupit... et, soudain, une grande cheminée en brique apparut en même temps qu'un appareil de chauffage au gaz s'allumait, baignant la pièce d'une lumière vacillante. Jamie n'était plus une simple silhouette, à présent. À son approche, Anna se redressa, et il l'embrassa avec fougue.

Elle s'enroula fermement dans la couette avec une mine mutine et, en riant doucement, il la lui arracha, l'effleurant de ses mains froides qui la firent frémir. Elle se contorsionna, haleta, poussa des petits cris et, sans savoir comment, se trouva soudain sur le dos, le bassin enserré entre les genoux de Jamie. Il lui emprisonna doucement les poignets, et un désir incontrôlable déferla en elle.

— Prends-moi, Jamie, prends-moi...

Il lui bloqua les bras au-dessus de la tête et balaya tout son corps des yeux avant de le couvrir du sien et de plonger doucement en elle. Elle parut s'épanouir sous lui, et il fut emporté par la variété de ses réactions. Tantôt abandonnée, tantôt impétueuse, elle l'emprisonnait dans un subtil et délicieux filet de plaisir. Il ne voyait qu'elle. Ne sentait qu'elle. Il accéléra son va-et-vient sans cesser de la caresser. Tous deux étaient au bord de la rupture et, dans un dernier coup de reins, il les amena ensemble à l'extase.

Ils étaient faits l'un pour l'autre. Ils trouvaient tous les deux leur plaisir dans l'extrême tendresse et la lente montée du désir. Dans les mots murmurés, dans l'attente, dans l'observation de la réaction de l'autre à chaque nouvelle caresse. Mais quand la fièvre s'emparait d'elle, Anna perdait toute retenue et devenait intrépide.

Il avait trouvé en elle son alter ego. Ils étaient deux forces égales et opposées, et chacun répondait parfaitement aux attentes de d'autre.

Aurait-il profité d'une faille de leur accord ? Peut-être, et tant pis. Il s'en inquiéterait plus tard.

Jamie rêva qu'il était solidement ligoté, retenu par des fils de soie collants. Chaque fois qu'il se libérait, d'autres apparaissaient en plus grand nombre de partout. Il entendait la respiration d'Anna. Il voulait la protéger, mais ignorait comment. Au loin, une alarme hurlait. On avait besoin de lui. Il devait à tout prix s'extirper de ses liens.

— Jamie... Jamie !

Il reprit brutalement conscience, mais il demeurait sous l'emprise de son cauchemar. Son réveil sonnait - il avait donc bien entendu une alarme —, et alors qu'il tendait un bras pour l'éteindre, il toucha quelque chose... Anna était là en chair et en os.

La sonnerie continuait à lui vriller la tête, mais, pour l'arrêter, il devait se pencher par-dessus Anna. Or, il était nu, et elle aussi.

Ce qui n'avait paru poser aucun problème la veille constituait un obstacle pour tous les deux, ce matin. La couette bien serrée autour d'elle, Anna se glissa vers le côté du lit pour éteindre le réveil. Ils venaient de se confronter à la première difficulté de la matinée, et très probablement la plus simple à surmonter.

— Il faut que tu partes, je suppose ? demanda Anna.

Une question qui aurait été bien innocente si elle n'avait fait écho à celle de Gill trois ans plus tôt. Dans les premiers temps, elle n'avait pas été dérangée - bien au contraire - par ses fréquentes astreintes, car elle y avait vu la preuve que son futur époux était un personnage important. Mais elle avait fini par s'agacer que le téléphone sonne au milieu de la nuit ou en pleine soirée chez des amis, au point qu'il était arrivé à Jamie d'hésiter à répondre. Mais sa conscience professionnelle l'avait toujours emporté.

— Je suis désolé.

C'était ce qu'il avait dit chaque fois à Gill. La situation présente tournait à la répétition de vieux souvenirs et d'anciennes erreurs, exactement ce qu'il avait voulu éviter, dans leur intérêt à tous les deux.

— Ne t'inquiète pas. Nous ne sommes pas des inséparables, tu te rappelles ?

Soudain, tout parut s'éclaircir. En partie, en tout cas.

— Oui, je me rappelle, mais ça tombe mal.

— Pas vraiment. Je t'aurais bien accompagné au basket mais... deux fois de suite... Ça ferait jaser.

— Si ça les empêche de faire des bêtises, qu'ils jasent tout leur soûl. Et si tu veux venir, viens. Mais si tu préfères paresser ici, je penserai à toi avec envie.

Elle le gratifia d'un sourire éclatant.

— J'ai apporté mon maillot, ce serait dommage de ne pas l'utiliser.

Une difficulté en moins... L'horrible crainte qui avait tenaillé Jamie au réveil commençait à s'estomper. Anna aussi semblait plus à l'aise, mais avant de se rendre sur le terrain ils devaient se lever. Or, ils étaient tous les deux nus sous la couette. Et aussi absurde que cela soit après leur nuit d'amour, quand Jamie toucha par inadvertance la main d'Anna, il crut voir une lueur de panique dans ses yeux aussi.

— Je ne regretterai jamais la nuit dernière, Anna.

— Moi non plus, dit-elle en rosissant. C'était bien, tu ne trouves pas ?

— Extraordinaire, tu veux dire ! Je n'oublie pas ce dont nous sommes convenus Anna, mais si tu voulais passer un peu plus de temps avec moi, j'en serais très honoré.

Elle se pencha vers lui pour l'embrasser sur la joue. La couette avait légèrement glissé, et la folie de la nuit reprit quelque peu ses droits. Dans la lumière froide du matin, Anna restait tout aussi belle, tout aussi désirable.

— Merci, dit-elle. Je m'inquiétais un peu et... Je suis désolée...

Il la fit taire en posant l'index sur sa bouche.

— Non, ne le sois pas parce que moi, je ne le suis pas.

La couette descendit un peu plus encore quand elle le prit dans ses bras. Jamie savoura la douceur de sa peau contre la sienne.

— Ce qui me désole quand même, c'est de ne pas avoir de temps maintenant, dit Anna avec un signe de tête en direction du réveil dont les aiguilles tournaient implacablement.

— Mon réveil sonne deux fois. Si je me lève à la première sonnerie, j'ai le temps de prendre mon petit déjeuner. Si c'est à la seconde, je bois un café dans la voiture.

— Qui voudrait boire son café ailleurs que dans une voiture ?

— Pas moi, en tout cas ! répondit-il en l'embrassant et en retirant la couette qui les séparait.

Quoi de mieux que de faire l'amour, et avec Jamie qui plus est, pour entamer une journée ? Celle d'aujourd'hui s'annonçait sous les meilleurs auspices pour Anna.

Elle avait pourtant nourri de grosses craintes. Quand elle avait émergé d'un profond sommeil dix minutes avant que le réveil sonne, elle avait eu l'impression de s'être laissé dominer par ses sentiments et d'avoir tout gâché avec Jamie.

Mais il pensait ce qu'il avait dit, cette nuit. Qu'ils étaient des amis intimes et qu'il ne lui demanderait jamais davantage. Même si cela paraissait trop beau pour être vrai, pourquoi ne pas en profiter et passer une autre nuit entre les bras de Jamie ? Le jeu en valait la chandelle, et au diable les conséquences !

12

Pour une fois, le temps n'avait pas paru long à Jamie : il n'avait pas vu la semaine passer. Les trois jours aux urgences avaient été tellement chargés qu'ils avaient filé sans qu'il s'en aperçoive et, à la clinique, il n'avait pas soufflé une minute le jeudi et le vendredi. Anna travaillant le samedi matin, il l'avait attendue pour partir avec elle à Hastings juste après.

L'appel téléphonique arriva alors qu'ils se garaient sur le parking du pub local où ils avaient décidé de déjeuner. Après avoir regardé le nom qui s'affichait, Jamie fronça les sourcils et décrocha.

— Bonjour, Philip. Un problème ?

Le visage de Jamie s'assombrit.

— OK, dit-il à la fin. Laisse-moi le temps de passer un ou deux coups de fil, et je te dis.

Il raccrocha et soupira en se tournant vers Anna.

— Je suis désolé. Il faut que j'y aille.

— Que se passe-t-il ?

— C'est Spark. Elle a disparu. Jen prétend ne pas savoir où elle se trouve.

— Tu crois qu'elle ment ?

— Ce n'est pas impossible. Il faut que je l'interroge.

Il tapa le numéro de Jen et, appuyé contre la voiture, attendit. Au bout de quelques instants, il secoua la tête, raccrocha et renouvela l'appel.

— Elle ne répond pas ?

— Non. Ce qui confirme que quelque chose n'est pas net. Sa meilleure amie a disparu, et elle ne décroche pas son téléphone, c'est bizarre...

Bizarre, effectivement.

Jamie essaya une troisième fois, les yeux fixés sur le ciel, visiblement prêt à insister le temps qu'il faudrait. Brusquement, il se redressa.

— Jen ? Bonjour, c'est Jamie. Où es-tu ? Oui, j'entends que tu es dans le bus. Mais où est le bus ?

— ...

— À d'autres, Jen, répliqua-t-il, agacé. Spark a disparu, justement aujourd'hui, et tu vas au cinéma ?

Une attaque un peu abrupte, mais fidèle à la politique de franchise qu'il prônait.

— Jen, je te promets que je te conduirai là où tu veux sans poser de questions. Si Spark ne se trouve pas à l'endroit où tu crois, nous continuerons à chercher ensemble. Je t'en prie, n'entreprends rien toute seule.

Il écouta de nouveau attentivement.

— Si, je te fais confiance, mais c'est trop de responsabilité pour une seule personne. À ta place, j'aurais besoin de quelqu'un à mes côtés.

Voyant Jamie hocher la tête, Anna devina que Jen avait capitulé.

— D'accord. Je te rejoins à l'arrêt de bus de Hedge Lane. J'y serai dans un quart d'heure.

Il coupa la communication et se tourna vers Anna avec une mine contrite.

— Euh... Je vais te déposer chez moi. C'est sur le chemin...

— Hors de question. Je peux être utile, tu ne crois pas ?

— Oui, absolument, merci, répondit-il, le visage brusquement moins sombre.

— Explique-moi la situation.

— Le petit frère de Spark est mort d'une leucémie, il y a quatre ans, commença Jamie lorsqu'ils furent sortis du parking. Elle est venue au club quand il était au plus mal. C'est à ce moment-là qu'elle a rencontré Jen et qu'elles sont devenues amies. Spark parlait beaucoup du ressenti de son frère et de ses parents face à la maladie, mais elle ne disait jamais un mot du sien. Elle ne pensait qu'aux autres.

— Pauvre Spark ! Et tu as réussi à la faire parler ?

— Finalement, oui. Il a fallu un certain temps avant qu'elle admette avoir été affectée par la mort de son frère. Jen l'a beaucoup soutenue, malgré ses propres problèmes, car elle comprenait ce que Spark traversait. Voilà pourquoi j'ai pensé qu'elle avait une petite idée de l'endroit où Spark était allée, même si cette dernière ne lui avait rien dit.

— Pourquoi as-tu dit : « justement aujourd'hui » ?

— Parce que cela fait quatre ans jour pour jour que son frère est mort.

— Ses parents doivent être sens dessus dessous.

— Oui, ils sont dans tous leurs états. Ils ont appelé notre permanence téléphonique, et Phil leur a assuré que nous mettrions tout en œuvre pour la retrouver. Il faut que je l'appelle d'ailleurs pour le mettre au courant pour Jen.

— Je vais le faire avec ton téléphone pendant que tu conduis.

Le feu de circulation devant eux passa au rouge, et Jamie commença à jurer tout bas en tambourinant impatiemment sur le volant. Un énervement inhabituel qui, plus que tout, fit craindre le pire à Anna.

Quinze minutes plus tard, Anna voyait Jen descendre du bus devant eux et s'affaler sur le siège de l'abribus. Elle sortait son téléphone de sa poche lorsque Jamie stoppa la voiture devant elle. Anna ouvrit la portière et lui fit signe de prendre sa place à l'avant.

— Où va-t-on, Jen ? demanda Jamie d'une voix subitement posée.

— La voie ferrée, près de la gare.

La voie ferrée ? s'inquiéta Anna intérieurement.

— Pourquoi là-bas ? demanda Jamie.

— À la fin, le frère de Spark a été hospitalisé à Londres. Ses parents s'y rendaient régulièrement et laissaient Spark chez sa tante. Elle allait souvent regarder les trains, et je l'ai accompagnée une ou deux fois, mais nous ne l'avons jamais dit à personne. Elle regardait, c'est tout.

— Pour voir si ses parents rentraient ?

— Non. Nous ne les aurions pas vus. Elle disait qu'elle était à un bout de la ligne et eux à l'autre. Je suppose que c'était une façon de se sentir en lien avec eux. Nous restions assises sur le talus pendant une heure et, ensuite, nous rentrions.

Quelle incroyable confiance Jamie avait su établir avec les enfants qu'il essayait d'aider pour que Jen lui dévoile ce secret ! songea Anna.

— Bien. Alors à ton avis, en premier lieu, il faut aller au pont qui passe par-dessus les rails près de chez sa tante ?

— Oui, je pense.

À peine Jamie fut-il garé sur le pont que Jen sauta de la voiture avant qu'Anna ait le temps de la retenir et se précipita vers la haute rambarde.

— Tu peux la surveiller, Anna ?

Un bref échange de regards, et Anna comprit qu'il lui accordait sa confiance pleine et entière. Le cœur léger, elle sortit de la voiture et se hâta vers Jen.

Tous trois inspectèrent du regard les talus de chaque côté des voies. Jen pleurait à présent, mais Jamie, entièrement absorbé par sa recherche d'un signe de Spark, ne la consola pas.

— Là-bas ! cria soudain Jen.

Spark, petite silhouette vêtue de noire, les genoux pliés contre la poitrine comme si elle voulait prendre le moins de place possible, était assise quasiment sous le pont, dangereusement près des rails.

Aussitôt, Jamie se mit à courir, et Jen voulut le suivre, mais Anna l'en empêcha.

— Lâche-moi, sale...

— Arrête ! la coupa Anna sans desserrer sa prise en attendant que Jen cesse de se débattre. Écoute-moi, Jen. Il faut que tu te calmes si tu veux aider Spark.

Jen se rendit à l'argument d'Anna et ravala ses larmes. Elle ne voulait qu'une chose : aider son amie.

— Sais-tu comment elle a réussi à descendre là ?

Anna savait que Jamie comptait sur elle pour trouver un moyen de franchir la haute clôture qui longeait le talus.

— Il y a un trou près des arbres au bout du pont.

Anna attendit que Jamie se retourne – ce qu'il fit comme s'il l'avait entendue penser – pour lui indiquer du doigt l'endroit signalé par Jen. Aussitôt, il sauta par-dessus le garde-fou qui séparait le trottoir du terrain accidenté et se laissa glisser le long de la pente abrupte qui descendait jusqu'à la clôture. Puis il se retourna, fit signe qu'il avait repéré Spark et disparut derrière les arbres et les buissons que Jen avait désignés.

— Il faut que j'y aille ! Lâche-moi ! s'écria de nouveau Jen en se débattant.

— Jamie y est presque. Il va la ramener.

— Mais vous êtes complètement à côté de la plaque tous les deux ! s'écria-t-elle. Elle ne veut pas se tuer.

— Il le sait, Jen. Il comprend que Spark essaye seulement de trouver un moyen d'exprimer la douleur qui la submerge aujourd'hui.

Jen se calma d'un coup et essuya ses larmes.

— Elle se taillade aussi.

Jamie était-il au courant ? Il devait certainement en soupçonner la possibilité. Anna entoura les épaules de Jen et toutes deux regardèrent Jamie progresser vers Spark.

Il s'arrêta à une dizaine de mètres de l'adolescente et l'appela. Elle tourna la tête vers lui qui avançait lentement. Tout son langage corporel était rassurant. Il progressa encore de deux pas et s'assit dans l'herbe.

Il se rapprocha encore jusqu'à ce que Spark lui signifie d'un geste de rester là où il était. Ils continuaient à parler malgré tout et, centimètre par centimètre, Jamie se déplaça de nouveau vers elle. Finalement, il lui prit un bras, et Anna entendit Jen souffler bruyamment. Toutes les deux avaient retenu leur respiration.

Soudain, Spark se jeta littéralement au cou de Jamie qui la serra contre lui un long moment avant de la mettre debout, de l'éloigner de la voie ferrée et de remonter le talus avec elle.

— Il a réussi !

Anna libéra Jen qui partit en courant vers l'entrée du pont.

Spark était à présent hors de danger, et les deux amies avaient besoin l'une de l'autre.

Jamie, qui avait prêté sa veste à Spark, l'aidait à franchir la clôture. Jen les rejoignit alors qu'ils regagnaient le trottoir, et les deux adolescentes se jetèrent dans les bras l'une de l'autre. Anna essuya une larme. Jamie était si doux avec les deux jeunes filles... Si protecteur et, en même temps, si respectueux de leurs besoins.

— Allez donc vous asseoir un moment sur la banquette arrière, les filles. Ensuite, nous vous ramènerons.

Il se tourna alors vers Anna et dit avant même qu'elle ait posé la question :

— Elle va bien. Elle s'est entaillé le bras, mais la coupure n'est pas profonde. Tu pourras y jeter un coup d'œil au club de jeunes ?

— Oui, bien sûr, mais tu ne la reconduis pas chez ses parents ?

— Elle ne veut pas, et je n'ai pas insisté. Je vais téléphoner à Phil pour qu'il les prévienne que nous l'avons retrouvée. Peut-être est-ce aussi bien qu'ils viennent la chercher là-bas.

Quand il eut passé son appel, il se tourna vers Anna.

— Merci, dit-il, les yeux humides.

— C'était un honneur pour moi de t'accompagner. Merci de ta confiance.

Jamie esquissa un sourire soudain las.

— Honnêtement, je n'ai pas réfléchi. Je savais que je pouvais compter sur toi.

— Cela me touche vraiment beaucoup, et je te témoignerai ma reconnaissance tout à l'heure, lui murmura-t-elle à l'oreille.

Jamie se fit déposer devant chez lui par Phil.

Alors qu'il avançait dans l'allée, il vit que la lumière était allumée dans la cuisine. Ce seul détail lui fit chaud au cœur. Il avait l'impression de rentrer chez lui en bon père de famille.

Non seulement une bonne odeur lui chatouilla les narines quand il ouvrit la porte, mais en plus Anna sortit du salon pour l'accueillir avec un baiser. Il la serra contre lui, les jambes en coton.

— Alors, comment ça s'est passé ? demanda-t-elle se méprenant sur la raison des yeux humides de Jamie.

— Bien. Je crois que tout va s'arranger.

— Tu es sûr ?

— Oui. À 100 %.

— OK. J'ai fait un hachis parmentier. Je n'ai plus qu'à l'enfourner pour une demi-heure. Veux-tu boire quelque chose en attendant ?

Il avait l'impression de vivre un rêve éveillé. Il ne manquait qu'un enfant aussi adorable que sa mère endormi à l'étage.

Il se racla la gorge en essayant de chasser cette image d'Épinal du bonheur domestique alors qu'il suivait Anna dans le salon.

— J'ai de la bière dans le réfrigérateur. Ça te dirait ?

— Oui. Assieds-toi. Je vais la chercher.

La tentation était trop forte. Il se laissa tomber dans un fauteuil devant la cheminée pendant qu'Anna faisait un aller-retour dans la cuisine, revenant avec deux bouteilles décapsulées et deux verres. Elle lui versa sa bière en veillant à limiter la quantité de mousse.

— Je vais trop loin ? demanda-t-elle d'un air malicieux en écho à la question de Jamie lors de leur nuit d'amour.

— Oui. Beaucoup trop. Je peux me servir tout seul.

— Je sais. Mais je pensais...

— Je sais très bien ce que tu pensais, la coupa-t-il avec un petit rire. Mais tu ne devrais pas être aux petits soins avec moi comme ça. Je suis parfaitement capable de me préparer à manger en rentrant le soir. Je le fais tout le temps.

— J'ai quand même le droit de te bichonner, non ? Attention, de manière tout à fait exceptionnelle.

— Alors là, d'accord. Et à condition que je puisse te rendre la pareille de temps à autre, dit-il en lui attrapant la main pour l'attirer sur ses genoux et l'embrasser. En fait, c'est comme ça que je veux vraiment être accueilli à mon retour le soir.

— Quoi ? dit-elle, feignant de s'indigner en se redressant. Es-tu en train de me dire que tu ne veux pas de mon hachis ?

— Oh si ! J'en ai l'eau à la bouche. Je veux simplement dire que je ferais n'importe quoi pour t'embrasser.

— Tu es pardonné alors, dit-elle en se laissant aller entre ses bras. Raconte-moi ce qui s'est passé après mon départ cet après-midi.

— La maman de Spark te remercie pour les points de suture.

— C'était le minimum que je pouvais faire !

Ce n'était pas tant pour les points de suture que sa mère la remerciait que pour sa bienveillance et sa délicatesse avec Spark. Elle ne lui avait pas fait la morale sur ses mutilations, ne l'avait pas humiliée. Elle avait autorisé Jen à nettoyer la plaie. À la fin, elle avait embrassé Spark et lui avait dit à quel point elle était contente de voir qu'elle allait bien.

— As-tu vu d'autres cicatrices ?

— Oui, quelques-unes, mais les entailles semblaient relativement superficielles. Je ne pense pas qu'elle se soit beaucoup automutilée.

— Oui, c'est ce qu'elle m'a dit.

Une confirmation qui rassura un peu plus Jamie.

— Et ses parents ? Ils ne t'en ont pas voulu de ne pas l'avoir ramenée directement chez eux ?

— Non, pas du tout. Ils nous connaissent, et je pense qu'ils préféraient de loin qu'une tierce personne soit là pour jouer les médiateurs. Tout le monde a pu dire ce qu'il avait à dire, et Spark a pris conscience de l'angoisse qu'ils ont vécue.

— Elle doit tellement souffrir pour en arriver là ! commenta Anna avec un soupir.

— Le pire, c'est qu'elle s'est toujours évertuée à le cacher. Quand elle a vu l'état de ses parents, je crois qu'elle a compris qu'ils étaient davantage prêts à affronter son chagrin qu'à la voir disparaître sans un mot.

— C'est bien que tu sois là, autant pour Spark que pour ses parents. Tu vas continuer à les suivre ?

— Oui. J'ai proposé qu'ils viennent nous voir pour une thérapie familiale, et l'idée leur a beaucoup plu. À mon avis, il y a deux ou trois problèmes qui nécessitent d'être abordés.

— J'aimerais tellement aider Spark ! Mais il y a des traumatismes qu'on ne peut pas réparer.

— Oui et non. Il est impossible de lui rendre son frère et de la libérer de sa peine. D'ailleurs, ce n'est pas ce que nous cherchons. Notre objectif est de lui montrer, comme aux autres gamins, qu'il y a moyen de surmonter les difficultés pour d'aller de l'avant.

Anna se tut et demeura le regard perdu sur les flammes, les

doigts agrippés à la chemise de Jamie. À quoi pensait-elle ? se demanda-t-il en la serrant contre lui. Il était de plus en plus persuadé qu'il y avait quelque chose qu'elle-même ne pouvait réparer. Quelque chose qui avait trait à son mariage. Quelque chose qui l'avait tellement blessée que, pour aller de l'avant, elle avait choisi un chemin où elle était assurée de ne pas vivre de nouveau la même épreuve.

Peut-être lui en parlerait-elle un jour. Il l'espérait parce que cet événement, quel qu'il soit, se dressait entre eux comme une barrière infranchissable tant qu'il n'en connaîtrait pas la nature. Pour le moment, il devait se contenter de tenir Anna dans ses bras.

— Et ce hachis parmentier, alors ? lança-t-il.

Anna s'arracha à sa rêverie et l'embrassa.

— Je vais aller le mettre au four, dit-elle, le visage radieux.

13

— Tu accepterais de me montrer ton logiciel, Anna ?

— C'est une proposition coquine ?

— C'en serait une un autre jour que le mercredi, répliqua Jamie en riant à l'autre bout du fil. Aujourd'hui, je m'en tiens à l'informatique.

Depuis deux semaines et demie, Anna et Jamie avaient mis en place un système bizarre, mais qui fonctionnait. Du lundi au vendredi, ils entretenaient une relation strictement professionnelle, ne se renseignant jamais sur leur programme du soir, ne parlant jamais des Hastings Hustlers ou de ce qui touchait de près ou de loin au week-end, ne prenant jamais pour acquise la présence de l'autre. Bref, ils menaient chacun leur vie de leur côté.

Mais les week-ends, ils se consacraient entièrement l'un à l'autre. Ils étaient devenus des « amis intimes » comme Anna aimait à le dire. Ils pratiquaient des activités ensemble et passaient des nuits pleines de tendresse et de passion.

— Alors, quand as-tu un moment de libre ? demanda Anna en prenant son agenda.

— Jon sort demain, et je vais le conduire chez Caroline où il doit rester quelque temps. Je serai disponible à partir 16 heures.

— J'ai des patients jusqu'à 17 heures. Alors, disons 17 h 30. Que veux-tu faire exactement avec mon logiciel ?

— À la demande de quelques gamins du club des jeunes, nous organisons un atelier sur l'image du corps la semaine prochaine. C'est un sujet qui touche la plupart d'entre eux d'une façon ou d'une autre, et afin que je puisse répondre à leurs questions, je me demandais si tu accepterais de m'expliquer le déroulement d'une consultation type et le fonctionnement du logiciel que tu utilises pour montrer l'avant et l'après d'une intervention chirurgicale.

— Pas de problème. À tout à l'heure.

Anna avait adopté un ton vif, professionnel, et Jamie confirma l'horaire et termina la conversation de la même manière.

Il apparut sur le seuil du bureau d'Anna à 17 h 30 précises, le lendemain, avec deux tasses de café. Anna s'était recoiffée et avait retouché son maquillage. *Mais ni plus ni moins qu'avant tout rendez-vous de travail*, songea-t-elle, tentant de s'en persuader.

— On s'y met ? Je te fais une rapide démonstration, et tu me poses les questions qui te viennent à l'esprit au fur et à mesure.

Quand Jamie s'assit sur la chaise qu'elle avait placée à côté de la sienne devant l'ordinateur, elle se surprit à respirer son parfum. Avec délice...

Elle se rappela à l'ordre. Hors sujet !

— D'abord, il me faut une photo, dit-elle en dirigeant la webcam vers lui. Ne bouge pas, ne souris pas... Ensuite, j'estomperai les imperfections.

Anna scruta l'écran et fronça les sourcils : elle ne voyait rien à changer sur le visage de Jamie.

— Comme cette petite cicatrice sur le front ?

— Ah oui ! Je ne l'avais même pas remarquée.

Elle tapa sur quelques touches, et la cicatrice s'effaça.

— Hum... Je ne vois guère de différence.

— Tu viens de mettre le doigt sur un point important. Chaque individu se forge sa propre idée de ce qu'il n'aime pas chez lui et croit que tout le monde pense la même chose que lui. Ce n'est pourtant pas toujours le cas.

— D'accord. Mais quelle ligne de conduite conseilles-tu à tes patients ?

— S'il s'agit de restaurer une fonction altérée, ce sont exactement les mêmes considérations qui entrent en jeu que pour n'importe quel acte médical. Mais lorsqu'il s'agit de corriger un

« défaut », il faut se fonder sur ce que la personne ressent. Jon en est un parfait exemple.

— Les cicatrices sur son visage ne se voient quasiment plus.

— Absolument… L'infirmière spécialisée dans la viabilité des tissus a travaillé avec lui pour diminuer les tiraillements, et son attitude vis-à-vis de ses cicatrices s'est nettement modifiée. Peut-être ne souhaitera-t-il même pas une autre opération. Du moment que c'est lui qui décide, il n'y a pas de problème.

— Je suppose que le logiciel a d'autres fonctionnalités.

— Je vais te montrer quelque chose que j'utilise quand j'anime des ateliers. Prenons ton visage comme exemple.

— Tu es sûre ? demanda-t-il, sceptique.

— Ça ne coûte rien d'essayer, et c'est juste un exercice pour s'amuser. Je ne le pratique pas avec mes patients. Déjà, je peux prendre une moitié de ton visage et la reproduire en miroir. Regarde…

— Qu'est-ce qu'il y a ? demanda-t-il en la voyant froncer les sourcils.

— Je ne vois aucune différence. Je vais essayer avec l'autre côté de ton visage…

Elle obtint rapidement une troisième photo qu'elle afficha à côté des deux premières…

— C'est officiel, Jamie.

— Qu'est-ce qui est officiel ? Qu'as-tu fait ? demanda-t-il, une lueur de panique dans ses yeux magnifiques.

— Tu as un visage parfaitement symétrique !

— Et c'est bien ? demanda-t-il en toute candeur.

— C'est extrêmement rare. Je vais essayer autre chose. À la Renaissance, les peintres utilisaient ce qu'ont appelait depuis l'Antiquité « le nombre d'or », censé établir les proportions du visage idéal.

— OK. Vas-y !

— Un vrai scandale ! s'exclama-t-elle quand elle eut terminé ses manipulations. Ignorais-tu vraiment que tu étais doté d'un visage parfaitement proportionné ?

— Pourquoi m'accuses-tu ? Je n'y suis pour rien. Et oui, je l'ignorais.

— Ce n'est vraiment pas courant. Le mien est loin du compte. Regarde...

Elle saisit la souris, mais il la lui retira, la mine soudain sérieuse.

— Ton visage est parfait. Je n'ai pas besoin d'un ordinateur pour savoir que tu es la plus belle femme que j'aie jamais vue.

Anna lut dans ses yeux qu'il était sincère. Soudain, la température sembla grimper dans la pièce, et le logiciel perdit tout intérêt.

— C'est... exactement ce que je veux prouver. Il est impossible de définir la beauté.

— Ta démonstration était imparable, dit Jamie sans la quitter des yeux.

Le regard de Jamie donnait à Anna l'impression, contre toute vraisemblance, qu'elle répondait aux critères de la beauté classique.

— Il me reste des notes de précédentes conférences, dit-elle d'une voix enrouée, déplacée dans ce cadre. Ça t'intéresse ?

— Oui ! À moins que je ne réussisse à te convaincre de venir animer l'atelier samedi après-midi.

Mélanger le professionnel et le privé après tous ses efforts pour les séparer ? Voilà qui était fort peu judicieux. Mais Anna ne trouva pas une seule raison de refuser.

— Volontiers... Samedi après-midi, dis-tu ?

— Oui. Il y aura d'abord quelques exposés faits par différents intervenants et, ensuite, nous nous diviserons en petits groupes pour discuter.

— Ça paraît bien. Bon, eh bien... Je t'envoie mes notes.

— Ce n'est pas la peine. Je n'ai pas besoin de les voir, car je te fais confiance. Viens et sois parfaite, comme toujours, ça suffira.

— Je viens en voiture vendredi soir ?

— Avec grand plaisir.

La conversation était en train de se transformer en scène de lente séduction, de celles réservées au week-end. Anna était prête à accepter un léger flou dans les frontières, mais, en l'occurrence, ils allaient trop loin. Le bureau où ils se trouvaient était censé être exclusivement réservé au travail.

— Alors, à demain, dit-elle en éteignant son ordinateur, consciente du regard de Jamie sur elle.

Il se leva brusquement.

— Oui. Merci pour... la démonstration. J'ai hâte d'être à demain.

— Moi aussi.

Quand il fut parti, Anna dut résister à la tentation de rallumer son ordinateur pour contempler la photo de Jamie. Pourquoi chercher des ennuis puisque leur amitié « intime » ne pouvait se concevoir que dans les limites des règles qu'ils avaient arbitrairement fixées ?

— Quelles règles absurdes ! murmura-t-elle.

Elle savait pourtant qu'elles ne l'étaient pas puisqu'elle ne pourrait jamais avoir Jamie entièrement pour elle, et que le système qu'ils avaient mis en place lui permettait de l'avoir en partie au moins.

Mieux valait ne pas toucher à ce qui fonctionnait.

Jamie était assis au fond de la salle polyvalente du club des jeunes. Anna, vêtue d'un haut rouge vif bien visible, se tenait debout devant plusieurs rangs d'auditeurs attentifs assis sur des chaises disposées en arc de cercle. Elle délivrait à peu près le même message que les deux intervenants précédents, mais sans poncifs et sans solennité. Spark et Jen, assises à côté de Jamie, étaient enfin captivées et se tournaient de temps en temps l'une vers l'autre en approuvant par des hochements de tête les propos d'Anna.

Jamie aussi était fasciné. Il ne pouvait détacher les yeux d'elle.

Avec un sourire, elle annonça la partie plus ludique de son exposé et alluma le vidéoprojecteur pour afficher une photo d'elle et la comparer à un visage de femme aux proportions « idéales ». Elle se fit subir une rhinoplastie virtuelle pour enlever la petite bosse qu'elle avait sur le nez et que Jamie trouvait adorable. Elle rabota ensuite sa mâchoire et estompa son air buté que Jamie trouvait adorable aussi. Enfin, elle accentua le bleu de ses yeux détruisant ainsi la magie de son regard.

— Alors qu'en pensez-vous ? demanda-t-elle, bras croisés sur la poitrine, en considérant son œuvre.

— Je préfère l'original.

La déclaration de Jen fut corroborée par un hochement de tête de Spark et un murmure approbateur de toute la salle.

— Ouf ! s'exclama Anna en faisant mine de s'essuyer le front. Et la leçon que j'ai tirée après avoir souvent fait cette démonstration est que nos différences font ce que nous sommes. Il est très rare de rencontrer quelqu'un dont le visage présente des proportions idéales et, personnellement, je vous trouve tous beaux.

— J'ai une petite devinette pour vous.

Elle jeta à Jamie un bref regard et, aussitôt, il sentit des picotements dans son cou.

— Il se trouve que je sais qu'il y a une personne ici dont le visage est idéalement proportionné. Qui est-ce, à votre avis ?

Tous les auditeurs se dévisagèrent entre eux. Soudain, Jamie vit Spark donner des coups de coude insistants à Jen, et toutes les deux tournèrent la tête vers lui. La main sur la poitrine, il mima la candeur, et Jen leva les yeux au ciel.

Il allait payer son intervention dès que Jen et Spark partageraient leurs soupçons avec le reste de l'assemblée, mais il s'en moquait. Anna avait ouvert une piste de réflexion dans laquelle chacun s'engouffra. Une discussion animée s'ensuivit au cours de laquelle Anna répondit avec honnêteté et bon sens aux questions difficiles qui fusaient.

Enfin, on remercia tous les intervenants et on but un verre avant de se séparer en petits groupes de travail. Anna fut assaillie de candidats désireux de participer au sien.

— Alors, Jamie, qu'en as-tu pensé ? demanda Anna lorsqu'elle réussit à s'arracher quelques instants à ses fans.

— Tu as été géniale.

Puis il la ramena dans la salle polyvalente où on la réclamait à cor et à cri.

— Je trouve tout ça très pénible, dit-elle avec un sourire.

— Oh ! Je vois ça. Et eux, de leur côté, ils ont hâte de te voir partir.

Elle soupira de façon théâtrale avant d'ajouter :

— Et quand je pense à la soirée chez toi qui va être d'un ennui mortel...

À la seule évocation de la soirée, Jamie sentit de délicieux frissons le parcourir.

— Allez ! Plus vite tu t'y mettras, plus vite ce sera terminé.

Anna lui effleura la main, lui donnant un avant-goût de ce qui l'attendait ce soir, et s'éloigna d'un pas presque sautillant pour aller s'asseoir avec son groupe de discussion.

14

Il était 20 h 30 en ce vendredi soir d'une autre semaine qui avait filé. Jamie entendit Anna se garer dans l'allée et alla l'accueillir sur le perron.

— Je sais ce que tu complotes, dit-elle en respirant la bonne odeur qui arrivait de la cuisine.

— Veux-tu que je te serve à boire ?

— Je peux me servir ma bière, je te remercie, répondit-elle avec un rire en accrochant son manteau à la patère.

— Ah ! Mais j'avais une autre idée en tête...

Jamie n'avait jamais ressenti un tel bonheur. Cela faisait un mois qu'ils se fréquentaient, et Anna avait passé tous les week-ends à Hastings, avec lui. Ils avaient parcouru un long chemin tous les deux. Une confiance réciproque s'était établie naturellement entre eux, fondée entre autres sur la franchise malgré le refus d'Anna de parler de son mariage. Sexuellement, ils avaient atteint une harmonie parfaite où se mêlaient fièvre et tendresse. Ils avaient partagé des centaines de petits riens de la vie quotidienne et n'y avaient trouvé que du plaisir.

Anna avait changé Jamie au-delà de ce qu'il aurait cru possible, et il avait beau la trouver parfaite comme elle était, il aurait voulu changer une chose chez elle.

Après l'avoir installée devant la cheminée du salon, il se dirigea vers le buffet et alluma la lampe. À la place des piles de livres qui avaient encombré le meuble jusque-là, apparurent une rangée de bouteilles, un seau à glace en argent et deux verres à pied.

— De quoi préparer des cocktails. J'ai... euh... Écoute, dis-moi ce qui te plairait et j'essayerai de te satisfaire.

— Hum... Surprends-moi plutôt !

— Pour commencer, je te propose un mélange faiblement alcoolisé.

— Ça me va.

Jamie versa avec précaution différents liquides pour obtenir l'effet arc-en-ciel recherché et, les deux verres en main, alla s'asseoir à côté d'Anna sur le canapé.

— Merci, mais c'est en quel honneur ?

— En l'honneur du vendredi soir, tout simplement. Tu as travaillé d'arrache-pied toute la semaine et tu viens de faire de la route.

Elle se pencha pour l'embrasser.

— Tu es un rêve éveillé.

Jamie aspirait à être davantage qu'un rêve. Il voulait faire partie de la vie réelle d'Anna, mais il s'abstint de tout commentaire.

— Tu as faim ?

— Oh oui ! une faim de loup ! Tu veux un coup de main ?

— Non, je gère. Repose-toi, et dans dix minutes nous passerons à table.

Jamie avait préparé un véritable festin qu'ils dégustèrent dans le salon où il avait dressé la table : nappe blanche, couverts en argent, bougies.

— Il y a quelque chose que je voulais te demander, Anna, dit-il au moment du café.

Il était si beau avec ses yeux qui étincelaient à la lumière du feu qu'Anna se voyait difficilement lui refuser quoi que ce soit.

— Oui ? Quoi ?

— Cela fait un mois que nous nous voyons régulièrement. Nous avons partagé beaucoup de bons moments et... je voudrais que tu me fasses confiance.

Anna sentit son ventre commencer à se nouer.

— À quel sujet ?

— À propos de ce qui t'a traumatisée. Tu répètes sans arrêt

que tu as tourné la page de ton mariage, mais je sais que ce n'est pas entièrement vrai.

Le nœud dans le ventre d'Anna se transforma en accès de panique. Ce n'était pas la première fois que Jamie lui demandait de s'expliquer, mais, ce soir, il ne lâcherait pas prise. Elle le sentait.

— Je n'ai pas envie d'en parler, Jamie.

Plus exactement, elle ne le *pouvait* pas. Si elle lui révélait sa stérilité, il assurerait peut-être que, pour lui, cela n'avait aucune incidence sur leur relation et peut-être le croirait-elle. Mais si, comme Daniel, il l'acceptait aujourd'hui telle qu'elle était et changeait d'avis un peu plus tard, elle ne s'en remettrait pas. Or, il changerait d'avis, c'était sûr. Cela sautait aux yeux qu'il voulait des enfants.

— Anna, j'ai besoin de savoir. Ce que nous vivons en ce moment...

Elle le fixa. Ce qu'ils vivaient en ce moment était brusquement en train de basculer. Elle redoutait depuis le début ce tournant pourtant inévitable.

— J'ai besoin d'avoir la certitude que tu me fais confiance comme moi je te fais confiance, dit-il d'une voix aussi douce que le soupir d'un amant. J'ai commis une énorme bêtise en me lançant aveuglément dans une relation avec Gill et... je voudrais que la nôtre soit différente.

— Mais... Nous avions bien décidé que nous ne nous engagions pas dans une relation, n'est-ce pas ?

Anna frissonna. Déjà, une promesse sur laquelle Jamie revenait...

— Oui, je sais. Mais les choses évoluent, Anna. Tu ne quittes pas un seul instant mes pensées, et je veux tout partager avec toi. Tu m'as transformé, pour ne pas dire métamorphosé. Et j'aime être avec toi.

Il lui prit une main qu'il porta à ses lèvres. Anna ne put s'empêcher de sourire.

— Moi aussi, j'aime être avec toi, Jamie.

Il la regarda tendrement.

— Ces derniers temps, je ne pense qu'à une chose : passer le reste de ma vie avec toi. Ce n'est pas ce que nous avions décidé, je le sais, et si tu n'es pas prête, ce n'est pas grave. Mais si tu l'es... sache que moi aussi je le suis.

Anna ferma les paupières et secoua la tête. Elle s'était accrochée à l'espoir que cette conversation n'aurait jamais lieu. Que Jamie avait subi une blessure aussi grave qu'elle et qu'ils pourraient continuer comme ils avaient débuté, sans parler d'engagement ni d'avenir. Mais, apparemment, Jamie avait commencé à surmonter son traumatisme.

— OK, Anna. On attend que tu sois prête.

Elle ne le serait jamais. Contrairement à Jamie, elle n'était pas capable d'aller de l'avant.

— Écoute, Jamie. Je sais quelle épreuve tu as traversée et je suis contente pour toi que tu arrives à tourner la page. Je sais que tu crois qu'il est possible de tout arranger, mais…

Elle secoua de nouveau la tête sans terminer sa phrase. Jamie la regarda d'un air interloqué.

— Mais Anna je ne peux pas faire autrement que d'y croire. Je l'ai cru quand je me suis inscrit à la fac de médecine malgré ma dyslexie. Je le crois quand je vois les gamins avec qui je travaille se construire un meilleur avenir.

— Tout ne se répare pas, Jamie. Il y a des faits impossibles à changer. Il faut les accepter, point final.

— Tu refuses donc même de nous laisser une chance ? Je ne comprends pas, Anna.

Jamie ne renoncerait pas. Elle allait être obligée de lui dire. Ce qu'elle lirait alors sur son visage lui briserait certainement le cœur.

— Nous avons divorcé parce que je ne peux pas avoir d'enfants. Mon mari le savait dès le départ et il m'avait assuré que cela ne lui posait pas de problèmes. Un an après le mariage, il a soudain décidé que, finalement, si, ça lui posait un problème et il m'a quittée.

Jamie la regardait bouche bée. Tout au fond d'elle-même, elle avait continué à croire à l'existence d'un monde de Bisounours où sa stérilité n'aurait pas d'importance et où elle pourrait aimer Jamie comme elle le souhaitait. Malheureusement, elle vit dans ses yeux ce qu'elle redoutait : du déni.

— Tu en es sûre ?

Une larme roula sur la joue d'Anna. C'était l'annonce d'une fin à présent inexorable.

— Oui, évidemment. Je suis médecin, Jamie. Crois-tu que je n'ai pas examiné toutes les possibilités ?

Tout en continuant à la fixer, Jamie secoua la tête. Il n'abandonnait jamais, une des qualités qu'elle appréciait chez lui. Le revers de la médaille était qu'il n'avait jamais conscience d'avoir perdu.

— J'ai une malformation congénitale qui touche à la fois les trompes de Fallope et l'utérus. Je ne peux pas avoir d'enfants.

— Ça m'est égal.

Il ne lâchait toujours pas prise. Il continuait à s'imaginer un avenir possible.

— Tu as déjà envisagé d'avoir des enfants ? demanda-t-elle.

— Oui, bien sûr... Mais...

— Mais rien du tout ! Je t'ai vu avec ta nièce et tes neveux. Tu les adores. Tu feras un papa génial, mais ce ne sera pas avec moi.

Anna se leva, sur le point de suffoquer dans cette pièce devenue soudain étouffante. Elle devait impérativement s'en aller.

— Attends, Anna. Tu veux bien ne pas penser pour moi et me laisser le temps de réfléchir avant que nous en parlions plus à fond ?

Parler ? Pour quoi faire ? Cela ne changera rien.

— Non, parce que tu vas me dire que ce n'est pas un obstacle...

— Là, tu as raison, dit-il, plein de colère. Ce n'en est pas un.

— Et je vais te croire. Je vais croire que nous avons un avenir ensemble. Ne t'avise pas de me laisser faire ça, Jamie, parce que le jour où tu reprendras tes esprits et que tu m'annonceras que tu veux fonder ta propre famille, je serai totalement dévastée.

— Assieds-toi !

— Tu n'as pas à me donner d'ordres, Jamie. Nous ne nous sommes jamais rien promis. Je m'en vais et je ne reviendrai pas.

Pleine de rage, elle courut dans le couloir prendre son manteau et son sac de voyage, et s'enfuit vers sa voiture. Elle ne pouvait pas rester. Elle ne voulait pas voir sa déception ou sa pitié ou quoi que ce soit d'autre. Elle devait tout simplement partir.

Jamie resta figé sur sa chaise, le regard vide.

Son silence, qui apparemment l'avait condamné aux yeux d'Anna, n'avait été que la manifestation de sa stupeur quand il avait brusquement compris tout ce qu'il ne s'était pas expliqué jusque-là. Mais elle avait interprété son mutisme comme un rejet. Mais elle allait réfléchir, s'apercevoir qu'elle avait pris une mauvaise décision et faire demi-tour. Il lui dirait alors qu'il pouvait renoncer à tout à condition qu'elle ne le quitte pas.

Mais il entendit la porte d'entrée claquer. Et lorsqu'il s'approcha de la fenêtre, il vit les phares de sa voiture décrire un lent arc de cercle dans l'allée et s'éloigner.

Il aurait supporté la colère d'Anna, ses injures, son silence même. Mais il ne supportait pas qu'elle soit partie sur un coup de tête, sans même lui laisser le temps d'assimiler ce qu'elle venait de lui révéler.

Comme Gill. Avec qui la relation avait été bancale, il en avait conscience, à présent. Et ce que l'un et l'autre auraient pu dire ne l'aurait vraisemblablement pas redressée. Malgré tout, Gill ne lui avait laissé aucune possibilité de conclure leur histoire. Elle avait claqué la porte. Et aujourd'hui, Anna, la personne au monde en qui il avait le plus confiance, avait agi de la même façon. Leur relation aurait pu aboutir malgré les difficultés, mais elle n'avait même pas voulu essayer.

Peut-être la nuit lui porterait-elle conseil. Malheureusement, il en doutait fort. Il pourrait l'appeler, mais elle ne décrocherait pas. Il pourrait lui écrire un mail circonstancié, mais il ne saurait jamais si elle l'avait lu parce qu'elle ne répondrait pas. Quand Anna avait pris une décision, elle s'y tenait. Dans un geste de colère aveugle contre lui-même, contre Anna, contre le reste du monde, il balaya du bras le dessus de la table envoyant valser assiettes, verres, couverts et chandeliers qui se fracassèrent au sol. Un geste hélas ! moins libérateur qu'il l'aurait souhaité.

En désespoir de cause, il sortit sur la perron et, frissonnant de froid, regarda la pluie tomber.

Anna n'avait eu aucun contact avec Jamie depuis trois semaines… parce qu'elle avait pris soin de l'éviter, pour ne pas s'exposer à être meurtrie une nouvelle fois. Car même si elle n'avait fréquenté Jamie que quatre petites semaines, cela avait suffi pour qu'elle comprenne qu'il était l'amour de sa vie. Le seul, le vrai. S'il lui était impossible de vivre avec lui, il n'y aurait personne d'autre. Jamais...

Lorsque Callum, qui était accompagné de sa tante, vit Anna passer la tête par la porte de la salle d'attente, son visage s'illumina et, en retour, Anna arbora le sourire mécanique derrière lequel elle se cachait depuis qu'elle était partie de chez Jamie.

— Bonjour, Callum. Comment vas-tu ?

— Très bien, merci.

Il n'avait pourtant pas l'air en forme : comme tous les patients qui venaient pour une deuxième séance de laser, il savait ce qui l'attendait. Elle lui fit signe de la suivre, et sa tante leur emboîta le pas.

— Bien, voyons un peu cette main.

— Elle a belle allure, vous ne trouvez pas ? demanda Callum, reprenant un peu du poil de la bête.

L'inflammation avait quasiment disparu, et les tatouages n'étaient plus qu'une série de traits épars, sans signification visible.

— Oui. Je suis très contente du résultat. Encore une séance, et nous pourrons nous attaquer à l'autre main. Tu as de la chance, car les tatouages d'amateurs comme les tiens sont plus faciles à effacer que ceux des professionnels.

— Je m'en souviendrai pour la prochaine fois, commenta Callum avec un ricanement.

Anna sentit sa nuque la picoter comme lorsqu'elle attendait que Jamie intervienne. Mais Jamie n'était pas là.

— Il faut que tu réfléchisses bien avant de te faire de nouveaux tatouages, Callum. Ne te lance pas si tu n'es pas absolument certain de vouloir les garder définitivement.

— Je plaisantais... Ne vous inquiétez pas, je n'en aurai pas d'autres. Jamie m'a dit de me concentrer sur les belles mains que je vais retrouver quand le traitement sera fini et de les garder comme ça.

Quand Callum avait-il vu Jamie ? Comment allait-il ? Anna se retint de poser la question.

— Au fait, il vous passe le bonjour.

Devant la stupéfaction mal maîtrisée d'Anna, Callum crut bon de préciser :

— Il ne l'a pas fait pour de bon. Je suppose qu'il a oublié. Vous voulez que je lui dise bonjour de votre part ?

Anna réfléchit rapidement. Les Hastings Hustlers auraient-ils remarqué le froid entre Jamie et elle, et Callum essayait-il maladroitement de les réconcilier ? Ou bien Callum avait-il juste voulu se montrer poli ? Difficile à dire.

— Comment va-t-il ?

— Bien. Comme d'habitude.

— Tant mieux ! Et ne t'embête pas. Je lui passerai moi-même le bonjour quand je l'appellerai.

Pourquoi fallait-il qu'elle continue à penser en permanence à Jamie ? Le pire était qu'elle en souffrait et qu'en même temps elle ne pouvait s'en passer.

— Alors, Callum, veux-tu faire tes adieux à ces dernières marques ? Tu ne les verras peut-être plus jamais.

— Bon débarras ! dit Callum en riant.

— Alors, allons-y !

— Ton avis ?

Jon tendit à son frère la liste des chansons, tapée en double interligne pour en faciliter la lecture.

— Super ! conclut Jamie après l'avoir lue attentivement. Tu joues *Everywhere* à la mandoline finalement ?

— Oui. Tu as eu une très bonne idée. C'est exactement ce qu'il faut pour la version acoustique.

Jamie et Jon étaient assis dans des fauteuils devant un bon feu qui chassait la fraîcheur de cette soirée d'octobre à Hastings. Une nourriture saine, de longues balades dans la campagne et des séances intensives avec son psychologue avaient remis Jon d'aplomb.

— Es-tu sûr que ce n'est pas trop tôt ? Rien ne t'oblige à reprendre tout de suite le travail.

— Je sais, mais j'ai hâte de donner des concerts dans des

petites salles comme à mes débuts, mais avec de nouveaux arrangements. Il n'y a que quatre dates, tu sais.

— D'accord, mais attention, je te garde à l'œil ! dit Jamie, plaisantant à moitié.

— Ça aussi ça me plaît bien : savoir que mon grand frère me garde à l'œil.

Quels progrès ils avaient accomplis tous les deux ! Ils avaient parlé de tout ce qui avait nourri leur rancœur et les avait éloignés l'un de l'autre. Et enfin, ils avaient parlé de Gill. Jamie avait reconnu que sa relation avec son ex-fiancée avait déjà commencé à se dégrader à l'époque, Jon avait reconnu qu'il s'était comporté de manière inexcusable, et ils s'étaient pardonné.

— Caroline vient au dernier concert. Avec Jessica.

— Ça doit te donner un coup de vieux que ta nièce ait l'âge d'assister à un de tes spectacles, dit Jamie, malicieux.

— Non, je suis content. C'est comme un nouveau souffle.

Jon tendit les mains vers le feu.

— J'espère qu'il ne va pas faire trop froid, reprit Jamie.

— Non. Nous serons sous un grand chapiteau dans le parc. J'ai quelque chose à te dire, ajouta Jon, la mine soudain grave.

Une phrase qui n'augurait rien de bon, en général. Mais Jamie était comme anesthésié depuis le départ d'Anna, et tout lui paraissait sans importance comparé à son chagrin.

— Je t'écoute.

— Ce ne sont pas mes affaires...

— Vas-y quand même.

— Tu as une tête d'enterrement depuis quelque temps. Caroline aussi l'a remarqué.

Jamie leva des yeux ébahis vers son frère. N'ayant mis personne au courant de sa liaison avec Anna, il avait pu s'épargner l'épreuve de parler de leur rupture. La mettre en mots se serait en effet avéré au-dessus de ses forces. Aussi, plutôt que de perdre les pédales, il avait opté pour le silence, sans réussir apparemment à dissimuler son chagrin.

— Non, ça va.

— À d'autres, Jamie. Pendant des jours Anna et toi avez été inséparables. Toi, tu as les yeux d'un enfant devant le sapin de Noël et, tout à coup, pschitt, elle disparaît, et... Je sais, je suis vraiment la dernière personne qui devrait discuter de ta vie amoureuse.

— N'étions-nous pas convenus de ne plus aborder le sujet et de l'oublier ? dit Jamie avec un haussement d'épaules.

— C'est en effet ce que tu as proposé, et je t'en serai éternellement reconnaissant parce que tu nous as ainsi permis d'avoir un avenir ensemble. Mais, aujourd'hui, la question n'est pas là. Ce que je veux dire, c'est que lorsque j'ai touché le fond parce que j'ai cru que rien ne changerait jamais, tu m'as prouvé le contraire.

— C'est compliqué, Jon.

— Comme toujours. Jusqu'à ce que ça cesse de l'être.

Jamie ne répondit pas. Anna avait été la meilleure chose qui lui soit arrivée, et son départ la pire.

Il se perdit dans la contemplation des flammes qui dansaient dans l'âtre. Anna l'avait mis hors de lui et avait emporté son cœur avec elle quand elle était partie. Elle ignorait probablement qu'il était prêt à tout pour vivre avec elle.

Une idée lui traversa l'esprit. Une idée folle. Une chance sur un million qu'elle aboutisse... Mais très longtemps auparavant, les frères Campbell-Clarke avaient tenté leur seule chance sur un million et en avaient tiré une chanson qui avait décidé de leur avenir à tous les deux.

— Il y a bien quelque chose...

Jon tourna la tête vers lui.

— Oui ? Dis-moi, frérot.

15

À la clinique, on ne parlait que de la sortie de *Whatever*, de Jonny Campbell, une chanson d'amour qui promettait fidélité et sincérité envers et contre tout, quel que soit le prix à payer. Mise en ligne gratuitement quelques heures plus tôt, elle avait déjà été téléchargée plus d'un million de fois. Anna n'avait pas pu retenir ses larmes en l'écoutant.

Le billet pour le concert lui avait été remis en main propre par un coursier à la clinique. Était joint un petit mot de la main de Jon lui demandant d'assister au premier des quatre spectacles qui se tiendraient la semaine suivante dans un des grands parcs londoniens.

Elle n'irait pas, bien sûr. Qui sait si Jamie n'était pas derrière cette invitation ? Dans ce cas, hors de question qu'elle s'expose à une scène qui lui fracasserait encore une fois le cœur.

Mais les paroles de la chanson, de la même facture que celles d'*Everywhere*, l'obnubilaient. Jamie en était-il l'auteur ?

Le samedi, Anna s'avoua vaincue. Elle assisterait au concert. Envers et contre tout, et quel que soit le prix à payer.

Les billets s'étaient arrachés comme des petits pains, l'annonce de versions acoustiques des plus grands succès de Jonny Campbell ayant attiré des spectateurs de tous les âges. Sous l'immense chapiteau de mille places, dont l'accès était sévèrement contrôlé, régnait une atmosphère bon enfant, presque familiale, mais très bruyante.

Anna était magnifiquement placée, au premier rang, Mais tiraillée par des sentiments contradictoires, elle fut prise de nausée et s'apprêta à partir quand une clameur s'éleva : Jon entrait en scène.

Il paraissait en forme, songea Anna, ravie, en le voyant avancer d'un pas énergique. Il avait perdu son air égaré, et les cicatrices de son visage se voyaient moins maintenant qu'il avait recouvré sa bonne mine. Il avait changé son célèbre pantalon en cuir pour un jean et une chemise décontractée, mais n'avait pu renoncer à son blouson en cuir au dos clouté.

Sous une salve d'acclamations, il remercia son public d'être venu si nombreux, raconta quelques blagues, plaisanta avec l'assistance, puis...

Anna se figea.

— Mon frère Jamie est plus vieux que moi d'une demi-heure et est nettement plus beau. C'est lui qui a écrit *Everywhere* quand nous avions dix-huit ans et, depuis, nous avons traversé des périodes difficiles. Aussi est-ce avec un immense plaisir que je l'accueille ici cet après-midi...

Elle aurait pris ses jambes à son cou si elle n'avait pas eu peur de se faire remarquer. Et puis, n'était-elle pas venue ici précisément parce qu'elle voulait à tout prix savoir si, en *live*, la nouvelle chanson répondait à ses espoirs ? Elle enfonça son bonnet jusqu'à ses yeux et se positionna derrière un groupe de façon à ne pas être repérée de la scène.

Une nouvelle ovation salua l'arrivée de Jamie qui s'assit timidement avec sa guitare sur l'un des deux tabourets du devant de la scène. Jon le rejoignit avec une mandoline, et tous deux commencèrent à jouer.

La nouvelle version d'*Everywhere* était encore plus belle que l'originale. Anna ne pouvait détacher le regard de Jamie qu'elle aurait presque pu toucher. Mais lui ne la voyait pas, et elle sentit monter des larmes de frustration et de doute.

— Cette version vous plaît ?

Une réponse enthousiaste accueillit la question de Jon qui éclata de rire, grisé par le plaisir de la scène.

— Très bien. Jamie a écrit *Everywhere* il y a seize ans, et c'est grâce à une femme qu'il a repris la plume. Anna, si tu es là, cette chanson est pour toi.

Les gens regardèrent autour d'eux, et Anna se recroquevilla, les joues en feu. Avait-il réellement écrit *Whatever* pour elle ?

Évitant délibérément de regarder le public, Jamie alla s'asseoir au piano et plaqua les premiers accords. Jon commença à chanter tout en marchant de long en large sur le bord de la scène et en fouillant l'assemblée du regard.

Soudain, Anna comprit. La chanson expliquait tout. Jamie l'avait toujours aimée et il voulait qu'elle revienne. Il était prêt à tout lui sacrifier. Il supporterait tout sauf de la perdre. Anna se mit à agiter les bras frénétiquement pour attirer son attention, mais il semblait entièrement absorbé par les touches du piano. Heureusement Jon, lui, la repéra et fit signe à un vigile de lui frayer un chemin.

Aussitôt, elle s'élança en criant :

— Jamie ! Jamie !

Jon s'arrêta de chanter, laissant les choristes fredonner la mélodie. Soudain, Jamie la vit et, sans l'ombre d'une hésitation, courut jusqu'au bord de la scène.

— On dirait que mon frère a plus important à faire que de jouer du piano. Je vais avoir besoin d'aide. Avons-nous les paroles ?

Sur l'écran accroché au-dessus de lui, s'affichèrent instantanément les mots destinés à Anna. Jon, accompagné par le public, reprit la chanson pendant que Jamie sautait de la scène et qu'Anna se jetait dans ses bras.

— Tu ne m'as pas cherchée ?

Elle avait collé les lèvres à l'oreille de Jamie pour se faire entendre.

— J'avais trop peur que tu ne sois pas venue. J'ai demandé à Jon de regarder pour moi.

Il l'embrassa. La vie était belle...

— Tu le penses vraiment, Jamie, quand tu dis que tu m'aimeras envers et contre tout ?

— Évidemment ! Je viens de le dire devant un millier de

personnes et je l'aurais répété jusqu'à ce que tu m'entendes. Mon amour pour toi, c'est qui je suis, pas seulement ce que je fais.

— C'est exactement ce que je ressens aussi, Jamie. Je t'aime.

Au loin, très loin, le public applaudissait. Mais Jamie l'embrassait, et elle n'avait conscience de rien d'autre.

Épilogue

Trois ans plus tard

— Jon m'a demandé si j'allais écrire une autre chanson.

— Et ?

— La réponse est non. Dans l'immédiat, je me limite aux berceuses.

Anna et Jamie, blottis l'un contre l'autre dans leur lit tôt le matin, couvaient des yeux leurs jumeaux - un garçon et une fille - âgés d'une semaine, qui dormaient dans leurs berceaux à leur chevet.

— Tu te rends compte de la chance incroyable que ça ait marché, Jamie ?

— Tu n'y croyais pas ?

— Si. Mais le résultat dépasse toutes mes espérances. Tu n'imagines pas comme je suis heureuse.

Lorsqu'ils s'étaient mariés, Jamie et Anna s'étaient promis de s'aimer et de faire confiance à l'avenir. Et l'avenir les avait récompensées en leur donnant le plus beau des cadeaux. Les analyses ayant montré que les ovules d'Anna étaient parfaitement sains, Caroline s'était proposée comme mère porteuse.

— Je ne vois pas comment je pourrais un jour remercier ta sœur comme elle le mérite, dit Anna en se serrant un peu plus contre Jamie.

— Il me semble que tu le lui as déjà dit... un certain nombre de fois. Et même si ce n'était pas le cas, ta proposition de garder ses enfants deux semaines l'été prochain pendant qu'elle et Harry prendront des vacances n'est rien de moins qu'héroïque.

— Tu ne m'en veux pas, j'espère.

— T'en vouloir ? Je vais pouvoir camper dans le jardin avec les garçons pendant que Jess et toi vous organiserez votre propre emploi du temps de filles.

— Je pensais à un programme bien-être. Coiffeur, manucure...

— Oh ! ça lui plaira, aucun doute. Crois-tu que nous pourrions convaincre Caroline et Harry de partir trois semaines ?

— Nous pouvons toujours essayer. On ne sait jamais.

Ne jamais savoir... C'était devenu une des plus grandes joies d'Anna. Ils n'avaient pas su que les ventes de la nouvelle version d'*Everywhere* dépasseraient celles de la première et aideraient à financer l'association de Jamie qui, du coup, avait pris tellement d'ampleur qu'il pouvait désormais s'y consacrer à plein temps. Ni que les programmes innovants que Jamie y avaient mis en place susciteraient l'intérêt d'autres organismes s'occupant de jeunes. Ni que la clinique centrale de Londres proposerait à Anna de ne travailler que deux jours par semaine afin qu'elle puisse passer davantage de temps chez elle, avec ses jumeaux. Ni que Jon finirait par trouver une certaine sérénité et réussirait à combiner une belle carrière en solo et une vie familiale stable. Ni que leur candidature pour devenir parents adoptifs serait approuvée et qu'ils pourraient espérer partager leur amour avec d'autres enfants un jour.

L'avenir n'était donc qu'un long fleuve de possibilités.

— Jen m'a appelée hier, dit Anna. Elle profite d'un jour de congé demain pour venir ici avec Spark. Elles apportent d'autres grenouillères.

Jamie grimaça.

— Dis-moi qu'elles n'en ont pas encore choisi avec des crânes et des tibias...

— Je ne peux rien promettre. Depuis qu'elle suit cette formation de styliste, Spark peut confectionner à peu près n'importe quoi.

Jamie la serra dans ses bras.

— Peu importe. Tout me va tant que je suis avec toi.

Anna l'embrassa en riant.

— Ça tombe bien, parce que tu es coincé avec moi désormais. Je ne pars plus.

— Je ne demande que ça, Anna. Et toi aussi tu es coincée avec moi. Pour toujours. Envers et contre tout.

Ils se turent, submergés par leur bonheur.

— Que fredonnes-tu, Jamie ? Je ne reconnais pas cet air.

— Je ne sais pas trop.

Il chantonna encore quelques mesures puis fredonna des paroles : « On ne sait jamais... »

— Je croyais que tu n'allais plus écrire de chansons, dit-elle, amusée.

— Elle est venue d'elle-même.

Il embrassa Anna sur le front puis se remit à chantonner.

— Attends, Jamie ! Je t'enregistre sur mon téléphone avant que tu l'oublies. Vas-y !

Il s'exécuta, ajoutant même un refrain.

— Il y a une chose que je sais avec certitude, dit-il à la fin.

— Moi aussi, répliqua Anna.

Ils savaient tous les deux sans l'ombre d'un doute qu'ils s'aimaient et aimaient leurs beaux bébés. C'était tout ce qu'il leur était indispensable de savoir.